익명소설

* 이 도서의 국립중앙도서관 출판시도서목록(CIP)은 e-CIP홈페이지(http://www.nl.go.kr/ecip)와 국가자료공동목록시스템(http://www.nl.go.kr/kolisnet)에서 이용하실 수 있습니다.
(CIP제어번호: CIP2014018453)

익명소설

익명소설 작가모임

은행나무

* 차례

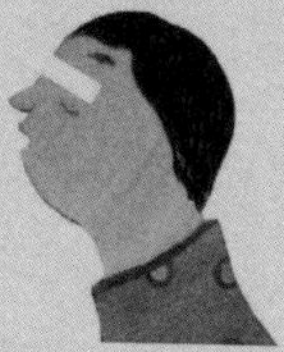

진의 혀가 점점 더 빠르게 움직였다. 그러자 통제할 수도, 안전장치로 흡수할 수도 없는 짜릿한 신호들이 점점 더 빠른 템포로 몸 전체를 쓸고 지나갔다. 한 번, 또 한 번, 그리고 한 번 더.

M _ 물고기자리

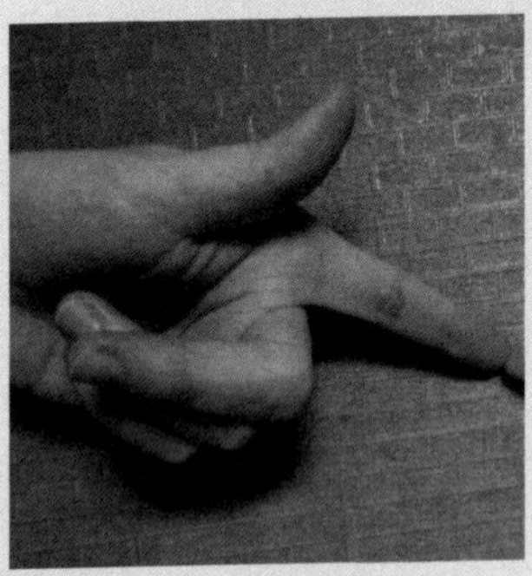

M

아직 순수했던 시절 어느 공모전에 당선되면서 다른 수상작들이 전부 야한 소설이라는 사실에 적지 않은 충격을 받았다. 이후 '최신경향'을 따라잡기 위해 부단히 노력하였으나 어느 작가와의 만남 행사에서 교복 입은 여고생 독자로부터 "저기요, 소설 이렇게 쓰시면 안 되거든요" 하는 준엄한 지적을 받고 더 큰 충격을 받았다. 최근에 겨우 정체성 혼란을 극복하고 진정한 자아를 찾기 위해 애쓰고 있다.

수는 사실 배우였다. 외국의 독립 네트워크 영화계에서 데뷔해 벌써 팔 년째 활동해온 주연급 여배우. 물론 그 영화계는 메이저리그와 마이너리그 같은 하부리그 개념이 아니라 다른 영화계와는 계통이 아예 다른, 예술적인 성향이 훨씬 강한 독립리그 개념이어서 전문가가 아닌 일반인들이 수를 알아보는 경우는 거의 없었다. 동네 사람들은 말할 것도 없었다.

진은 어렸을 때부터 쭉 수와 같은 동네에 살았다. 같은 학교에 다닌 적도 있고, 옆 반이었던 적도 두 번이나 있었다. 그러다 고등학교 이 학년 때 수의 옆집으로 이사를 오게 되었는데, 둘은 그때까지 나눈 말을 전부 합해도 겨우 백 마디도 안 될 만큼 서먹서먹한 사이였다. 하지만 이 년이 지나자 진의 마음속에서 기존의 카테고리로는 분류되지 않는 이상한 감정 하나가 생겨났다. 물론 그건 동네 다른 총각들 역시 마찬가지였는데, 이유는 단 하나, 수의 미모가 그 무렵부터 빛을 발하기 시작했기 때문이었다.

하지만 그 마음은 끝내 사랑으로 분류되지 못했다. 진의 마음이 한창 무르익어가던 어느 봄날, 수가 그만 인사도 없이 외국으로 떠나버렸기 때문이었다. 나중에 들으니 외국지사로 발령받은 엄마를 따라간 것이라고 했다. 그렇게 마음이 식어버렸다. 그런데 너무 갑작스럽게 식어버리는 바람에 진의 마음은 몇 년이 지난 뒤에도 거의 그 상태 그대로 보존되고 말았다. 몇 년 뒤 아빠와 갈라선 엄마를 떠나 수가 다시 동네로 돌아올 때까지.

그래도 진은 동결 건조된 사랑에 선불리 뜨거운 물을 부으려 하지 않았다. 다시 상처를 입게 될까봐 두려웠던 탓도 있겠지만 그보다는 그냥 바빠서 그랬다고 생각하는 편이 진실에 좀 더 가까웠다. 그러자 이번에는 수의 눈길이 서서히 진의 방 창문을 향하기 시작했다. 둘은 그렇게 시차를 두고 몇 년간 서로를 간절히 열망했다. 마주 보는 사랑은 아니었지만 뿌리가 얕은 사랑도 아니었다.

하지만 그 엇갈린 호감의 결과로, 적어도 두 사람은 예전보다는 훨씬 많은 대화를 나누게 되었다. 진짜로 서로를 알아가게 되었다는 뜻이다. 불꽃이 튄 적은 단 한 번밖에 없었고, 그 불꽃도 활활 타오르지 못하고 이내 조용히 사그라지고 말 정도로 두 사람의 마음은 조심스럽고 느긋했다. 결국에는 이어질 것을 알았기 때문일 것이다. 적어도 진은 그렇게 믿고 있었다.

그래서였을까. 수가 일하는 영화계에서 두 사람의 열애설이 터져나왔을 때도 진은 수의 존재를 전혀 모르는 동네 사람들만큼이나 무덤덤한 표정으로 그 사실을 인정했다. 외국의 무슨 영화잡지

기자들과 그들의 통역을 맡은 몇몇 내국인들이 보는 앞에서였다.

몇 주 뒤, 수가 촬영에서 돌아온 것을 알게 된 진은, 수를 찾아가 이렇게 말했다.

"우리 열애 중이래."

"아, 미안해. 좀 귀찮았지?"

수가 당황한 표정으로 대답했다. 진은 수의 표정에서 미리 준비된 당혹감 같은 것을 읽어낼 수 있었다. 그 순간 불길한 예감이 들었다. 그리고 수가 기자들에게 그렇게 말한 이유를 듣고 진은 그만 크게 낙담하고 말았다.

"나 사실 요즘 만나는 남자가 있거든. 그쪽 영화계에서는 꽤 중요한 사람이라 사실대로 알려지면 그쪽이 곤란해져. 나야 크게 상관없지만."

"그래서 내 쪽으로 관심을 돌린 거구나. 뭔가 꼬투리를 잡힌 거야?"

"응. 바보같이."

"나도 아는 사람이야? 그러니까 니 영화에 나온 사람이야?"

"너도 내 영화 봐?"

진은 다시 한 번 마음을 동결 건조시킨 다음 아무렇지도 않게 집 쪽으로 발걸음을 돌렸다. 그리고 내내 수절을 했다. 왜 연애 같은 걸 하지 않는 거냐고 수가 물었을 때 진은 그 수절의 이유를 이렇게 설명했다.

"그럼 니가 뭐가 돼. 니가 다른 사람을 버릴 수는 있어도 니가 다른 사람한테서 버림받는 건 안 돼."

수는 말문이 막힌 채 진의 얼굴을 가만히 바라보았다. 오래오래

찬찬히. 그리고 한참 만에 입을 열고 이렇게 말했다.

"내 영화 보는구나."

그날 밤 진은 근사한 농담을 했다며 뿌듯해했고, 수는 그저 가슴이 두근거렸다.

몇 주 뒤 수는 다시 혼자가 되었다. 그러나 그 사실을 진에게 알리지는 않았다. 그래야 진이 다른 사람을 만나지 않을 테니까. 어딘가에 실린 '열애 중'이라는 말에 수는 문득문득 발바닥이 간지러워지곤 했다.

그 무렵 수에게는 진과는 관련이 없는 고민거리가 있었다. 새로 맡게 된 배역에 관한 것이었다. 곧 문을 닫지 않을까 싶을 정도로 한산한 어느 카페 구석 테이블, 수상해 보이는 선글라스를 쓰고 물방울이 맺힌 차가운 커피잔을 만지작거리고 있는 진을 바라보며 수가 그 고민을 털어놓았다.

"감독이 몸에 관심이 많은 사람이야. 움직이는 몸 말이야. 원래 사진 하다가 움직이는 몸에 꽂혀서 영화로 돌아선 사람인데 내가 보기에 그쪽으로는 이 사람이 최고인 것 같아. 시선이 깊이가 있고 집요한데 끈적끈적하거나 무겁지 않으니까. 깊이 들어가도 역겹지가 않아서 피사체로 서는 게 나쁘지 않아. 그런데 넌 비 오는 날 선글라스는 왜 쓰고 있는 거야? 안 쓰고 있더니 나 만나자마자 꺼내 쓰는 건 뭐야, 수상하게?"

"유명인이잖아. 무방비 상태로 있다가 사진이라도 찍히면 어쩌려고. 신경 쓰지 말고 계속 이야기해."

"어차피 얼굴 다 알려졌구만. 한 번 더 찍힌다고 뭐가 달라질 게 있나? 별로 불편한 것도 없잖아, 솔직히."

"불편해서 쓰는 게 아니라 선글라스를 쓰고 있는 장면을 찍히려고 그러는 건데. 찍으러 오는 사람 성의도 생각해야지. 아무튼 그 감독은, 너 때문에 그 영화 하는 거라고 인터뷰했던데. 잘된 거 아닌가? 뭐가 고민이야? 야한 거 찍자 그래서?"

"그건 괜찮아. 전에도 한 번 찍어봤고. 대체로 좋은 기회라고 생각해. 유명해질 발판 같은 게 아니라, 꼭 같이 한번 일해보고 싶었거든. 그런데 이 아저씨가 질투가 좀 있는 것 같아."

"너한테? 왜? 어차피 자기 피사체 아닌가?"

"몸으로 하는 표현에 관심이 많은 사람이고 나름대로 정점이라고 해도 될 만한 경지에 이른 사람인데 내 지난번 영화를 보고 충격이 좀 있었나봐. 자기가 할 수 없는 걸 내가 하고 있었다나."

"그게 뭔데?"

"여자 몸. 그러니까 이건 내 움직임이 깜짝 놀랄 만큼 훌륭해서라기보다는, 그냥 내가 여자여서 그런 거라고도 할 수 있어. 남자 여자 떠나서 일반적인 사람 몸의 움직임에 대해서는 벌써 일가를 이뤘다고 해도 좋은 사람인데, 그 아저씨가 아무리 훌륭해도 움직이는 여자 몸을 직접 연기할 수는 없잖아. 피사체의 경우에도 그래. 아무리 깊이 들어가도 여자 몸에 이입할 정도로 몰입이 될 리가 없고."

"별수 없잖아. 죽어도 안 되는 일 아닌가?"

"죽어도 안 되는 일이지. 그래서 질투가 났나봐. 생각지도 않던 순간에 근원적인 한계 같은 데 부딪혔다고 해야 되나? 정점에 이르렀는데 목표가 리셋된 거야. 제로로 내려갔는데, 하필 아무리 애를 써도 100에 5도 못 올라가는 나무를 올려다보기 시작한 셈이야. 그 사람 미학세계에서는."

"미치겠구나."

"응. 분노 같은 게 깔려 있어. 가끔 진짜로 화도 내. 아직 촬영도 안 들어갔는데 말이야. 사실 그 사람, 엄청 젠틀한 사람이거든. 준비 다 해놓고 갑자기 촬영이 미뤄진 것도 어느 정도는 그런 영향도 있었던 것 같아."

"그래서 그게 부담스러워? 거칠게 굴어서? 그래서 그만두려고?"

"아니, 반대야."

"어떻게?"

"끝내주게 잘해버리고 싶어. 감독이 화가 나서 카메라를 씹어먹어버리도록. 그 사람한테 무슨 원한 같은 게 있는 게 아니라, 맞장구를 쳐주고 싶어. 그걸 뛰어넘어버리고 싶다구. 감독 때문도 아니야. 내가 뭘 할 수 있는지 알아버려서 그래. 감독한테 아주 맞아죽어버렸으면 좋겠어."

진은 수의 두 눈을 가만히 들여다보았다. 분명 그 안에서 섬광이 번쩍이는 걸 본 것 같았다. 백에 오도 못 올라갈 나무. 거친 표현이었지만 진은 수가 무슨 말을 하려는지 정확히 알 것 같았다.

"그런데?"

"잘 안 돼. 딜레이 안 되고 그때 바로 촬영 들어갔으면 큰일이었겠다 싶어. 이대로는 뺨 한 대 못 얻어맞을 수준이야. 따귀가 다 뭐야, 욕 한마디도 못 얻어먹을 것 같아. 한숨조차 안 쉴 거야. 그 아저씨 진짜 신사거든. 아무리 못해도 칭찬밖에 안 해. 그런데 이번에는 칭찬 들으면 정말 죽고 싶을 것 같아."

그날 밤 진은 수의 영화를 열 번도 넘게 돌려 보았다. 수가 출연한 영화 중 유일하게 전신이 노출되는 십이 분짜리 섹스신이 들어간 영화였다.

수는 아름다운 배우였다. 별로 꾸미지 않아도, 그냥 서 있기만 해도 자세부터가 벌써 눈에 확 띄도록 아름다운 사람이었다. 하지만 그건 때 묻지 않은 순수함과는 거리가 있었다. 손동작도, 눈짓도, 서 있을 때 어깨와 허리가 이루는 곡선도, 그 모두가 일부러 연습하고 후천적으로 가꿔서 만들어낸 결과물이었다. 너무나 자연스러워 보이지만 정말로 자연 그 자체라기보다는 누가 봐도 자연스러워 보일 때까지 하나하나 공을 들여 만든 인위적인 구조물이라는 뜻이었다.

물론 그게 다가 아니었다. 너무나 익숙해져서 이제 근육 하나하나 골격 하나하나에 일일이 신경을 쓰지 않아도 저절로 만들어지는 완벽한 모양새. 얼마나 많은 획을 그어봤으면 생각 없이 그어도 저 모양이 나올까. 진은 수의 움직임에서 시간을 느꼈다. 멈춰 있는 자세 또한 마찬가지였다. 그 작은 동작 하나하나에 담겨 있을, 짐작할 수조차 없을 만큼 많은 시간들. 전문가가 아니어서 여전히 못 알아보는 움직임들이 많았지만, 한 번 두 번, 시간을 들여 반복하다보면 그의 눈에도 자연스럽게 포착되고 마는 장면들이 있었다. 그런 순간이 있었다.

거장조차 질투하게 만들었다는 아름다운 실루엣이라니. 얼마나 많은 연습을 한 걸까. 언제부터 저걸 연습하게 됐을까.

수의 신음 소리가 방 안을 채웠다. 이어폰을 꽂아 그 소리를 가두었다. 부모님이 시골로 가신 뒤로 다른 사람이 머문 적이 거의 없는 집이었지만, 허공에다 아무렇지도 않게 흘려버리기에는 수의 목소리가 너무 위태롭게 들렸다. 진은 눈을 감고 그 소리에 맞춰 수의 호흡을 따라 했다. 아주 잠깐, 그 호흡을 읽을 수 있게 된 것 같았다. 수의 몸. 그 몸에 담겨 있는 수많은 선들. 수천 페이지나 되는 그 많은 스케치들이 한 페이지 한 페이지씩 넘어가는 소리. 그걸 이해하게 된 순간이 있었다.

묻어두었던 기억이 떠올랐다. 두 사람의 미지근한 열애사에서 유일하게 뜨거웠던 단 한 순간이었다.

수는 자기가 하는 일이 그 동네에서 얼마나 안 알려진 일인지를 새삼 깨달았다. 어렸을 때부터 친하게 지내던 동네 언니가 진과의 관계에 대해 뭔가 자기만 아는 비밀이라도 되는 듯 넌지시 캐물었을 때였다. 언니가 말했다.

"걔가 어때서. 걔처럼 길쭉길쭉한 사람 실제로 본 적 있어?"

"있죠."

수의 주변에는 그런 사람이 꽤 많았다. 당연한 일이었다. '그러니까 이 언니는 내가 어디서 무슨 일을 하는지조차 모르는 거야. 분명 이야기한 적 있는 것 같은데, 복잡해서 기억에 안 남았나.' 그

뿐만이 아니었다. 그 언니는 수와 진의 관계가 어딘가에서는 이미 열애 중으로 알려져 있다는 사실 또한 까맣게 모르고 있는 모양이었다.

"그때는 어땠어? 십 년쯤 전에 내가 소개팅시켜줬잖아. 근데 너 이야기는 왜 안 해? 그렇게 싫었어?"

"걔는 뭐라고 안 해요?"

"아무 말 안 하던데."

아직 배우가 되기 전, 부모님이 이혼하고 몇 년 만에 이 동네로 돌아왔던 그해에, 수는 소개팅 자리에 나갔다가 역시 소개팅 자리에 나온 진을 만났다.

"너였구나."

"너였네."

그 언니 말마따나 길쭉길쭉하고 늘 착해 보이는 아이. 어디에서 무슨 일이 일어나도 의심 같은 건 받지 않을 믿음직스러운 인상. 처음 본 건 아니었지만, 몇 년 만에 만난 그 아이는 어딘지 모르게 전과는 다른 인상으로 변해 있었다.

"나 너 사랑할 뻔했는데."

대화 중에 튀어나온 진의 그 한마디에 수는 그만 마음의 빗장이 풀리고 말았다.

"너 외국 가기 직전에. 오글거리는 말이기는 한데, 결국 그거더라. 너 외국 가기 직전에 그랬다고. 뭔지 잘 몰랐는데 나중에 생각해보니까."

그 생각에 잠겨 있는데, 언니가 다시 물었다.

"그때는 둘 다 어려서 잘 몰랐겠지만, 내가 보기에 니들 두 사람 딱인데. 그렇게 별로였어, 그 소개팅?"

수는 관심 없는 듯 고개를 끄덕였다. 그리고 묻어두었던 기억을 떠올렸다.

그날, 그 소개팅 날에, 두 사람은 진의 집에서 거의 열두 시간 동안이나 섹스를 했다. 깜빡 잠든 시간도 있고, 뭔가를 챙겨먹으며 쉰 시간도 있었지만, 그건 말하자면 드라마 중간에 나오는 짧은 광고 같은 것에 불과했다. 본질적으로 두 사람은 쉬지 않고 계속해서 섹스를 했다. 깜빡 잠이 들었다가도 누구 하나가 정신이 들면 다시 잠에서 깨어나, 그러기 위해 태어난 사람이라도 되는 것처럼 다시 열심히 몸을 움직였다. 정신을 잃을 만큼 아찔해지거나, 도저히 팔을 들 수 없을 만큼 지쳐 쓰러질 때도 있었다. 하지만 다시 회복이 되고 나면 어김없이 누군가 한 사람이 상대방을 깨웠다. 그리고 또 섹스를 했다. 마침내 두 사람 다 완전히 정신을 잃고 누구도 잠에서 깨어나지 못할 때까지.

먼저 눈을 뜬 것은 수였다. 벌써 오후가 다 된 시간이었다. 그 순간 수는 덜컥 겁이 났다. 그래서 서둘러 옷을 챙겨 입고 조용히 진의 집을 빠져나갔다. 도망이었다. 진을 소개해준 언니에게는 아무 말도 하지 않았다. 도저히 아무 말도 할 수가 없었다. 진도 마찬가지인 것 같았다. 별의별 이야기를 다 하는 사이가 됐지만, 그 뒤로는 단 한 번도 그 이야기를 한 적이 없었기 때문이다. 두 사람은 그 일을 그냥 묻어두기로 했다. 말 한마디 오가지 않은 약속이었지만, 의심할 여지는 전혀 없었다.

그 사건을 없었던 일로 취급하고 진과의 관계를 처음부터 다시 시작해야 했던 이유에 대해 누군가 묻는다면 수는 이런 대답을 들려줄 생각이었다.

"겁이 나서요. 파멸해버릴 것 같은 느낌이었거든요. 어떻게 들리실지 모르겠지만, 그땐 정말 어느 게 누구 성기인지도 모를 만큼 혼란스러웠어요. 판단이 안 된다거나 헷갈린다거나 그런 차원이 아니라 그냥 혼돈 그 자체였어요. 사람 둘이 경계가 구별이 안 될 정도로 섞여 있었으니. 아마 그 남자도 똑같은 생각이었을 거예요. 어떻게 그렇게 됐는지 몰라도 그런 건 다시는 생각조차 해서는 안 될 일인 것 같았어요."

그런데 이제 그 일을 다시 끄집어내야 할 것 같았다. 기껏 해야 보름. 촬영이 시작되기 전까지, 무언가 답을 찾아내야만 했다.

퇴근 시간이 다 됐을 때, 진은 수의 연락을 받았다. 회사 근처에 와 있다는 것이었다. 진이 기억하기에 수가 먼저 그를 찾아온 적은 거의 없었다. 별다른 용건이 있어서 찾아온 건 아니라고 했지만, 진은 이유를 짐작할 수 있을 것 같았다. 하지만 그게 중요한 건 아니었다. 이유가 있건 없건 수가 찾아온다면 언제나 환영이었다.

수는 자신이 언제나 진의 주위를 맴돌고 있다고 생각했다. 그 일이 있은 뒤부터 쭉 그랬다. 늘 충분한 거리를 두고 조금씩 조심스럽게 다가서고 있기는 했지만, 어쨌든 진과 자신 사이에 이어진 끈을 완전히 놓아버릴 수는 없었다. 외국에 갔다 올 때면 수는 그런 느낌이 들곤 했다. 어딘가에 이끌려 다시 돌아왔는데 막상 와

보니 자기네 집보다 진의 집을 먼저 바라보게 되는 느낌.

그것은 아주 거대한 소용돌이 같은 것이었다. 물론 수가 맴돌고 있는 '진의 주위'라는 것은 그렇게 가까운 거리를 말하는 게 아니었다. 그것은 거의 지구 반지름만큼이나 거대한 소용돌이였다. 아직 멀리 떨어져 있을 때는 조금만 노를 저어도 곧 빠져나갈 수 있을 것 같지만 잠깐 손을 놓고 있으면 어느새 서서히 빨려들어가곤 하는 완만하고도 압도적인 물살. 그 중심에는 결국 진이 있었다. 수에게는 그 소용돌이가 필요했다.

수는 몇 년간 늘 그래왔듯 진이 걸어오는 모습을 바라보고 서 있었다. 정장이 잘 어울리는 길쭉길쭉한 걸음걸이. 진은 어쩐 일인지 자신을 빤히 바라보고 서 있는 수를 보았다. 어떻게 해도 안 어울릴 것 같은 옷을 너무나 자연스럽게 입고 서 있는 수.

둘은 같이 저녁을 먹은 다음 버스를 타고 가다 중간에서 내려 집까지 삼십 분 정도를 나란히 걸어갔다. 그리고 함께 수의 집으로 들어갔다.

수의 맨살이 온몸에 닿았을 때, 진은 그런 생각을 했다. '이건 일종의 실험 같은 걸까.' 하지만 그 생각은 그렇게 길게 이어지지 못했다. 그 어떤 생각도 마찬가지였다. 십 년 전 그날의 기억부터, 퇴근길에 자신을 기다리고 서 있던 수를 본 순간 느꼈던 두근거림까지, 모든 생각이 짧게 끊어졌다. '다시 그런 일이 일어날까?' 옷 안에 가려져 있던 속살이, 뭘 입어도 가려지지 않는 곡선을 지탱하던 골격이, 화면으로만 봤을 때도 바로 곁에 있는 것처럼 생생했던 숨결이, 그의 몸을 파고들어왔다. '수는 애인이 있는데. 이게 잘

못이 아니려면, 역시 실험이나 연습이어야 하는 걸까.' 그러나 진은 그게 실험이 아니라는 사실을 잘 알고 있었다.

수도 역시 마찬가지였다. 수는 그런 생각을 했다. '오늘이 지나면 우리는 또 어떻게 달라질까. 다시 한 번 깜짝 놀라서 물러서게 될까. 오늘 일은 없었던 걸로 해버리고? 아니면 그냥 이대로 남들처럼 평범하게 다음으로 넘어가게 되는 걸까? 나는 어떻게 되고 싶은 거지?'

잠깐 잠깐 정신이 들 때마다 진은 수의 신음 소리가 집 밖으로 새 나가는 게 신경이 쓰였다. 수는 그 방을 달구고 있는 열기가 세상 밖으로 널리 널리 퍼져나가기를 바랐다.

다행인지 불행인지, 우려하던 그 일은 일어나지 않았다. 십 년 전에 겪었던 것 같은 혼란은 그들을 덮치지 않았고, 둘 사이에도 여전히 거리낌이 없었다. 오히려 너무 자연스러운 게 이상할 정도였다.

"체력 문제일지도 모르지. 그때는 둘 다 힘이 좋아서 그렇게 미친 듯이 빨려들어간 건지도 몰라. 어제도 그렇게 빨려들어가야 되는 건데 둘 다 체력이 약해서 거기까지 못 간 건지도 모르고."

진이 무덤덤한 목소리로 그렇게 말했다. 진은 벌써 이십 분 동안이나 아무렇지도 않게 그 이야기를 하고 있었다. 수는 슬쩍 주위를 둘러보았다. 야외음악회가 열리는 초저녁 공원에는 눈길 닿는 곳 어디에나 사람들이 빽빽하게 들어차 있었다. 가까운 곳도 마찬가지였다. 수는 근처에 있는 사람들이 나누는 이야기를 또렷이 알아들을 수 있었다. 신경 써서 듣고 있지는 않았지만, 마음만 먹으면 대화 내용을 전부 알아들을 수 있을 만큼 가까운 거리였다. 공원을 가득 채운 인파 가운데에는 물론 아이들도 섞여 있었다. 그러나 진의 이야기에 귀를 기울이는 사람은 아무도 없었다.

"너는 그런 이야기를 어떻게 그렇게 아무렇지도 않은 얼굴로 할 수가 있어?"

"뭘?"

"어쩜 그렇게 하나도 안 느끼하냐고."

진은 정말이지 하나도 안 수상한 사람이었다. 어디에 갖다놔도 마찬가지였다. 분명히 남들은 생각지도 못한 이상한 일을 꾸미고 있는 순간에도 진은 언제나 평범해 보였다. 아니, 사실 그렇게 평범해 보이지는 않았다. 그런 순간이 오면 진은 그야말로 반짝반짝 빛이 났다. 하지만 그 반짝이는 빛이 세상에 놓인 다른 것들과 동떨어져 보이지는 않았다. 오히려 세상이라는 게 원래 그렇게 반짝이는 것들로 가득 찬 것이라는 착각이 들 정도로, 세상에 아무런 충격도 주지 않고 자기 하고 싶은 일을 그대로 해나가는 사람. 진은 그런 사람이었다.

질량 없는 말투로 그가 말했다.

"물론 불만족스러웠다거나 그런 이야기는 아니야. 그건 말도 안 되지. 실망했다거나 좋았다거나 그런 건 따질 필요도 없는 일인데, 아무튼 그 일이 일어나지 않은 건 사실이야. 그거 말이야. 뭐라고 해야 되지?"

"파멸해버릴 것 같은 느낌?"

진이 수의 눈을 바라보며 환한 미소를 띠었다.

"그랬나? 파멸이라. 뭘 말하려는 건지 알 것 같아. 좋은 표현이다. 하여튼 그 파멸에 이를 것 같은 느낌은 안 들었다는 거지. 잘못됐다는 건 아니야. 그게 원래 섹스로 얻을 수 있는 감각은 아니니까. 그때는 왜 섹스를 하다가 그쪽으로 빠져버렸는지 모르겠는데, 아무튼 일반적으로 기대할 수 있는 상태는 아니겠지. 기대는 했지만."

"그래. 기대는 했지만."

적당히 거리가 느껴졌다. 완전히 부정하는 것도 아니고, 그런 일이 있었다고 하룻밤 사이에 완전히 다른 사람들이 된 것처럼 감당 못할 의무감 같은 걸 들이대는 것도 아니고. 다행이었다. 예전에 갖고 있던 거리 감각을 유지한 채 다시 한 번 줄자를 꺼내 실제로 얼마나 가까워졌나 확인해보는 설렘이 남아 있어서.

하지만 내심 파멸의 순간을 기대했던 것도 사실이었다. 그 순간 그게 꼭 필요했기 때문만은 아니었다. 그냥 한 번쯤 기대를 해보는 게 당연한 일인 것 같았다. 그런 게 진짜로 있다면, 그냥 둘만의 착각이 아니었다면.

수는 말없이 진의 어깨에 머리를 기댔다. '열애 중이니까.' 음악회 현장을 비추던 카메라가 잠깐씩 공원에 앉아 있는 사람들을 비췄다. 진은 무대 위 스크린에서, 수가 자기 어깨에 머리를 기댄 채 기분 좋은 표정으로 눈을 감고 있는 모습을 보았다. 수는 늘 그랬다. 야구장에서도, 어딘가에 강연을 들으러 가서도, 수는 언제나 화면에 담겼다. 배우가 되기 전에도 마찬가지였다.

진은 화면에 담긴 수를 이십 년이 넘도록 보아온 것 같았다. 하지만 자신이 그 화면에 함께 담길 수도 있다는 상상은 한 번도 해보지 못했다. 그런 그림을 보게 되다니. 진은 말문이 막혔다. 머릿속에 들어 있던 생각들이 모조리 안으로 기어들어갔다. 파멸이나 혼돈의 느낌 같은 건 이제 굳이 떠올리지 않아도 좋을 것 같아서였다. '그냥 이대로가 좋아. 아무 일도 일어나지 않았으면 좋겠어.'

수는 그 침묵이 좋았다. 비로소 음악 소리가 귀에 들어왔다. 진이 자기 호흡에 맞춰 숨을 고르면서 생긴 움직임이 그의 어깨를 타고 귀 아래로 전해졌다. 잠꼬대처럼 나긋나긋한 목소리로 수가 말했다.

"그래도 아쉽긴 하다. 잘하면 감독한테 맞아죽을 수 있을 줄 알았는데."

진은 가만히 생각에 잠겼다. 흐릿한 구름과 한밤의 조명을 뚫고 딱 다섯 개의 별만이 반짝이던 저녁.

진은 수의 연기를 떠올렸다. 수는 단지 맨몸의 움직임만으로, 존재하지 않는 것을 존재하는 것으로 만들 수 있는 사람이었다. 수가 허공에 있는 존재하지 않는 벽을 두 손으로 밀면 진은 그곳에서 진짜 벽을 볼 수 있었다. 수의 손바닥이 정말로 눈에 보이지 않는 유리벽에 밀리기라도 한 것처럼 허공 위에 완전한 평면을 재현해내는 순간, 누구나 그곳에 진짜 유리벽 같은 게 존재한다고 믿어버리게 되는 것이었다.

"몸이 기억하는 거야. 손 근육이 벽에 밀려서 쫙 펴졌을 때의 상태를 기억했다가 허공에 그 모양을 재현해내는 거지. 일단은 훈련이 필요하고, 훈련된 근육 하나하나를 해부학적으로 재조합해서 그 모양으로 정확히 구성해내는 조정 작업 같은 것도 가끔 필요해. 그런데 더 중요한 건 이거야. 내가 정말로 그렇게 믿는 거. 그러면 빨리 늘어. 이렇게."

그렇게 말하면서 수는 손에 들고 있던 연필을 두 손으로 만지작거렸다. 공기로 된 벽 한가운데에 콱 박혀버리기라도 한 듯 허공에 단단히 고정되어 있는 연필. 손가락이 어떻게 움직이든 꿈쩍도 하지 않고 테이블 이십 센티미터 위에 그 모양 그대로 멈춰 있는 연필의 모습에서, 진은 이 세계의 물리법칙에 구속되지 않는 마법의 힘 같은 것마저 느낄 수 있었다.

"내가 믿으면 너도 믿게 되는 거야."

수가 그대로 지상에 머물러 있게 놔둘 수는 없었다.

음악회가 끝나고 집으로 돌아가는 길에 진이 조심스럽게 그 이야기를 꺼냈다.

"이런 걸 리뷰를 해도 되나 모르겠는데, 실례가 아닌가 싶기도 하고."

"해."

"그래. 너는 일단 골격이나 근육이나 몸매나 피부 같은 물리적인 조건은 빠지는 데가 없어. 전문가가 보면 어떨지 몰라도 내가 보기에는 완전해. 십 년 전에 봤을 때보다 훨씬. 이건 뭐랄까, 나 같은 사람이 보기에는 그냥 말도 안 나오는 수준이니까 내가 뭐라고 하나 마나고."

"다른 건?"

"그 물리적인 조건에서 직접 나오는 움직임들도 좋아. 숨 쉴 때,

이렇게 깊이 숨을 들이쉴 때 가슴 부분 전체가 움직이는 모양이나, 특히 떨림 같은 거. 의식적으로 통제하는 움직임 말고 몸이 비틀린다든지 반사적으로 움츠러든다든지 하는 것들도 두근거리게 만드는 뭔가가 있어. 선이 멋지게 나오고, 그 선이 가늘게 떨리는 모양이 그 선에 진짜 같은 느낌을 더해주거든. 저런 나뭇잎이 바람에 흔들리는 느낌 말이야. 나뭇가지가 자라난 모양대로, 거의 정해진 방식으로 살짝살짝 움직이기만 하는 건데 저게 어떻게 흔들리느냐에 따라서 기분 좋은 바람이 느껴지기도 하고 폭우가 몰아칠 것 같은 예감을 받기도 하고 그렇잖아. 그래서 너는 스틸샷보다, 정적인 화면이어도 영화가 훨씬 나아. 니 몸이 말이야. 그, 여자 몸이라는 거. 물론 실제로 보는 게 제일 낫겠지. 영화보다 전시가 더 낫다고. 그렇게 말해도 되나?"

"무슨 말인지 알겠어. 아무튼 그 영화 자세히도 봤구나. 그 다음은?"

"몸을 써서 하는 움직임은 아예 내가 뭐라고 덧붙일 수준도 아니겠지. 그건 니가 전문이니까. 섹시한데 표현력 있고, 그 표현력으로 담아낼 내용도 풍부하고, 감정도 잘 실리고, 뭘 전하고 싶은 건지 느낌도 잘 전해지고. 한마디로 이해가 잘돼. 쉬워. 쉬워 보인다고 만들기도 쉬운 모양은 아니겠지만. 순간순간 의식적으로 하는 움직임이든 연습해서 몸에 익힌 움직임이든 정지해 있는 포즈든 다 훌륭해 보여. 그런데……"

진이 갑자기 말을 끊었다. 수는 고개를 돌려 진의 얼굴을 바라보았다.

"문제가 뭔지 알아냈어?"

“팔이.”

“팔? 왜?”

“너무 완전해. 너무 잘 짜여 있어.”

“너무? 그런 게 있나?”

수는 아무렇게나 팔을 흔들어 보였다. 진은 그 모습을 가만히 바라보더니 잠시 후에 말을 이었다.

“보통 사람들은 사진 같은 거 찍으면 팔을 어떻게 할지가 제일 어려워. 어떻게 해도 부자연스럽거든. 운동선수들도 프로필 사진 같은 거 보면 그 종목에 원래 있는 동작 아니면 처리가 안 되는 경우가 있어서, 팔짱을 끼거나 주머니에 손을 넣거나 그래야 되거든. 아니면 한쪽 주먹 치켜들고 파이팅 하는 자세나. 그런데 너 같은 프로는 그게 제일 차이가 많이 나. 너는 어떻게 해도 팔이 자연스러우니까.”

“그거야 연습을 하니까.”

“그런데 그게 너무 연습이 잘돼 있어. 그러니까, 섹스할 때 말이야.”

“그래? 그런데 그게 뭐야? 연습이 너무 잘돼 있다는 게.”

“성감대가, 어제 니가 제일 크게 반응했던 데가 골반 쪽이었는데, 가슴보다 더 예민했거든. 골반 앞쪽에서부터 아래쪽으로 다리 관절 접히는 선 따라 이어지는 그 라인. 거기 손이 닿으면 반사적으로 몸이 움츠러드는데, 몸 전체가 움츠러드는 건 좋아. 그런데 팔이……”

그 순간 마주 오던 남자 둘이 그들 쪽으로 슬쩍 눈길을 돌리자 진이 잠시 말을 멈췄다. 잠시 후 남자들을 지나치자마자 다시 수가 물었다.

“어떤데?”

“팔이 반사적으로 내려와서 내 손을 밀어내는데, 너는 모르지?”

“응.”

“영화에서도 그랬어. 어제도 그랬고. 손목 관절이나 팔꿈치로 내 손을 밀어내는 거 말이야. 그렇게 거의 반사적으로 저항하는 제스처를 취하는데, 그게 표현하는 게 있거든.”

“저항한다는 거?”

“그렇지. 저항하는데 저항하지 않는, 그 묘한 경계가 있는데, 니 팔이 그걸 연기해.”

“연기해?”

“내가 전문가는 아니니까 잘은 모르겠는데, 연기 같아. 꾸며낸 거라는 게 아니라, 그것도 니 몸에 익숙한 니 동작이 맞는데, 다른 움직임들에 비하면 너무……”

“너무……?”

“남의 팔 같아. 그러니까 다른 문화권에서 온 제스처처럼. 조선시대 배경인 영화에서 판소리 듣는 양반이 발 하나를 까딱까딱하면 낯설잖아. 그걸 연기하는 배우한테는 분명 그게 자기 동작이 맞지만, 그 배역은, 그 양반은 아직 그 동작을 모르는 문화권에 속해 있어서. 옛날에 일본 사람들이 재즈 들을 때 하던 동작이 그 재즈라는 걸 따라서 조선으로 흘러온 거라니까. 우리가 아는 그 재즈 말고 뭉뚱그려서 미국 음악 말이야. 아무튼, 그런 위화감이 있다고.”

"심해?"

"실제로 같이 있을 때는 나도 못 느꼈지. 어제는. 뭐 너만 하는 동작도 아니니까. 그런데 영화에서 볼 때는 그 팔 동작이 계속 나오는 게 눈에 띄어. 한눈에 보이는 건 아니고, 계속 보다보면. 그래서 야해 보이는 것 같기도 하지만. 왜 그런지 알겠지? 거부하는 것 같으면서도 강하게 거부하지는 않는 제스처니까. 어느 문화권이든 여자들한테 요구하는 어느 정도 보편적인 관습 같기도 하고……"

수는 고개를 끄덕였다. 그저 동의한다는 뜻만은 아니었다. 그리고 집으로 돌아가 밤새 자기 영화를 반복해서 돌려 보았다.

수요일 저녁, 아는 사람이 연출한 공연을 보고 집으로 돌아가려는데 갑자기 큰비가 쏟아지는 바람에 발이 묶였다. 다시 공연장으로 돌아가 큼직한 통유리로 쏟아져내리는 빗방울을 바라보며, 수는 진이 한 말을 떠올렸다.

그의 말이 옳았다. 정말로 그런 팔 동작을 하고 있었다. 며칠을 곰곰이 생각한 끝에, 수는 그게 왜 문제인지 알 것 같았다. 해서 꼭 나쁠 게 없는 일반적인 동작이었지만, 문제는 그 동작이 수가 소용돌이 쪽으로 흘러가는 걸 막아주는 안전장치 역할을 하고 있었다는 점이었다.

안전장치. 언제부터 그런 연습을 하게 됐는지 알 것 같았다. 십년 전 그 일이 있은 뒤였다. 어린 수에게 그 일은 분명 충격이었다. 다시는 그렇게 되지 않도록 최대한 팔다리를 뻗어 허우적거려야만 하는 그런 종류의 일이었던 것이다. 아무튼 그 많은 말 중에 하필 파멸이라는 말이 제일 먼저 떠올랐으니까.

수는 전날 진이 점심을 먹으면서 한 말을 떠올렸다.

"이런 거야. 나일 강은 남쪽에서 북쪽으로 흘러. 하구에 그 유명한 삼각주가 있는데, 거기서 바로 지중해로 이어져. 그런데 그 동네가 재밌는 게 바람이 북쪽에서 남쪽으로 불어. 강물이 흐르는 방향과는 반대쪽으로. 그러니까 배를 가만히 띄워놓으면 물살을 따라 남쪽에서 북쪽으로 갈 수 있어. 돛을 달면 북풍을 받아서 북쪽에서 남쪽으로 강물을 거슬러갈 수 있고. 이런 상형문자가 있어. 항해한다는 뜻도 있는데 북쪽으로 간다는 뜻도 되거든."

진은 수첩 사이에 끼워둔 그림 문자를 보여주었다. 돛이 없는 배였다(). 그리고 그 옆에는 또 다른 그림 문자 하나가 인쇄되어 있었다. 돛이 있는 배였다(). 돛이 바람을 잔뜩 품고 있었다.

"이 두 번째 글자가 돛을 단 배야. 이것도 항해한다는 뜻도 되는데, '남쪽으로'라는 뜻이 있어. 그림만 봐도 무슨 말인지 알겠지. 똑같이 항해한다는 뜻이긴 해도 딱 보면 뭐가 어느 방향을 뜻하는지 알 수 있었을 거라는 거. 너는 팔로 돛을 만들었던 거야. 꽤 보편적으로 해석되는 제스처를 가져와서 바람을 탄 거지. 계절풍처럼. 몸이 자연스럽게 흘러가려는 방향으로 가지 못하게 다른 의미로 방향을 틀어버려서 너답지 않은 몸짓이 된 게 아닐까."

다른 의미. 수는 그게 뭔지 잘 알고 있었다. 저항하는 것 같지만 그렇게 강하게 저항하지는 않는 여자의 이미지. 그런 클리셰. 그게 최선일 리는 없었지만, 그렇게 상투적으로 읽히기를 바란 게 사실이었다. 그리고 수는 그 공식을 누구보다 완벽하게 연기할 수 있었다. 최고로 불릴 만큼. 그런데 그게 문제였다.

빗줄기가 점점 더 강해져서 당분간은 밖으로 나갈 엄두가 나지 않았다. 도로 위로 물살이 빠르게 흘러가는 모습이 보였다. 인도 어딘가에 작은 소용돌이가 생겨난 모습도 보였다.

그것은 보고 싶지 않다고 해서 존재 자체를 부정할 수 있는 게 아니었다. 수는 물론 그 사실을 잘 알고 있었다. 그쪽으로 떠밀려 가지 않도록 최대한 허우적거려볼 수는 있지만, 그렇다고 그게 사라지는 건 아니었다. 그 소용돌이는 아직도 거기에 있었다. 그곳에서 벗어나기 위해 움직임들을 단련하기 시작했고 그래서 결국 지금의 위치까지 올 수 있게 되었다. 그런데 지금 와서 뒤를 돌아보니 소용돌이를 벗어난 게 아니라 소용돌이 주위를 한 바퀴 빙 돌아 원래 있던 자리로 돌아온 모양이었다.

무서운 생각이 들었다. 한편으로는 다행이라는 생각도 들었다. 지금 같은 상태라면 소용돌이를 정면으로 마주 볼 수 있을 것도 같았다.

이미 그렇게 결론이 내려진 뒤였다. 그래서 진이 그 말을 꺼냈을 때 수는 그다지 오래 망설이지 않았다.

금요일 저녁이었다. 진은 수의 눈을 똑바로 바라보며 손에 들고 있던 끈을 내밀었다. 이 미터 정도 돼 보이는 부드러운 재질의 끈이었다.

"손목을 묶으려고."

수는 진의 표정을 살폈다. 긴장하거나 어색한 기색은 느껴지지 않았다. 수가 고개를 끄덕이자 진이 짧게 덧붙였다.

"돛을 내리는 거야."

수는 수염이 난 진의 턱이 좋았다. 아빠가 돌아가셨을 때, 검은 양복에 검은 넥타이를 매고 사람들 뒤편에 가만히 서서 가끔씩 곁눈질로 수의 표정을 살피곤 하던 그의 모습이 좋았다. 그 흑백사진 같은 기억을 완성시켜주는 짧고 거친 턱수염의 질감이.

상의가 벗겨졌다. 찬 공기에 노출되자 살갗이 팽팽하게 당겨졌다. 진이 팔을 뻗어 수의 두 팔을 머리 위쪽으로 들어올렸다.

수는 몇 해 전 발목을 살짝 삐었을 때 진이 발목에 붕대를 감아주었던 일을 떠올렸다. 그 붕대는 치료를 목적으로 감은 게 아니었다. 다만 거기에 붕대가 있다는 사실을 상기시켜주기 위한 것일 뿐이었다. 그러지 않으면 발목을 삐었다는 사실을 잊어버리고 자꾸만 발목에 무리가 가는 경쾌한 걸음걸이로 걸어다니게 돼서, 금방 나을 발목이 몇 주가 가도록 나을 기미조차 보이지 않는 일이 발생하게 되니까.

느슨한 매듭이었다. 굳이 매듭을 풀지 않아도 마음만 먹으면 쉽게 손을 뺄 수 있을 만큼 헐거운 매듭이었다. 두 손이 묶여 있었고, 끈의 반대쪽 끝은 침대 머리맡에 있는 기둥에 매여 있었다.

그리고 진의 손이 서서히 수의 팔을 쓸고 내려왔다. 건조하지 않은 부드러운 손끝이었다. 마찰을 일으키며 아무렇게나 피부를 긁고 지나가는 게 아니라 두 팔 전체에 쭉 늘어서 있는 작은 건반들을 하나하나 순서대로 훑고 지나가는 듯한, 접촉면의 감촉이 느껴지는 섬세하고 촉촉한 손끝이었다. 그 작은 건반에서 나는 소리가 수의 몸 안 어딘가로 퍼져나갔다. 그러자 저절로 눈이 감겼다. 그리고 동시에 다른 감각들이 열렸다. 어디에서부터 와서 어디로 흘러가는지 알 수 없는 무수히 많은 작은 감각들이, 수의 몸 위에 살짝 몸을 포개고 있는 두 팔을 대신해 진의 존재를 더듬고 있었다.

수는 팔이 묶여 있다는 사실을 알고 있었다. 하지만 그 매듭은 수의 팔을 속박해서 수가 원하지 않는 일을 하기 위해 만들어진 것이 아니었다. 그것은 아무것도 구속하지 않았다. 다만 묶여 있다는 사실을 알려줄 뿐이었다.

진의 손이 몸 아래로 내려가 등 뒤에 있는 후크를 풀었다. 스스로도 거의 나체가 된 뒤였다. 브래지어가 매듭 근처까지 밀려올라가고, 진이 내쉬는 가느다란 호흡이 드러난 수의 가슴 위를 닿을 듯 말 듯 가볍게 스쳐지나갔다. 수는 머릿속으로 자기 몸의 선을 상상했다. 진의 두 손이 다시 한 번 손목까지 올라갔다가 팔을 타고 쭉 아래로 미끄러져갔다. 겨드랑이를 지나 옆구리까지. 오소소 소름이 번져갔다. 며칠 전에 진이 말한 것처럼, 머릿속에 그려진 그 가느다란 선들이 미세한 진동을 일으키기 시작했다.

그리고 그중 몇 개가 갑자기 팽팽하게 당겨졌다. 갑작스레 줄 몇 개가 당겨진 마리오네트 인형처럼 수는 자기도 모르게 머릿속으로는 그려내기 힘든 모양으로 움찔거렸다. '이게 연습이 돼 있다니! 그럴 리가 없어. 어떻게 이런 걸 미리 계획해.'

발자국을 남기듯 진의 손끝이 갈비뼈 사이사이에 살짝살짝 박혔다. 갈비뼈를 타고 올라온 그의 손이 가슴 아래쪽에 그려진 곡선을 손등으로 타고 흘렀다. 그리고 얼마 지나지 않아 진의 손가락이 수의 가슴 끝을 건들었다.

'네 번째 손가락이야.'

또다시 수의 몸을 지탱하던 줄 몇 개가 당겨졌다. 수는 왼쪽으로 허리를 틀며 가볍게 다리를 버둥거렸다. 반사적으로 두 팔이 가슴 쪽으로 당겨졌다. 그러자 침대에 단단히 매여 있는 끈 한쪽이 수의 두 손목을 살며시 잡아끌었다. 잠시 후 다시 팔 전체에서 힘이 빠져나갔다. 진은 수의 팔꿈치가 힘없이 양옆으로 내려지는 모습을 보았다.

'묶여 있었지 참.'

네 번째 손가락. 힘이 너무 강하게 들어가지도 않고 어딘가에서 익숙해져버린 동작이 버릇처럼 무심코 튀어나오지도 않는, 뭘 해도 어색하고 덜 다듬어진 방식으로밖에는 움직이지 못하는, 원초적인 움직임이 보존되어 있는 익명의 손끝. 그 손가락이 수의 몸 안에 잠들어 있던 비슷한 움직임들을 깨워 일으키는 것 같았다. 다시 한 번 수의 몸이 뒤틀렸다. 진의 손가락이 계속해서 수의 가슴 끝을 파고들었다.

팔을 위로 젖힌 수의 유두가 평소보다 더 팽팽해져 있었다. 그리고 온전히 무방비 상태였다. 진의 혓바닥이 가슴을 쓸어올리고, 한쪽 손이 다른 쪽 가슴을 깊숙이 파고들었다. 통제할 수 없는 작은 움직임들이 수의 온몸을 휩쓸고 지나갔다. 그리고 그 순간, 소용돌이 끝자락이 느껴졌다. 거대한 물살에 실린 듯 아득한 흐름이 몸 전체를 휘감았다. 온몸을 쭉 펴 힘차게 발을 뻗었는데도 발끝이 바닥에 닿지 않는 순간의 당혹감. 그 느낌이 팔을 아래로 끌어내리려 했다. 그러자 다시 한 번 수의 손목을 감은 끈이 그 팔을 잡아당겼다. 돛이 올려지지 않은 배. 물살을 따라 꼼짝없이 하류로 떠내려가는 배. 신음소리가 새어나왔다. 하지만 수는 그 사실을 자각하지 못했다. 거기가 바로 십 년 전 그날로 접어드는 경계선이었다.

그리고 수가 갑자기 눈을 크게 떴다. 진이 그 모습을 보고 움직임을 멈추었다. 수의 두 팔꿈치가 다시 천장을 향해 솟아올랐다. 끈이 팽팽하게 당겨졌다.

'이게 정말 클리셰 때문이라고?'

수는 진의 말을 떠올렸다. 그리고 그 말을 듣고 자신이 했던 생각을 떠올렸다. 하지만 그것은 반사적으로 튀어나오는 동작이 아니었다. 너무나도 직관적이고 논리적이기까지 한 동작이었다. 저지하지 않으면 미칠 것 같아서, 견딜 수 없어서 하는 일이었다. 아무리 생각해도 그걸 그대로 두고 볼 수 있는 사람은 많지 않을 것 같았다.

'나도 그렇게 하고 싶어. 그런데 그게 하고 싶다고 아무나 할 수 있는 건 아니잖아.'

깊은 한숨이 터져나왔다. 그게 무슨 의미인지는 알 수 없었다.

진 또한 마찬가지였다. 진은 그 한숨이 무엇을 뜻하는지 알 수 없었다. 그래서 팔을 둘러 수의 몸을 온몸으로 감싸안은 채 가만히 수의 대답을 기다렸다. 잠시 후에 수가 그의 귀에 낮은 목소리로 이런 말을 속삭였다.

"계속해. 북쪽으로 가."

진이 고개를 끄덕였다. 수가 또다시 한마디를 덧붙였다.

"같이 가."

진의 손이 움푹 팬 겨드랑이 쪽을 지나 수의 가슴 안으로 파고들었다. 손아귀 전체를 통해 강한 압력이 가해지자 가장 자연스러운 상태에서 수의 몸이 저절로 만들어내는 몸의 가장 바깥쪽 실루엣이 살짝 일그러졌다. 봉긋하게 뭉쳐 있는 가슴 아래, 그다지 두텁지 않은 가슴 근육이 만져지는 곳까지 파고든 그의 손이 갈비뼈까지 강하게 파고들었다. 그러더니 진의 오른쪽 손이 수의 왼쪽 가슴을 지나 옆구리 쪽으로 내려갔다. 골반에 압력이 느껴졌다. 수의 몸이 튀어오르듯 아래위로 진동했다. 거기에서부터 다리 사이로 이어지는 곳, 가슴보다 예민한 관절 위 연결선으로 진의 손이 파고들자 길게 정렬되어 있던 수의 다리가 형태를 무너뜨리며 기묘하게 일그러졌다.

다시 두 팔이 아래쪽으로 당겨졌다. 하지만 손목을 묶은 끈 때문에 그 움직임은 결국 실현되지 않았다. 막아서는 움직임이 아무것도 없자 진의 손이 계속해서 그곳을 파고들었다. 이래도 되나 하는 생각이, 견디기 힘든 자극이 수의 몸을 뒤틀었다. 파멸의 느낌. '너무 과한 말일까? 아니야, 적어도 몸은, 정말로 파멸에 저항하듯 저항하고 있어. 어쨌든 저걸 넘어야 되는데.' 하지만 수가 그런 생각을 하는 사이 오른손이 그만 매듭을 빠져나오고 말았다.

'이게 아닌데.'

진의 손이 이끄는 대로 오른손이 다시 끈 안으로 들어갔다.

그리고 속옷이 벗겨졌다. 수는 엉덩이를 들어 마지막 남은 옷가지에서 빠져나왔다. 눈이 감겼다. 고관절 위 움푹 팬 연약한 라인으로 진의 손이 천천히 파고들었다. 그 아래, 마치 피부 안쪽에 숨겨진 채 늘어선 작은 건반들이 그 손길에 차례차례 눌려지듯 수의 몸 전체로 자신만이 들을 수 있는 작은 소리들이 퍼져나갔다. 벌거벗겨진 몸이 다시 한 번 벗겨지는 기분이었다. 다시 한 번 팔이 아래쪽을 향하다 멈췄다. 느슨한 매듭이 두 손목을 강하게 조여들어갔다.

진의 두 손이 수의 다리를 뒤쪽으로 한 번 쓸어내리더니 다시 위쪽으로 올라와 다리와 몸통이 이어지는 곳 근처 곳곳으로 파고들었다. 여러 가지 방식이었지만, 어떤 손길이었는지 하나하나 구별할 수가 없었다. 강하지는 않지만 분명한 터치에 다시 몸 안쪽을 지나는 줄들이 불규칙하게 당겨졌다. 호흡이 제멋대로 당겨지고 자신은 알지 못하는 신음 소리가 입 밖으로 갑자기 터져나왔다. 그렇게 온몸이 당겨졌다. 동시에 발가락이 맥없이 풀어졌다.

미칠 듯한 자극이 허리와 다리를 튀어오르듯 뒤틀리게 만들었다. 그 순간 수의 몸을 지배하는 의식 아닌 누군가가 머리 위로 뻗은 두 팔에 이런 명령을 내리는 것이었다. '저 자극을 막아야 해.' 그리고 또 다른 목소리가 그 명령을 가로막았다. '안 돼. 그대로 둬.'

그러는 사이, 몸으로 흘러들어오는 자극이, 의식이 몸의 실루엣을 유지할 수 있는 한계치를 넘어 감당할 수 없는 수준까지 폭발적으로 쏟아졌다. 그 자극을 막기 위해 이중삼중으로 설치된 차단 장치들이 의식의 판단을 기다리지 않고 자동적으로 내려지려는 찰나. 누군가 그 차단장치를 가로막았다. 두 팔이 다시 아래쪽으로 당겨지려는 순간, 무언가가 두 팔을 그 자리에 잡아두었다.

아!

수가 마음속으로 그렇게 외쳤다. 동시에, 차단되지 않은 자극들이 한꺼번에 온몸으로 밀어닥쳤다. '이게 뭐야? 이래도 되는 거야?' 요동쳐야 할 팔이 움직이지 않았다. 끈이 팔을 제지하지도 않았다. '누가 막은 거야? 어떻게 막았지? 설마 그게 나야?' 움직여야 할 팔이 움직이지 않자 그 자극이 전부 떨림으로 바뀌었다. 몸이 위쪽으로 튀어오르고, 두 팔은 바깥쪽으로 뒤틀렸다. '막지 마. 계속해야 돼. 이걸 넘어야 돼.'

진은 그 순간 무슨 일이 일어났는지 알아볼 수 있었다. 수의 팔을 잡아당긴 것은 끈이 아니었다. 분명 팔은 전혀 움직이지 않았다. 움직인 것은 몸통뿐이었다. 그 팔을 그 자리에 가만히 잡아둔 것은 바로 수의 몸 그 자체였다. 수는 그 몸이 낯설었지만, 다른 한편으로 그 몸을 대한 게 처음은 아니라는 확신이 들었다.

지금까지는 볼 수 없었던 희한한 떨림이 몸으로 전해지는 것을 느끼며, 진은 제일 중요한 연습이 끝났다는 사실을 직감했다. 그는 자기 옷을 완전히 벗어던진 다음 수의 머리 위쪽으로 올라가 느슨하게 묶여 있던 매듭을 풀어냈다. 자유로워진 수의 두 팔이 자연스럽게 침대 위에 놓였다. 진의 혀끝이 수의 턱 아래로 파고들었다. 목덜미를 거쳐 귀 뒤까지 혀끝으로 굵은 선 하나를 긋는 동안 진은 수의 팔이 움직이는 것을 느낄 수 있었다. 움찔거리기는 하지만 움직이지는 않는 팔. 안에서 밖으로, 분명 무언가를 표현하고 있기는 하지만 한눈에 의미를 알아낼 수 없을 만큼 외부의 관습과는 동떨어진 몸짓.

돛이 내려져 있었다. 뱃머리가 돌아가고 있었다. 두 사람을 태운 침대가 소용돌이 중심을 향해 서서히 방향을 틀고 있었다. 십 년 전 그때 그 순간을 향해.

수는 기억을 떠올렸다. 진에 관한 가장 오래된 기억. 몇 살이나 됐을까. 양말에 구멍이 났다고 자랑하던 남자아이. 그때는 키가 작았는데 언제 저렇게 컸을까. 마지막으로 진이 수에게 해맑은 얼굴로 다가와 무릎에 구멍이 뚫린 바지를 자랑하던 일이 떠올랐다. '저리 가. 너는 왜 그런 걸 자랑하는 거니?' 그 뒤로 한참 동안 진과는 이야기를 나누지 못했다. 길에서 우연히 만나더라도 서먹서먹하게 눈길을 피했을 뿐이었다.

엄마를 따라 외국으로 가던 날. 비행기 안을 가득 채운 엔진 소음이 떠올랐다. 외국에서 만난 그 남자. 맨 처음 남자와 밤을 보내던 날, 그 남자가 수의 윗옷 단추를 풀던 순간이 떠올랐다. 숨도 제대로 못 쉬고 오들오들 떨고 있었는데……

진의 입술이 서서히 아래쪽으로 내려가고 있었다. 그의 두 손이 이끄는 대로 수의 다리가 이내 양쪽으로 젖혀졌다. 그 사이로 그의 입술이 파고들었다.문득 얼굴이 화끈거릴 만큼 민망한 감정이 일어났으나 그 감정이 채 머리에 닿기도 전에 진의 혀가 그 모든 민망함을 닦아내버렸다. 한쪽 무릎이 갑자기 쭉 펴지고, 반대쪽 무릎은 튀어오르듯 오그라들었다.

소개팅 자리에 나갔던 날이 떠올랐다. 자리에 앉아 있는 진을 발견한 순간 느꼈던 감정들이 허벅지 위쪽을 스쳐지나갔다. '재야?' 하지만 실망은 아니었다. 반갑기도 했고, 궁금하기도 했다. 그래도 기본적으로는 백지에 가까운 감정이었다.

진의 손이 제일 부드러운 속살 안쪽에 가려져 있던 작은 점 하나를 찾아냈다. 클리토리스. 그 위를 오르내리는 그의 혀. 정확하고 듣기 좋은 발음으로 이름을 불러주곤 했던 남자의 힘차고 부드러운 혀끝에 다리가 덜덜 떨렸다. 전혀 통제할 수 없는 움직임이었다. 그저 지켜볼 수 있을 따름이었다. 그중 일부는 언젠가 몸이 다시 기억해내겠지만, 나머지 대부분은 그냥 어디론가 사라져버릴 것 같았다. 수는 자신의 몸을 향해 밀려드는 자극을 아무런 저항 없이 받아들이도록 만든 것이 바로 자기 자신이라는 사실에 깜짝 놀랐다. 그리고 그것은 다른 어떤 자극보다 더 자극적인 깨달음이었다.

'미쳤어. 묶여 있지도 않은 팔이 움직이지도 않아.'

수는 십 년 전 그 방을 떠올렸다. 십 년 전이나 지금이나 크게 달라진 건 없었다. 하지만 느낌은 전혀 달랐다. 그날 그 방에서 열두 시간 동안 했던 일들이 떠올랐다. 기억 깊숙한 곳에 묻어뒀던 장면들. '어떻게 저런 체위를 떠올렸을까.' 아무것도 없는 맨몸으로 했다고 하기에는 너무나 다양하고 기상천외한 조합들이었다. 앞으로, 뒤로, 진이 위에 있거나 혹은 수가 위에 있거나, 거의 물구나무를 서듯 몸이 아래위로 뒤집힌 채로, 둘이서 세 발, 혹은 둘이서 두 발, 발끝으로 간신히 지탱하고 서 있거나 아니면 아예 발이 땅에 닿지 않은 자세로. 가만 생각해보니 무게중심이 점점 위로 올라가는 자세들이었다. 바닥에서 시작해서 서로 호흡이 맞아갈수록 점점 위쪽으로. 직립에 가까운 높이에 이르렀을 때는 그게 다인 줄 알았다. 그런데 더 높이 올라갈 수도 있었다.

'아니야. 그건 위를 향한 게 아니라 그냥 이것저것 하고 있었던 거야. 바닥으로 뚫고 내려갈 수 있었다면 그쪽으로도 갔을걸. 아래가 막혀 있으니 위쪽 방향으로만 다양해진 거지.'

거리낌 없는 호흡이었다. 한마디 말도 없이, 몸짓으로 제의하고 몸짓으로 승낙했다. 그렇게 이루어진 즉흥적인 호흡이었다. 그리고 조금은 미친 호흡이기도 했다. 어디서 뭘 보고 베낀 동작도 아니었다. 어떤 각도로 어떻게 삽입하면 서로의 성기가 어떤 압력 어떤 깊이로 어느 부위에서 집중적으로 자극이 되는지, 하나하나 알아가는 과정에서 만들어진 자연스러운 자세들이었다.

진의 혀가 점점 더 빠르게 움직였다. 그러자 통제할 수도, 안전장치로 흡수할 수도 없는 짜릿한 신호들이 점점 더 빠른 템포로 몸 전체를 쓸고 지나갔다. 한 번, 또 한 번, 그리고 한 번 더. 감각의 파도가 신경을 전부 뒤집어놓았다. 그리고 일 초도 채 지나기 전에 새로운 파도가 또 다른 방식으로 온몸의 신경을 다시 한 번 뒤집어놓았다. 그와 동시에 수의 머릿속을 떠돌던 생각들이 순식간에 잘게 쪼개졌다. 잘게 쪼개진 생각들의 틈새에서, 그날 그렇게 몸으로 나누었던 대화들이 어렴풋이 떠올랐다.

그냥 도망쳐버리기에는 너무 아까운 대화들이었다. 그걸 다 잊어버린 게 안타까워서, 다음에 다시 누군가와 그런 대화를 하게 되면 그때는 단 한마디도 놓치지 않도록 기억을 몸에 각인시키는 법을 익혀왔는지도 모른다. 그 은밀한 대화록이 다시 발견된 지금, 수는 중요한 사실 하나를 깨달았다. 십 년 전 그날, 두 사람은 모두 네 번째 손가락이었다. 아직 하나도 다듬어지지 않았고, 그 어떤 습관도 몸에 배지 않은, 익명의 몸.

진이 착각한 이유를 알 것 같았다. 그때는 그렇게 쉬웠던 것들이 왜 지금은 이렇게 복잡해졌냐는 불만이었을 것이다.

'그때는 중간에서 차단하는 법을 전혀 몰랐던 거야. 그런 걸 차단해야 한다는 사실조차 알지 못했고. 너나 나나. 그러니 얼마나 놀랐을까. 지금도 이런데. 아, 미칠 것 같아. 아니, 벌써 미친 것 같아.'

중력이 약해지는 게 느껴졌다. 온몸이 살짝 떠오르는 느낌. 소용돌이의 경사가 급해졌다. 아까보다 더 중심에 가까워졌다는 뜻이었다. 다가갈수록 점점 더 빠른 속도였다.

다리의 움직임이 사라졌다. 가만히 놓여 있는 두 팔처럼, 떨리기는 했지만 움직이지는 않았다. 진은 그 팔다리의 미세한 떨림이 담고 있는 것을 느낄 수 있었다. 가볍게 일렁이는 나뭇가지가 선선한 봄바람을 표현해내듯, 파르르 떨리는 나뭇잎이 다가올 폭풍의 색깔을 담아내듯. 진은 수의 팔다리에서 도저히 저항할 수 없는 거대한 전류 같은 것이 느껴졌다. 폭풍이 몰아치는 날, 바람을 피해 웅크릴 수도 없이 뻗어 있는 가지 모양 그대로 그 비바람을 다 맞아야 하는 나무에게, 나뭇잎을 저렇게 요란하게 흔들어대는 것 말고 또 어떤 움직임이 허락될 수 있을까. 허락된 움직임이 저 떨림뿐이라면, 저것만으로 저 몸이 품고 있는 무언가를 다 담아내야 한다면, 그 떨림을 만들어내는 폭풍의 정체란 건 곁에서 보는 것만으로 과연 짐작이나 할 수 있는 것일까.

떨리는 수의 팔을 올려다보았다. 이파리가 전부 뜯겨져 날아갈 것만 같은 격렬한 바람이 느껴졌다. 그 폭풍을 견디지 못하고 수가 흐느끼듯 우는 소리가 들렸다. 진짜 울음소리는 아니었다.

그는 수의 몸 위로 올라갔다. 곧이어 그의 성기가 수의 몸 안으로 밀고 들어갔다. 그리고 서서히 움직이기 시작했다. 팔다리의 떨림이 이어지고 수의 얼굴에 전에는 한 번도 본 적 없는 표정이 만들어졌다가 사라졌다. 두 볼에까지 소름이 번져 있는 수의 몸을 바라보며, 진은 수의 몸이 느끼고 있는 그 무엇인가를 가늠해보았다. 아니, 수의 몸 밖으로 흘러나온 전류가 이미 그의 몸에도 흐르고 있는 것 같았다.

수십 번이나 돌려본 영화 속 수의 몸. 분명 그 몸에는 담겨 있지 않던 그 무엇인가가 지금 그의 눈앞에 펼쳐져 있었다. 100에 15도 닿지 못할 만큼 높은 곳에 떠 있는 수. 하지만 겨우 그 다섯 번째 계단조차 그에게는 더없이 벅차기만 했다.

수는 그렇게나 아름다웠다. 그냥 아름답다는 말로는 도저히 표현할 수 없을 만큼 아름다웠다. 고통스러운 듯 일그러진 표정은 사이에서 언뜻언뜻 나타나는 환희에 가까운 표정. 눈을 감고 있지만 어딘가 훌쩍 먼 곳을 바라보고 있는 듯한 그 눈매.

그는 수의 왼쪽으로 몸을 뉘였다. 수의 왼쪽 다리가 들리고, 진의 두 허벅지가 수의 오른쪽 다리를 감쌌다. 그렇게 다리가 하나씩 엇갈린 채로 성기와 성기가 깊숙이 맞물렸다. 좀 더 깊숙이, 진의 몸이 수에게로 파고들어왔다. 위를 향해 뻗은 수의 다리가 허공에서 파르르 떨리고 있었다. 자연스럽게 포개진 팔에서는 여전히 움직임 같은 건 느껴지지 않았다. 오로지 몸 안쪽에 떠오른 것들을 표현해내기 위한 순수한 떨림뿐이었다. 진은 수를 옆에서 안은 자세로 수의 몸이 만들어내는 격정적인 움직임을 바라보았다.

알아볼 수도 예측할 수도 없는 복잡한 선. 도저히 의미를 알 수 없는 동작들.

그런 생각이 들었다. 수는, 저 몸의 주인은, 어떤 방식으로 자신의 몸을 느끼고 있을까. 저 몸은, 팔다리의 관습을 지워버린 저 순수한 몸은, 몸의 주인에게 어떤 느낌들을 전해주고 있을까. 옆에서 바라보는 것과는 또 다르게, 스스로가 느끼는 저 몸은 과연 또 얼마나 아름답게 느껴질까.

'부러워. 진심으로.'

수는 생각했다. 물고기였던 시절의 기억이 떠오른 것 같다고. 그리고 당황했다. 물고기 시절의 기억이라니!

팔다리가 움직이지 않았다. 그냥 그 자리에 가만히 놓여만 있었다. 움직일 수 있지만 움직이지 않았다. 끈 같은 건 이미 치워져 있었지만, 또 다른 끈 같은 게 있는 것 같기도 했다. 모두 스스로가 한 선택이었다. 돛을 내린 배. 물살을 따라 가만히 흘러가기로 한 배.

물살이 빨라지고 있었다. 이미 느리지 않은 물살이었지만 걱정스러울 만큼 점점 더 빨라지는 물살이었다. 그리고 자신에게는 팔다리가 없었다. 있기는 있었지만 움직일 수 있는 팔다리가 아니었다. 파르르 떨리는 몇 개의 지느러미, 그리고 몸통뿐이었다.

몸을 움직여 물살을 탔다. 땀에 젖은 온몸이 미끈거렸다. 그러나 그런 건 별로 신경도 안 쓰였다. 물속 풍경이 머릿속에 떠올랐다. 위를 보니 파도에 일그러진 태양이 보였다. 함께 요동치고 있는 진의 몸이 느껴졌다. 몸으로 전해지는 진의 몸이 좋았다. 진은 특별히 더 자극적인 체위를 시도하거나 하지는 않았다. 그저 애정을 담아 집요하게 수의 몸 안으로 파고들 뿐이었다. 하지만 그것만으로도 이미 충분히 자극적이었다. 그가 있다는 것. 그가 함께 물살을 가르며 헤엄치고 있다는 것.

'헤엄은 또 뭐지? 아무튼 상관없어. 그냥 다 좋아. 그냥 이렇게 소리를 지르다 죽어버릴 것만 같아.'

해류가 느껴졌다. 지구 반지름만한 소용돌이였다. 물살에 두 사람의 몸이 빨려들어갔다. 남자 몸 하나 여자 몸 하나. 몸 두 개. 물고기 두 마리. 돛을 내린 배. 그리고 열애 중이라는 말.

경사가 점점 급해졌다. 기울기가 커지는 게 몸으로 느껴질 지경이었다. 아래로 떨어지는 느낌이 들었다. 몸 안 어딘가가 갑자기 비어버리는 느낌. 그러자 몸 안쪽으로부터 혀끝에 성감대가 닿은 듯한 자극이 만들어졌다. '아, 이건 또 뭐지? 아, 더 채워줘.'

팔다리는 여전히 그 자리에 놓여 있었다. 방해가 되지 않도록 옆으로 치워둔 것처럼 조용했다. 그러나 몸은 그렇지 않았다. 목이며 가슴, 쇄골에 옆구리, 골반과 다리 사이, 등과 허리, 척추와 갈비뼈, 조이고 당기고 두근거리고 움찔대는 모든 근육들. 그 모든 것들이 격렬하게 요동치고 있었다. 심장이 쿵쾅거리고 온몸의 근육들이 거친 리듬으로 수축을 반복했다. 예측조차 할 수 없는 갑작스러운 수축이었다.

그리고 난처한 표정. 정말로 난처해서 짓는 것인지 그냥 그 표정에 가까워 보이는 다른 표정인지 알 길이 없는 희미한 표정.

"좀 더, 좀 더, 계속, 조금만 더, 조금만, 제발, 아, 어떡해! 아!"

그렇게 소리쳤다. 정말로 입 밖으로 소리를 내어 그런 말을 내뱉었다. 그것도 진에게.

마침내 경사가 끝나는 곳이 느껴졌다. 소용돌이의 중심. 낭떠러지였다. 중력이 전혀 느껴지지 않았다. 아래를 향해 곤두박질치는 해류. 몸이 어디론가 추락하는 것이 느껴졌다. 아득한 느낌. 끝을 알 수 없는 깊고 깊은 밑바닥. 그곳에서 수가 만난 것은 바로 수였다. 진이 아니라.

그 순간 갑자기 정신이 맑아졌다. 머릿속을 채우던 온갖 잡음들이 한순간 한 방향으로 나란히 정렬해 있는 것처럼 보였다. 고개를 들어 위를 올려다보았다. 소용돌이가 만들어내는 물의 벽 사이로 하늘이 보였다. 정처 없이 아래쪽으로 빨려들어가는 몸. 주위를 둘러보았다. 비슷하게 생긴 물고기 한 마리가 보였다.

'나도 저렇게 생긴 걸까.'

나를 닮은 물고기. 그를 알아볼 수 있을 것 같았다. 기억할 수도 없을 만큼 오랜 세월 동안 곁에서 나란히 헤엄치던 물고기. 이름

같은 건 당연히 없지만, 대신 서로가 서로에게 몸을 내맡길 때의 감각으로 너무도 분명히 존재의 본질에 직접 가닿을 수 있었던 바로 그 존재. 너.

수가 두려워한 것은 자기 몸이었다. 그 몸이 자신을 삼켜버릴까 봐. 그런데 그 몸의 비밀을 본 것 같았다. 그 몸이 속해 있던 곳도 함께였다. 거기에는 그 존재가 함께 있었다. 너라는 존재가. 그래서 그곳은 파멸이 아니었다. 그 두려웠던 자신의 몸이 혼자 방치된 공간이 아니었기 때문이다.

'그런데 이게 다 뭐지? 아, 몰라! 그게 무슨 상관이야!'

그리고 그곳에서 발견한 자신의 몸. 팔다리가 없는 순수한 몸통. 수는 그 몸이 좋았다. 그 몸에 매혹되고 그 몸을 따라 살고 싶었다. 그런데 그럴 수가 없었다. 그 몸 안에 각인된 무언가가 언제나 자신을 움츠러들게 만들었기 때문이다. 하지만 이제는 마음 놓고 그래도 될 것 같았다. 이미 봐야 할 것은 다 본 것 같았다. 좀 희한하기는 했지만, 나쁠 것도 없었다.

다시 생각들이 잘게 쪼개졌다. 쪼개지는 결이 보일 만큼 단계적으로 쪼개지는 게 아니라, 유리가 깨지듯 동시에 모든 방향으로 수천 개의 파편을 만들며 요란하게 깨져나갔다. 그 순간에도 쉬지 않고 자신의 몸으로 파고드는 진을 온몸으로 받아들이며, 수는 울음 같은 비명을 질렀다.

'아, 어떡해. 아무리 그래도 이 소리는 좀 난감하잖아. 창피해.'

귀가 멍해졌다. 몸이 칠 센티미터쯤 허공으로 떠올랐다.

새벽에 잠깐 잠이 깼다. 빗방울이 창문을 가볍게 두드리고 있었다. 수는 진의 숨소리에 가만히 귀를 기울였다. 고등학교 2학년 때였던가, 동네 좁은 길목에서 마주 오던 진을 스쳐지나가던 순간이 떠올랐다. '기억력도 좋네. 그게 다 떠오르고.' 그날 그의 목덜미를 흘끗 훔쳐본 기억이 났다. '아니다, 그 목이 애 목이 맞나? 다른 애 목덜미 아니었나?'

잠들기 전에 꾼 꿈이 떠올랐다. 그러고 보니 그게 그날 처음 본 광경은 아니라는 생각이 들었다. '십 년 전에도 이걸 본 건가. 그래서 도망치려고 한 건가?' 그 사나운 물살이 떠올랐다. 온몸에 소름이 돋았다.

'그 물고기들은 그렇게 소용돌이에 휩쓸려 죽은 건가? 그다음 기억이 없네. 뭐 아무렴 어때. 그나저나 정말로 전생이 보인 거면, 기억력이 얼마나 좋은 거야, 이 몸은?'

그런 생각을 하다 다시 잠이 들었다. 진은 뒤에서 수를 감싸안은 채로 날이 밝을 때까지 깨어나지 않았다.

영화촬영을 위해 수가 외국으로 떠나던 날, 공항으로 배웅 나온 진에게 수가 말했다.

"잘할 수 있겠지?"

"언제는 걱정하면서 했나. 평소에 하던 대로 해. 감독 너무 울리지 말고."

"그래. 금방 돌아올게."

"응."

어쩐지 눈물이 날 정도로 아쉬운 이별이었지만, 그 이별은 그 생에서 두 사람이 겪은 마지막 긴 이별이었다. 그 후로도 오랫동안 두 사람은 서로를 아끼고 사랑했다. 누구도 영원을 보장할 수는 없었지만, 그 기간은 세상에 던져진 피조물들이 기대할 수 있는 최대치에 가까울 만큼 충분히 길고 긴 시간이었다. 물론 수는 진보다는 자기 자신을 조금 더 사랑하기는 했다. 하지만, 그것 때문에 진이 수를 질투하는 일은 한 번도 일어나지 않았다.

영화는 다행히 결과가 좋은 모양이었다. 물론 동네 사람들은 여전히 아무도 수를 알아보지 못했지만, 영화가 개봉되고 반년도 되지 않아 감독이 영화를 그만두고 스리랑카로 떠났다는 소식이 들려왔으니, 흥행과 관계없이 수는 원하던 바를 충분히 이룬 셈이었다.

"말로는 거기 가서 조용히 숨어 지내겠다는데, 잘 먹고 잘 살겠지 뭐. 그 아저씨 워낙 부자거든. 코끼리 같은 거 키우고 살지도 몰라."

싱거운 결말이었지만 감독의 생각은 분명했다. 어느 영화잡지와의 인터뷰에서 감독은 영화를 떠난 이유에 대해 이렇게 말했다.

"내가 직접 손을 대야만 해결될 것 같은 목표가 있었는데, 그게 저절로 해결되고 만 거예요. 누군가 다른 사람이 해결해버린 거죠. 잔뜩 벼르고 있다가 헛손질을 하게 된 셈인데, 그 여파가 생각보다 크더군요. 하여간 그 움직임은 뭐랄까, 인간의 움직임이 아니었거든요. 물고기처럼 거의 화면 밖으로 튀어나갈 것 같은 움직임이었는데, 화면 밖이 뭐예요, 세상 밖으로 튀어나갈 것 같았죠. 그걸 어떻게 익혔을까 싶었어요. 그건, 뭐랄까요, 경이로웠거든요. 그래서 그 배우한테 슬쩍 물어봤어요. 어디서 그런 걸 배웠냐고. 그 사람이 그러더라고요. 그냥 어렸을 때부터 쭉 살던 동네에서 건져 올린 거라고. 이상한 결론일지 모르겠지만, 매일 매일을 살아간다는 건 예술보다 위대한 걸지도 몰라요. 답이 이미 그 안에 들어 있을지도 모르니까. 그걸 아무나 건져올릴 수 있는 건 아니겠지만. 그래서 그걸 건지러 가는 거예요."

한가한 토요일 오후였다. 성질 급한 나뭇잎들이 벌써부터 붉게 물들기 시작한 모양이었지만, 바람이나 햇살은 아직 따스한 계절이었다. 흐뭇한 미소를 얼굴 가득 머금은 채 진이 문득 말을 꺼냈다.

"생각해봤는데 아무래도 나 너 좀 존경하는 것 같아."

옆에 앉은 진을 돌아보며 진심으로 궁금하다는 듯 수가 물었다.

"그래? 어떤 점에서? 역시 돈?"

미소 짓는 수의 두 눈을 행복하게 바라보며, 진이 대답했다.

"그날 니가 공중에 살짝 떠올랐다는 거, 그거 사실이거든. 그러니 올려다보지 않을 수가 없잖아. 그렇게 높은 곳에 떠 있는 사람은……"

피식하는 웃음소리와 함께 장난스러운 목소리로 수가 말했다.

"그럴 리가 없잖아, 너도 참. 나도 현장에 있었지만 난 그런 적 없는 것 같은데. 그리고 칠 센치가 뭐가 높아?"

그로부터 대략 이 년 삼 개월이 지난 어느 날, 수와 나란히 길을 걷던 진이 문득 생각난 듯 아무 맥락도 없이 다시 한 번 그 이야기를 끄집어냈다.

"그런데 있잖아, 그거 진짠데."

"뭐가?"

"그때 니가 칠 센치쯤 공중에 떠올랐다는 거. 그래서 존경한다고. 얼마나 많이 갈고닦았을까, 사람 몸이 그렇게 될 수 있으려면."

그러자 수도 이번에는 웃음으로 받아넘기는 대신, 진지한 표정으로 진의 어깨에 살짝 머리를 기대며 들릴 듯 말 듯한 목소리로 이렇게 속삭였다.

"그럼 또 띄워줘. 나 또 떠오를래. 여기 코트 안에, 이 옷에, 끈 달려 있다. 하늘하늘한 걸로……"

진이 수의 손을 꼭 움켜쥐자, 수의 몸이 진의 팔 쪽으로 확 기울었다. 멀리서 동네 총각 몇 명이 두 사람의 뒷모습을 부러운 듯 한참 동안 바라보고 있었다.

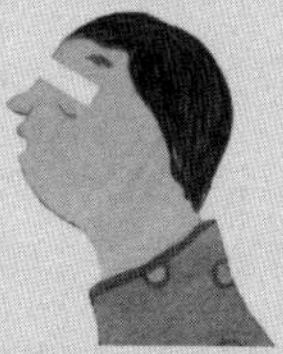

문이 열리고 신부가 온다. 사진을 둘러싼 흰 레이스가 면사포처럼 신부의 얼굴을 가리고 있다. 활짝 웃는 스물두 살의 신부를 보는 나이 먹은 친구들의 가슴이 쩡쩡 갈라진다.

V_ 뼈바늘

V

신비주의, 라는 말을 좋아한다. 벼락치기, 라는 말을 즐겨 행한다.
이제, 그녀의 이야기를 쓸 수 있을 것이라고 생각했다.
파우더 팩트 하나 사서 그녀의 어머니를 찾아뵈었다.
이거 다 떨어지면 또 사다드릴게요, 한마디 하기까지 팔 년 걸렸다.
내내 소설로 '기억'하리라고 다짐하고 있다.

문이 열리고 신부가 온다. 사진을 둘러싼 흰 레이스가 면사포처럼 신부의 얼굴을 가리고 있다. 활짝 웃는 스물두 살의 신부를 보는 나이 먹은 친구들의 가슴이 쩡쩡 갈라진다. 신부와 같이 들어온 늠름한 신랑은 트로피를 한껏 치켜들고 있다. 사진 속 신랑의 모습은 세상을 다 들어올려 포복절도시킬 수 있을 것만 같은 얼굴이다. 그때라면, 그럴 수도, 있었겠지. 둘이 한 걸음이 되어 오는 길은 멀고도 멀어 한 발자국 뗄 때마다 생시의 시간이 일 년씩 먹어들어간다. 스물두 살에 죽은 신부가 서른이 되어 제단 앞에 선다. 얼굴이 바짝 오그라들어 있는 신부의 어머니가 보인다. 그녀는 딸이 있는 곳을 똑바로 보지 못하고 내내 고개를 숙인 채 간신히 울음을 참고 있다. 아예 못 알아볼 정도로 변한 친구도 있다. 익숙하지만 생경한 이들을 지나며 순식간에 나이 먹은 사진 두 장이 주례 앞에 선다.

신부의 사진을 든 사람은 남동생이다. 외동인 신랑의 사진은 친구가 들었다. 사진 속의 신랑이 눈치 없이 자꾸 신부를 흘깃거린다. 수줍은 신부가 면사포에 얼굴을 깊이 파묻는다. 주례가 신랑을 대신하여 면사포를 벗긴다. 한때 장례식장에서 검은 띠를 두르고 애걸복걸하는 사람들의 마음을 받던 얼굴이다. 그리될 줄 모르고 한껏 웃으며 찍은 신부의 고등학교 졸업사진. 제 어머니가 이날을 위해 직접 만든 면사포를 쓰고 있다. 주례의 인도로 두 사진이 마주한다. 신부가 처음으로 신랑의 얼굴을 본다. 인사를 마친 신랑의 사진은 훌렁 옆으로 돌아서지만 어쩐 일인지 신부의 사진을 든 남동생의 몸이 움직이질 않는다. 주례 옆에 선 사미승의 인도로 간신히 돌아서는 남동생의 안색이 변하고, 사진 속 신부 얼굴도 흙빛이 된다.

남동생의 얼굴에 식은땀이 쉴 새 없이 흘러내린다. 순식간에 등이 다 젖는다. 제단으로 돌아서는 아들의 뒷모습을 보며 신부의 어머니가 참고 있던 눈물을 쏟으며 옆 사람에게 몸을 기댄다. 남들 다 하는 혼주로서의 자격을 그제야 갖추느라 조금 전에는 사진들보다 먼저 입장하여 촛불도 밝혔다. 어쩌다 여기까지 와서 이러고 있느냐는 물음이 그곳에 모인 모두를 짓누른다. 모두 알고 있는 사실이지만 어쩐지 새로 덧칠한 미완성 유화 같다. 본래의 그림 뒤에 덧대어진 그림처럼 사람들이 어색하게 모여 있다. 살아서는 만나지 못한 부부가 맺어지는 모습을 각자의 생각에 기대어 바라본다.

신랑은 1983년에 태어나 2011년 7월 20일에 죽었다. 신부는 1983년에 태어나 2009년 5월 14일쯤에 죽었다. 주례가 읽는 생시와 몰시가 담고 있는 의미에 그 자리에 모인 사람들이 제 속에 담긴 기억들을 제각각 불러낸다. 생시의 기쁨과 몰시의 참담함이 한꺼번에 어우러진다. 잠시 스치듯 신랑의 사진을 보았을 뿐인데, 죽은 이의 직감으로 신부는 이미 모든 것을 알아차린다. 입이 있다면 소리치고 싶고, 몸이 있다면 온몸으로 신랑의 사진을 찢어버리고 싶다. 땀과 눈물을 흘리는 것은 비단 사진을 들고 서 있는 남동생뿐만이 아니다. 주례는 자꾸만 말을 더듬는 자신의 모습이 이상하게 느껴진다. 곁에 서 있는 앳된 얼굴의 기민한 사미승만이 예식을 주도하는 스님의 모습을 의아해하고 있을 따름이다. 주지 토함 스님은 이렇게 축축한 예식은 처음이라는 생각을 하며 신부가 혹시 구천을 떠돌다 물속에 갇혔나, 하는 생각을 한다. 그러면서도 떨리는 목소리로 신랑의 어렸을 적 이야기를 이어간다.

시어머니 되는 사람이 치성을 드려 낳은 아들이 성년이 되기까지 가장 많이 찾은 곳은 이곳의 절과 병원이라고 했다. 스님은 자신이 여러 차례 치료해준 신랑의 몸 근육들이 손끝에서 되살아나는 것만 같은 느낌이다. 병약하고 마음도 한없이 여렸다는 신랑의 생시의 모습이 그를 기억하는 모든 이들의 뇌리에 다녀간다. 스님은 그렇게 가지 않았더라면 유재석보다 훨씬 더 유명한 개그맨이 되었을 거라는 농담도 건넨다. 그 곁에서 수발을 들던 사미승은 전에 없이 농을 하는 주지의 얼굴을 바라본다.

신부도 아프게 갔다는 설명도 뒤따른다. 예식을 올리기 전에 사흘이나 제를 지냈다고 했다. 이제 그만 여기의 아픈 기억 다 잊고 새롭게 시작하라고 자꾸만 빌고 또 빌었다는 이야기이다. 달빛을 따라 온 신부의 음성이 제를 올린 지 사흘째 되던 날 드디어 맑고 청아한 소리로 변했다는 말을 덧붙이자 그제야 신부의 친정부모가 통곡한다. 뼛속에서부터 차오른 울음이다. 그 원이 어떻게 씻기겠냐는 마음 반, 그나마 씻겨갔다니 다행이지 않느냐는 마음 반이다. 제단에 선 스님의 말이 그 자리의 율법처럼 받들어진다.

남동생이 곧 쓰러질 것처럼 휘청거리고, 몰시를 읽으며 그들의 사인을 다독이던 스님의 음성이 잦아든다. 내장이 끊어질 것같이 깊은 기침을 한 스님이 간신히 목청을 가다듬고 말을 잇는다. 그러나 두 다리가 자꾸만 허방을 짚는 기분이다. 눈도 어릿해져 신부의 사진이 흑색으로 보인다. 그때까지 서 있던 사람들에게 모두 자리에 앉으라는 자신의 말이 끝나기도 전에 스님이 풀썩 주저앉는다. 곁에 서 있던 사미승이 스님의 흐트러진 장삼 자락을 바로 잡는다.

인연의 덜컹이는 수레바퀴, 윤회. 이생의 문을 지나 저승의 길로 가려는 두 사람을 묶어주는 오늘의 예식이다. 대체 어떤 기막힌 인연이 이렇게 되어서야 만나는 건가 싶은 까닭에 며느리를 본 신랑의 어머니가 통곡한다. 기진맥진한 신부의 어머니가 다시 남편 쪽으로 몸을 누인다. 어느 한 사람도 맨 정신으로 들을 수 없는 주례사다. 스님의 말 속에서 여기 모여 앉아 있는 모든 사람의 인연이 한데 엮인다. 한 줄로 꿰어진 전생의 연들이 타래처럼 얽혀 지나온 시간의 수레를 민다. 좋은 것들은 전혀 생각이 나질 않고 아픈 기억만 수레 위에 올라가 있다. 여기저기 상처가 나고 바퀴살이 빠진 수레를 끄느라 진땀이 난다. 남동생은 도저히 더는 못 버티겠다는 표정으로 스님을 쳐다본다. 꽤나 지친 얼굴이다.

신부의 기색을 살피려는 신랑의 기척에 그의 사진을 들고 있던 친구마저 손에 힘이 풀린다. 신랑의 마음은 이미 부인의 얼굴에 닿아 있는데 뻗을 손이 없다. 괜찮으냐 물어볼 입이 없다. 신랑의 혼이 잠시 망연해진 얼굴로 스님 쪽을 바라본다. 스님 뒤편에 차려진 제상에 신랑 신부의 예복이 나란히 놓여 있다. 살아 있었더라면 누구보다도 예쁜 몸피로 저 옷을 걸쳤을 두 사람이다. 신랑은 자꾸 이 자리를 불편해하는 신부가 계속 신경 쓰인다. 사진으로라도 다가서려 했지만, 신랑이 다가간 꼭 그만큼 옆으로 자리를 피하는 신부다. 그 덕에 사진을 들고 앉아 있는 남동생만 땀을 뺀다. 사진이 자꾸 손아귀를 벗어나려는 것만 같아 움켜쥔 손에 더 힘을 준다. 손에 흥건한 땀이 액자를 밀어내고, 주례사를 하는 스님의 목소리가 마치 먼 데서 다가온 메아리처럼 들린다. 온몸에 힘이 빠져 혼절하기 직전인 남동생이 그만 사진을 놓친다.

액자 한 귀퉁이가 와삭 바그라진다. 뒤에 있던 사람들은 남동생의 부주의함을 탓하지만 스님 곁에 서 있던 사미승은 어쩐지 이 예식을 멈추어야 할 것만 같다. 하지만 스님이 몇 년이나 공들인 자리가 아니던가. 스님 역시 이상한 느낌이 들어 영 께름칙하지만 제상에 수북하게 쌓인 흰 봉투의 두께도 무시할 수가 없다. 스님은 사흘 내내 신부의 제를 올리느라 무리를 한 까닭이라고 마음을 다잡는다. 신부는 아예 사진 속에서 제 얼굴을 지우기라도 하려는 것처럼 흐려진다. 준비했던 주례사의 반도 읽지 못하고 스님이 두 사진에게 혼주 인사를 시킨다.

곁으로 바짝 다가온 딸과 사위를 향해 부모가 손을 뻗는다. 아침에도 흰 수건으로 얼굴을 닦아준 딸의 사진이었는데, 눈물을 많이 흘린 까닭인지 사진 속의 딸 얼굴이 제대로 보이지 않는다. 딸의 사진 위로 방에서 처음 딸의 주검을 보았던 때가 겹친다. 흠칫 놀란 신부의 아버지가 자세를 다시 곧추세운다. 혼몽한 정신으로 딸과 사위의 사진을 번갈아가며 쳐다보던 신부의 어머니도 어쩐지 신부의 얼굴이 밝게 느껴지지 않아 가슴이 무겁다. 급한 볼일을 참고 있는 사람마냥 입술을 깨물고 있는 아들의 표정도 걸리고, 예식과 맞지 않게 지나치게 밝은 사진을 챙겨온 신랑 측 어머니의 태도도 뒤늦게야 마음에 남는다.

망인들의 얼굴이 친정부모 쪽을 향해 허리를 숙인다. 제대로 된 가정이었다면 아들 딸 낳고 잘 살아라, 한마디쯤은 해주었을 법한데 친정부모는 말없이 사진만 쓰다듬는다. 이제는 사위가 된 개그맨의 트로피 들어올린 사진도 가만히 쓸어준다. 그래, 이렇게들 만날 인연이었구나. 아프게 간 딸의 마음을 웃음으로라도 보듬어달라며 연신 사위의 사진에 대고 부탁을 한다. 웃게 해줘, 우리 윤설이 활짝 웃게 해줘. 제단 위에 서 있던 주례 스님이 장삼 끝자락으로 연신 비어져나오는 식은땀을 닦는다. 사미승이 얼른 대접에 담긴 물 한 그릇을 스님에게 내민다.

시어머니가 된 여인은 비명에 갔다는 며느리가 좀처럼 마음에 들지 않는다. 아들이 그리되어 장가를 가는데도 시어미 티를 내느라 이리저리 며느리의 생김을 눈으로 헤집는다. 무엇 하나 마음에 드는 것이 없던 혼사지만, 주지 스님의 꿈속으로 찾아온 아들이 외롭게 운다는 소리에 그만 앞뒤 잴 것도 없이 밀어붙였다. 그래, 너희 갈 길 가서 잘 살아라. 이 한마디 하기까지 수백 마디의 마음에 안 차는 소리들이 속을 긁었다.

이제 시어미가 된 여인에게까지 인사를 마친 두 사진이다.

빨갛고 파란 비단 실이 이리저리 얽히며 사진들을 감싼다. 그 짧은 순간에도 스님의 얼굴에 비 오듯이 땀이 쏟아진다. 스님은 얼른 식을 마치고 승방으로 돌아가 쉬고 싶은 생각이 간절하다. 사진들이 서둘러 제상에 오르자, 하객들이 절 마당으로 나간다. 제상에 놓인 신부의 액자가 비죽이 위로 솟는다. 그러나 꽁꽁 매듭지어진 비단 실들이 액자를 옥죄고 있어 빠져나갈 수가 없다. 멋도 모르는 신랑은 자꾸만 신부의 얼굴을 쓸어주러 다가간다. 그곳에 모인 사람들 중 누구에게도 들리지 않는 비명이 사진을 찢고 튀어오른다. 놀란 신랑이 펄쩍 뛰어올라 액자를 박차고 나가려는 신부의 옷자락을 잡는다. 신랑의 손이 닿는 것이 죽은 것보다 더 싫은 신부의 얼굴이 바싹 구겨진다. 한스러운 속울음이 얼굴로 올라온다.

그날의 울음소리다.

절 마당에 마련된 간이 탁자에서 사람들이 국수를 먹고 있다. 신부가 생전에 가장 좋아했다는 엄마의 칼국수다. 법당에 한 그릇 들이고 싶은 마음에 친정어머니가 남동생을 부른다. 제상이 차려진 곳의 문을 열자 차고 습한 바람 한 줄기가 남동생을 향해 돌진한다. 뜨거운 대접을 든 남동생의 두 팔에 오스스 소름이 돋는다. 국수 그릇을 누나와 매형의 사진 앞에 놓고 돌아서던 남동생이 제상을 내려다본다. 누나 사진이 원래 이랬나. 남동생은 의아한 듯 내려다보다 얼른 문을 닫고 사람들 틈으로 돌아온다. 자꾸만 다리가 꺾여 절 마당을 가로지르는데도 마치 백 미터 트랙을 걷는 것 같다. 누나가 행복하지 않은가, 하는 생각이 든 것은 친절한 누군가가 자신의 몫의 칼국수 한 그릇을 내밀어주었을 때다. 남동생은 누군가에게서 받아든 국수 그릇을 앞에 두고 부모와 국수를 번갈아가며 바라본다.

밀가루 반죽을 뭉개며 간신히 마음을 달래던 부모였다.

뭉친 반죽이 잘게 잘려져나갈 때마다 끝없이 솟아오르는 그날의 기억을 잘라내던 부모다. 칼질을 하다가 실제로 손마디 하나가 잘리기도 했다.

누나가 자취를 하면서 그토록 먹고 싶어 하던 엄마의 바지락 국물이다.

친정부모는 힘없이 남들 먹는 것만 바라보다가 이 좋은 날 끼니 굶으시면 안 된다고 말을 건네는 사돈의 제안에 불어터진 칼국수 면발을 한 올 한 올 집어올린다. 방 쪽에서 들려오는 희미한 소리가 단순히 바람의 일일 뿐이라고 애써 신경을 다독이는, 무릎과 내장이 고장 난 부모다. 시시각각으로 가슴에 칼금이 잇대어지는 손들.

눈 닿는 곳마다 비명이 들리는 것 같았다. 아비는 방금 제가 본 것이 믿기지 않아 힘없이 주저앉으면서도 자꾸만 손을 바닥에 짚었다. 다시 일어났다가 앉으며 머리를 땅에 짓찧었다. 윤설이가 일주일째 출근하지 않고 있다는 직장 상사의 전화를 받고 상경한 길이었다. 현관의 비밀번호를 누르는 순간부터 섬뜩하게 손끝에 와닿던 그 느낌의 근원을 알 수 없어 내내 불안하던 참이었다. 아무리 정신이 없어도 제가 나간 자리는 늘 정리를 하던 딸아이였다. 엄한 집안의 장녀로 키워서 그런지 몰라도 자라는 동안에도 언제나 깔끔하게 제 주변을 정돈하곤 했다. 이리저리 흩어진 부엌과 열린 싱크대를 보고서도 얘가 도대체, 하며 짧게 혀도 찼다. 부모는 서둘러 방으로 들어갔다. 침대에 이불을 뒤집어쓰고 누워 있는 딸을 보고서는 '아니 여기서 왜 이러고 있어!' 대뜸 호통부터 쳤다. 미동도 않는 딸의 침대 밑에 굴러다니는 소주 두 병을 보고 아연실색하여 '이게 무슨 꼴이냐'며 호통의 여운이 가시지 않은 손길로 왈칵 이불을 젖혔다.

발가벗겨진 맨몸 위에 칼이 꽂혀 있었었다. 제 눈에 보이는 것이 과연 무엇인가 생각하는 데 아비의 신경이 몰렸고, 뒤에 서 있던 어미가 쿵, 소리와 함께 나가떨어졌다. 다시 자세히 보니 꽃무늬인 줄 알았던 흰색 차렵이불의 붉은빛은 딸아이의 혈흔이었다. 딸은 제 배에 꽂힌 칼을 부여잡은 채였다. 막 부패하기 시작한 배가 임신한 여자처럼 불렀고, 입이 활짝 열려 있었다. 입속에 새카맣게 썩은 혀가 보였다. 눈에 고인 시즙이 눈물처럼 흘렀다. 아비는 본 것이 믿기지 않아 계속 쳐다보고 또 쳐다봤지만 죽은 딸아이는 살아나지 않았다. 혼절한 어미의 입에서 흰 거품이 솟구쳤고, 아비는 떨리는 손으로 휴대전화를 집었다. 경찰이 도착하자 아비도 정신을 잃었다.

차라리 누군가의 신고나 경찰의 전화로 딸의 소식을 들었더라면 조금 덜 사무쳤을까. 딸아이의 배에 꽂혀 있던 칼이 얼마 전 본인이 그곳에 들러 '무딘 칼에 손 나간다'며 벼려준 칼이 아니었더라면 조금 덜 애통했을까. 막막한 눈으로 방 안을 둘러보니 눈 닿는 곳곳마다 딸아이의 비명이 밴 듯했다. 눈 둘 곳이 마땅찮은 아비가 자꾸 제 손을 쳐다보았다. 저 흉측한 칼을 갈아준 손이었다. 경찰이 압수해가지 않았더라면 그 칼로 제 손목을 뎅겅 내리쳤을 터였다. 온몸이 무딘 칼끝에 시달리다 잘근잘근 끊어지는 것 같았다. 애도를 위해 급하게 달려온 딸아이의 친구들을 볼 때마다 피가 마르고 혈관이 타들어갔다.

왜, 왜, 내 딸이, 왜?

저들 틈에 늘 내 딸이 있었단 말이다!

봉쇄된 딸아이의 집을 열고 들어가 현장 검증도 했다. 집안 곳곳에서 비명이 되살아나 한꺼번에 아비의 귓속으로 파고들었다. 아비는 그만 혼절하여 함께 갔던 경찰관의 등에 업혀 나왔다. 대체 누가 그런 짓을 했느냐고 울부짖었다. 아무리 울어도 딸이 살아오지 않았다. 눈을 감거나 뜰 때마다 배에 꽂힌 칼을 쥐고 있던 딸이 생각났다. 할 수만 있다면 뇌 속 신경들을 모조리 잘라버리고만 싶었다.

멀리서 본 범인의 뒷모습은 딸아이의 또래 같았다. 준비해간 말은 많았지만 범인에게는 한마디도 묻지 못했다. 그쪽으로 가려다 여러 명의 경찰들에게 제지당했다. 분에 못 이겨 간이 철제 의자를 범인에게 집어던졌다. 놔, 놓으란 말야, 딱 한 개만 묻고 싶은 게 있단 말이다! 범인은 실제로 딸아이보다 두 살 많은, 취업 준비생이라고 했다. 착실히 취업이나 준비할 것이지, 대체 왜, 내 딸을?

경찰 조서에 쓰인 문답은 이러하였다. 왜 죽였습니까? 소리를 질러서 죽였습니다. 공범이 있었습니까? 혼자 한 일입니다. 그 집에 왜 들어갔습니까? 돈이 없었습니다. 현관으로 들어갔습니까? 쓰레기봉투를 밟고 열린 창문을 넘어서 들어갔습니다. 강간을 했습니까? ……

아비는 다시 술을 마셨다. 충격 받은 어미가 몸져누웠지만 아무도 병구완을 하러 달려오지 않았다. 친척들은 친척들 나름대로 그들이 받았을 충격이 염려되어 찾아오지 못했고, 이웃들도 황망한 그 집에 발길을 하지 않은 까닭이었다. 부모가 열흘을 굶어도, 딸이 살아 돌아오지 않았다. 남은 아들은 아들대로 부모의 건강이 염려되어 열심히 죽을 끓였지만 아무도 먹지 않았다. 범인이 잡힌 것만이 유일한 위안이었다. 그러나 아비에게서 전해 들은 누나의 마지막 모습이 참담하여 동생도 오래 앓았다. 그는 혼자 상경해 누나의 짐들을 정리했다. 여기저기 튀어 있는 누나의 핏자국을 조심스럽게 닦았지만, 마지막 모습이 고스란히 담겨 있는 침대는 용역업체를 불러야 했다. 누나의 방이 서둘러 정리가 되어야만 아비와 어미가 편해질 수 있을 것이란 생각에서였다. 방을 치우고 돌아온 그는 몇 달이 지나도록 잠을 제대로 이루지 못해 정신과 치료를 받았다. 죽을힘을 다해 숨을 쉬고 있는 가족들이 모인 시골

집이었다. 폐허보다 더 흉측한 산 자들의 집이었다. 머지않아 남동생은 집을 떠났다. 그러지 않고서는 달리 어쩔 도리가 없었다. 집에서는 숨을 제대로 쉴 수도, 잠을 자거나 크게 말소리를 높일 수도 없기 때문이었다. 이미 열 번은 더 죽은 것 같은 얼굴을 하고 있는 부모를 보는 일이 제일 고역이었다. 대학교 옆 고시원에서 나흘 내내 웅크려 잠을 잤다. 고시원 총무가 미동도 없는 그의 방을 마스터키로 열고 들어와서야 그는 부스스 깨어났다. 총무에게 부탁해 간신히 물 한 잔을 얻어 마시고, 편의점에 가서 삼각김밥을 사먹고 돌아와 또 잤다. 아무리 잠을 자도 누나가 살아 돌아오지 않았다.

그 시간을 지나 누나의 결혼식장 마당에서 국수를 먹고 있는 것이었다. 누나가 세상에서 최고로 맛있다던 엄마의 칼국수였다. 면발이 불어 국물도 거의 남지 않은 칼국수 가락을 간신히 집어올리는 엄마를 보자니 자꾸 눈물이 났다. 곁에 앉은 누군가에게 담배 한 대를 빌려 절 뒤편의 나무 그늘로 갔다.

좋아, 이제?

먼 데서 도착한 바람이 온몸을 훑었다.

신부가 자꾸 자신을 피하자 한껏 토라진 신랑이 신부의 손목을 거칠게 낚아챈다. 신부는 입관할 때 입은 흰색 원피스 차림이다. 신랑의 손을 벗어나 아무리 문밖으로 나가려 해도 발에 묶인 빨갛고 파란 비단실이 신부를 놓아주지 않는다. 당황한 신랑은 그만 신부에게 화를 내고야 만다. 이 모든 것이 신부의 탓은 아니지만, 한 번 화를 내니 마음 속 모든 원망이 걷잡을 수 없이 신부에게로 향한다. 멈출 수가 없다. 혼비백산한 신부가 땅으로 푹 가라앉는다. 노여움 탄 신랑이 신부를 험하게 다룬다.

찢어진 원피스자락이 허공으로 날아간다. 맨몸의 신부 배 위에 길게 그어진 칼자국이 선연하다. 신랑은 신부의 몸을 부둥켜안는다. 신부는 어떻게든 빠져나가려고 제상 위에서 몸을 튼다. 제물이 흔들리고, 촛불이 꺼진다. 신부의 다리를 벌리고 들어간 신랑이 아무도 알아들을 수 없는 소리를 내뿜는다. 신랑에게서 벗어나려던 신부가 붉은 비단줄을 잡는다. 다시 죽을 수 있다면 그것에라도 목을 매고 싶다. 한 번 더 죽지 못할 이유가 없다. 강간당해 죽은 신부를 이해하지 못하는 신랑이 신부를 거세게 안는다. 피하지도 못하지만, 깔려 있다고 쉽게 열리지 않는 신부의 몸이다. 입 없는 신부가 온몸으로 내지른 비명이 법당을 가득 메운다.

신부는 더욱 납작하게 짓눌린다. 신부의 왼쪽 유두를 끈질기게 물고 늘어지는 신랑. 그런 신랑의 머리털을 잡아뜯느라 너덜너덜해진 신부의 손끝이 자꾸만 제 아랫도리를 가리려 든다. 이미 신랑에게 깔려 허리 아래가 보이지 않는다. 죽으면서 가지고 간 상처가 고스란히 드러난다. 상처에 고인 비명이 터진다. 신부의 혼이 흐리다.

제상 위의 촛불 그림자에 비친 신랑의 몸이 두 배쯤 커진다. 그럴수록 신부는 더욱 더 오그라들어 급기야는 어린 소녀가 된다. 상처 입은 소녀를 거둘 줄 모르는 난폭한 신랑이다. 신랑은 천장 쪽으로 솟구쳐 올라갔다가 기둥 뒤에 숨은 소녀의 등 뒤로 엉겨 붙는다. 소녀는 몸 없는 자신의 몸이 아프고, 허공에 뜬 흉터의 기억이 아프다. 그런 소녀의 마음을 알 리 없는 거대한 신랑의 그림자가 소녀를 삼킨다. 없는 입을 통해 터져 나온 비명이 제단 곳곳에 켜켜이 쌓인다. 이렇게 또 아픈데, 우리 엄마가, 저기 있는데! 신부가 생시를 기억하며 운다. 저돌적으로 돌진한 신랑에게 짓눌린 오른쪽 다리가 뎅겅 부러진다. 신부가 흘린 눈물이 제상에 놓인 칼국수 국물에 뚝뚝 떨어진다.

법당 안에 모셔진 다른 위패 뒤로 가서 숨어도 소용이 없다. 유골함이 놓여 있는 곳으로 날아가 다른 이의 뼈단지 속으로 들어가 보지만 뒤쫓아온 거대한 그림자가 단지 뚜껑을 연다. 어떻게든 빠져나갈 길이 보이지 않아 누군가의 분말처럼 바수어진 뼛속에 스며든 신부다. 뼈단지가 빼곡하게 놓인 법당의 한쪽 벽면이다. 바수지 않은 뼈를 모셔둔 단지도 있다. 뒤따라오며 단지 뚜껑을 열어대는 신랑을 피해 신부는 누군가의 골반뼈에 들러붙는다. 할 수만 있다면 죽은 뼛속에서라도 다시 태어나 몸을 갖고 싶다. 참담한 몰시의 기억 때문에 차마 제 몸으로 돌아갈 엄두를 내지 못하던 신부였다. 죽어 허공을 헤매다 딱 한 번 몸이 있는 곳으로 갔을 적에 활활 불타고 있던 모습이 참혹하여 그 후로는 돌아갈 엄두를 내지 못하던 혼이다. 내 뼈는 어디로, 간, 것일까. 잘게 빻아졌을까, 뼈는 그냥 놓아두었을까. 산에 뿌렸나 강에 흘려보냈나, 아니면 땅에 묻었나.

신부가 숨은 뼈단지 뚜껑 위에 신랑의 검은 그림자가 너울거린다. 그제야 처참하게 일그러진 신부의 얼굴이 눈에 들어오는 신랑이다. 그는 제가 한 행동을 잠시 되짚어보다 누구에게랄 것도 없이 다시 화를 낸다. 제상 위의 제물들이 죄다 상 밑으로 떨어진다. 촛불이 푹 꺼진다. 신부가 있는 뼈단지 뚜껑이 바닥으로 내팽개쳐지며 와장창 소리를 낸다. 신랑의 거친 손이 놀란 신부를 단지 속에서 끄집어낸다. 신부의 맨몸이 신랑의 손아귀에 잡혀 이리저리 흔들린다. 그때도, 이랬다. 그 여자애도 이런 소리를 냈다. 이제 와 나는 너에게 화가 난 것이 아니라고 한들, 믿어줄까. 내가 그런 것이 아니라고 몇 번이나 되짚어 말해도 그 애가 믿을까. 신랑은 지금 신부에게 화가 난 것인지, 옛날의 그 여자애에게 못다 한 말을 하려는 것인지 혼란스럽다. 여자애와 신부에게 미안하다는 말을 끝내 하지 못했다는 생각조차 하지 못한다.

지금이라도 들어가서 말려야 하나. 개그맨은 건물 바깥에서 서성대다가 창문을 뚫고 새어나오는 소리에 홀려 건물 안으로 들어갔다. 이래선 안 된다는 생각과 여기까지 왔는데, 하는 생각이 싸우는 몸에서는 자꾸만 식은땀이 흘렀다. 친구를 말렸어야 하는 건 아니었나 했지만 이미 늦은 일이었다. 저보다 훨씬 덩치도 크고 힘도 센 녀석이었다.

비명에서 시작된 여자애의 소리가 울음이 되었다가 이상한 신음으로 변했다. 개그맨은 더 이상 참지 못하고 건물 안으로 들어갔다. 계단을 단숨에 뛰어올라가 소리가 들려오는 문 앞에 섰다. 여자애가 빠져나오려고 발버둥을 쳤던지 현관문이 열려 있었다. 반쯤 열린 문틈을 들여다보았다. 녀석은 이미 침대 위에서 여자애를 깔아뭉개는 중이었다. 여자애는 고통에 일그러져 차라리 죽어버렸으면 하는 표정이었다. 이미 몇 차례 얻어맞은 듯이 여기저기 상처가 난 얼굴도 보였다. 그쯤에서 그만 보았어야 했다. 개그맨은 어느새 부어오른 자신의 아랫도리를 슬그머니 움켜쥐며 그들을 계속 지켜보았다. 여자애가 자신을 바라보고 있다는 것을 알고 있었지만 멈출 수 없었다. 녀석은 끈질기게도 여자애에게 달라붙었다. 여자애가 거의 혼절하기 직전까지 그 위에서 몸을 뒤흔들었다. 시뻘건 피가 침대 시트 곳곳에 묻어나왔다.

아무도 본 사람이 없는 대낮이었다. CCTV가 없다는 것은 애저녁에 알고 있는 사실이었고, 건물 곳곳에 훔쳐보는 눈이 있을 수 없는 외진 곳이었다. 개그맨은 더 이상 버티지 못하고 문 옆에서 제 옷에 사정을 했다. 방 안의 녀석과 다른 점이 있다면 개그맨은 혼자서 자신의 몸을 해결한 것이었다. 그는 혹시 몰라 남방 끝자락으로 현관문을 꼼꼼하게 닦았다. 그러다가 여자애와 다시 한 번 눈이 마주쳤지만, 굳건히 모르는 척을 했다.

한동안 술에 절어 있다 집으로 돌아오니 공채 시험에 합격했다는 통지서가 와 있었다. 이제야 인생이 펴지는 듯해 얼마 전에 있었던 일은 곧바로 잊어버렸다. 아니 잊었다고 믿고 싶었다. 녀석은 다행히 경찰서에 잡혀가서도 혼자 한 일이라고 말한 듯했다. 당연히, 저 혼자 한 일이지…… 어릴 적부터 의리 하나만 있던 녀석이었다. 밤무대 얼치기 개그맨에서 역량 있는 방송사의 공채 개그맨이 된 그는 두 발에 날개를 단 것만 같았다.

지나간 일은 지나간 일일 뿐이니, 앞만 보고 살아갈 수 있을 줄 알았다. 언뜻 언뜻 눈앞에 스치는 여자애의 아픈 얼굴 역시 환상이라고, 환각이라고 여기면 되는 일이었다. 솔직히 자신이 그 여자애에게 무슨 일을 한 것은 아니잖은가? 그가 나름대로 스스로를 위안하는 법은 몇 년은 쓸모가 있었다. 눈코 뜰 새 없이 '공채 개그맨'의 역할을 수행하기 바빴기 때문이었다. 술만 마시면 떠오르는 그날의 기억은 술을 마시지 않으면 되는 일이었기 때문에 개그맨은 절주하는 신인으로 유명했다. 그는 웃기지 못하면 밥도 먹지 말라는 선배의 훈계를 뼛속 깊이 새겼다. 오로지 웃기기 위해 태어난 사람처럼 매 순간 최선을 다했다. 포복절도와 실소도 가리지 않았다. 그는 웃음과 웃음 사이의 침묵이 거대한 너울이나 돌진해오는 트럭보다 무서웠다. 더 우스워져도 괜찮으니 사람들 앞에 계속 설 수 있게 되기를 바라고 또 바랐다. 그러면서 무대에서 내려올 적마다 느껴지는 허무가 자신을 잠식해오지 않도록 최선을 다해 타인의 반응을 의식했다. 말 없는 입이고, 그저 눈동자일 뿐인데도 자신을 힐난하는 것들은 귀신같이 알아챘다. 웃음, 오로지 웃음이어야 했다. 자꾸 그렇게 되뇌었다.

오 년이 지났다. 그는 더 위로 올라갈 수 없다는 좌절과 간간이 눈앞에 떠오르는 여자애의 얼굴을 잊으려 자연스럽게 프로포폴에 손을 대었다. 술이 아니라 잠을 재우는 약이었으므로 괜찮을 것만 같았다. 끝 모르는 불면이었다. 그는 약을 구입하는 데 전 재산을 쏟아부었다. 불면의 밤이면 웃음이 사라진 무대 위의 무시무시한 무표정들이 천장에 촘촘하게 박혀 있었다. 후배들은 매일 치고 올라왔고, 선배들은 처음에는 반짝했으나 더 굳건히 자리를 잡지 못한 후배의 뒤를 오래 봐주지 않았다. 프로포폴을 맞고 깊은 잠에서 깨어나면 그는 매일 강가로 갔다. 후련하게 소리라도 지르면 좀 좋아질까 싶은 마음이었다. 뿌리가 깊지 못한 그의 존재가 지워지는 일은 순식간이었다. 그에게는 도움닫기를 도와줄 선배도, 뒤에서 박수를 쳐줄 후배도 없었다. 한동안 잊고 지내던 녀석의 면회라도 다녀와볼까 생각했지만 그 녀석의 얼굴에 새겨진 옛일을 들여다볼 용기가 없었다. 강물 위로 그 기억이 떠오르자 자연스럽게 여자애의 얼굴이 같이 따라왔다. 얻어터져 퉁퉁 붓고 핏기가 없어지도록 질려 있던 얼굴이었다. 본래의 생김이 잘 상상이 되지 않는 고통스러운 표정만이 그가 기억하고 있던 전부였다. 물결 위에 도드라진 여자애의 얼굴이 개그맨의 앞으로 흘러왔다.

범죄 현장의 구경꾼이자 방관자였고 한때는 많은 사람들을 웃음으로 몰아갔던 개그맨의 최후치고는 조금 허술한 감은 있었지만, 그는 여자애의 표정보다 더 심하게 얼굴이 구겨진 채 도로에 나뒹굴었다. 눈이 오는 새벽의 한산한 도로였다. 이곳은 그렇게 큰 사고가 날 자리가 아니라는 증언들이 이어졌다. 자살이었는지 타살이었는지 구분이 되지 않았지만 수사는 성급하게 끝났다. 강으로 향하는 외길에 별다른 사고의 표식이나 자동차의 바퀴자국도 발견되지 않은 까닭이었다. 외동아들의 죽음에 망연자실한 부모가 친구들과 방송국 관계자들의 의례적인 조문을 건성으로 받았고, 애인 하나 만들지 못하고 죽은 병신 같은 녀석이라며 욕도 했다. 세상은 무명 개그맨의 죽음에 놀랍도록 냉정했고, 마치 아무 일도 일어나지 않았다는 듯이 굳건히 제자리를 지키며 흘러갔다. 개그맨이 맡고 있던 사전 무대진행을 후배 하나가 꿰찼을 따름이었다. 후배는 선배의 안타까운 죽음을 마음속으로 깊게 애도하는 한편 감사하게 여겼다.

약물에 취한 보행자 과실로 서둘러 종결된 죽음의 내용이었지만 부모에게만큼은 그게 쉽게 지워지지 않았다. 아들만 바라보며 살던 홀어미는 옛날부터 다니던 절에 거의 귀의하다시피 했다. 어느 날 주지 스님으로부터 억울하게 죽은 처녀의 이야기를 들었다. 그 원을 풀어주기 위하여 처녀의 부모들이 위패를 이곳에 모셨다고도 했다. 개그맨의 어머니는 솔깃했지만 선불리 나설 수는 없는 노릇이었다. 예부터 산 사람 결혼은 못 시켜도 죽은 사람 결혼식은 시켜줘야 한다잖은가. 사연이 있는 신부를 아들이 웃겨주면 더할 나위가 없지 않겠냐는 농담도 들었다. 그러나 몇 번이나 혼례일이 미뤄졌고, 모두 다 괜찮을 것 같아 준비한 어떤 날에는 친정부모가 앓아누웠다. 이미 죽었어도 혼사는 혼사인 법이니 준비를 해야 할 것들이 많다며 양측에서 한 번 더 날짜를 미루었을 때는 개그맨의 어미에게 일이 생겨 그 날짜에 식을 올릴 수가 없었다. 또 다른 날에는 절로 향하는 외길을 오르던 양측 부모의 차가 도랑에 빠져 그 산골까지 레커차가 올라오기도 했다. 아무래도 인연이 아닌 모양이라는 생각이 들었을 때에서야 비로소 치러진 혼례였다.

칼국수 한 그릇씩 비우고 있는 부모에게 몸이 반쯤 뜯어진 나방 한 마리가 날아왔다. 내키지 않는 젓가락질로 국수 면발을 뚝뚝 끊고 있던 어미가 왈칵, 먹던 것을 게우고, 아비가 마른기침을 한다. 남동생은 어미가 토한 것들을 치우느라 바쁘고, 시어머니 된 사람은 이래저래 사돈이 되는 집의 꼴이 마음에 들지 않는 표정을 숨기지 않는다. 아무리 그러지 않으려고 해도 시어미의 눈을 피해 가지 못하는 몇몇 지점들이 있는 법. 아들이 이미 세상에 없는 처지라는 것이 그때만큼은 잠시 잊혀진다. 이렇게나마 짝을 지어줘 다행이라는 마음이 간신히 어두운 생각을 덮는다. 시어머니는 칼국수 국물이 참 시원하다는 생각을 하며 대접을 들어올린다. 아들의 영혼은 지금쯤 무엇을 하고 있으려나. 괜히 제상이 차려진 법당 쪽을 흘끔거리기도 했다. 저 안에서 지금 너울대는 것이 촛불인지 아들의 모습인지 알 길이 없었지만 어쩐지 이제는 마음을 좀 놓고 살아도 될 것 같다는 예감이다. 날개가 찢어진 나방이 시어미 등 뒤로 날아온다. 스님이 방문을 열고 나오는 것이 보이자 시어머니가 그쪽으로 다가간다. 마당에 튀어오른 나무뿌리에 발이 걸린다. 시어머니가 펄펄 끓는 칼국수 가마솥 쪽으로 넘어지며 순식간에 마당이 아수라장이 된다.

사미승이 마당의 소란을 정리하는 동안 스님이 법당으로 들어선다. 흐트러진 제단의 모습이 한눈에 들어온다. 신부가 사라졌다. 스님은 혹시 누가 들어올세라 재빠르게 문을 걸어 잠근다. 제상은 그야말로 난장판이다. 꽁꽁 묶어두었던 빨갛고 파란 비단실은 찢어져 널브러졌고, 신부의 사진은 홀렁 뒤집어져 있다. 사진 속의 신부의 얼굴은 겨우 형태나 알아볼 수 있을 지경이다. 신부의 흰자위에 핏발이 서 있는 것 같기도 했다. 원을 풀어주기 위해 삼 일 밤낮으로 기도를 해줄 때와는 확연히 다른 모습이다. 사진 속 신랑의 얼굴 역시 지친 기색이 역력했지만 신부가 사라진 것을 아는지 모르는지, 곤하게 잠들어 있다. 그 잠 속으로 누군가의 실소가, 비웃음이, 콧방귀가 한꺼번에 몰려들어간다. 다시 되살아난 웃음의 기억이 그의 잠을 함몰시킨다. 개그맨은 누군가의 웃음소리에 밀려 끝이 보이지 않는 계단을 끊임없이 굴러떨어지는 중이다.

스님은 끊어진 비단실들을 불태우고 제단 위의 위패들을 성급히 봉인한다. 부모가 제상 꾸밀 때 쓰라고 올려둔 지폐다발을 손에 쥔다. 밖에 있는 사람들이 아무도 모르는 예식의 뒷마무리가 그렇게 은밀하게 진행되는 동안 절 마당의 소란이 잠잠해진다. 법당의 불을 끈 스님이 위패를 들고 밖으로 나온다. 고무신을 찾던 스님이 그만 토방을 헛짚는다. 왼쪽 다리가 뎅겅 부러진다. 스님은 아아, 하고 외마디 비명을 지르며 주저앉는다. 사람들이 달려오려는 기척에 스님은 서둘러 손에 쥐고 있던 봉투를 장삼 자락에 넣는다. 왼쪽 다리가 순식간에 부풀어오른다. 스님은 양측 혼주들의 찢긴 가슴보다, 신부가 온몸으로 내지른 비명보다, 방금 부러진 제 다리가 제일 아픈 것 같다.

마당을 배회하던 흰 나방이 숲에서 아직 절 쪽의 일을 모르고 있는 남동생 곁으로 날아간다. 옛일을 회상하며 슬픔에 젖어 있던 남동생은 제 곁으로 날아온 나방의 기척을 알아차리지 못한다. 나방이 남동생의 머리 위에 내려앉는다. 남동생은 저도 모르게 큰 숨을 내쉰다. 어두운 숲이 일렁인다.

그제야 찢어진 날개를 누이는 흰 것.

아, 하는 짧은 탄식과 함께 사미승의 맑은 눈이 허공을 짚는다. 순식간에 다녀가는 누군가의 그림 한 장. 사미승은 막 사라지려는 그림 곳곳을 기민하게 훑는다. 몰시의 기억이다. 생시의 기억이다. 태어나면서 죽기까지의 모든 장면들이 하나의 그림에 놓여 있다. 못다 살고 간 미래의 기억마저 어느 한 켠에 새겨져 있다. 울컥 치밀어 오르는 울음을 간신히 삼킨 사미승은 죽은 이의 마음을 떨리는 마음으로 짚어본다. 할 수만 있다면 제 손으로 그이의 하늘길을 열어주고 싶다. 누군가 사미승 대신 다리가 부러진 주지 스님을 누군가 방으로 모시고 있다. 스님의 장삼 자락 바깥으로 비죽이 솟아나온 흰 봉투들이 보인다. 사미승은 허공에 대고 합장을 한다. 머지않은 시일 내에 꼭 제 손으로 신부의 제를 다시 올려주리라 다짐한다. 누구의 손을 빌리지 않고 꼭 제 손으로 모든 것을 치를 것이라 마음먹는다. 뜨거운 국물을 뒤집어쓰고 기절해 있는 시어머니와 그것을 황망하게 내려다보는 신부의 부모들이 한눈에 들어온다. 어느새 날아온 흰 나방이 날갯짓으로 허공에 뜬 부모의 마음 곁으로 다가간다. 사미승이 이번에는 나방 쪽에다 대고 깊게 절을 한다.

법당의 사진 두 장이 하얗게 탈색되어 있다. 시어머니와 주지 스님을 실러 오는 구급차 소리가 차츰차츰 가까이 들려온다. 신부의 부모 머리 위에서 큰 원을 그리며 날던 나방이 숲의 어두운 그림자에 막 먹혀들어가는 것을 사미승이 눈으로 좇는다. 사미승은 어두운 숲 쪽으로 다시 두 손을 모으고 깊이 허리를 숙인다. 막 숲을 빠져나오던 남동생이 얼결에 사미승의 절을 받는다.

소란한 혼례의 밤이다.

나방을 삼킨 숲이 미동도 없이 어두운 얼굴을 하고 있다.

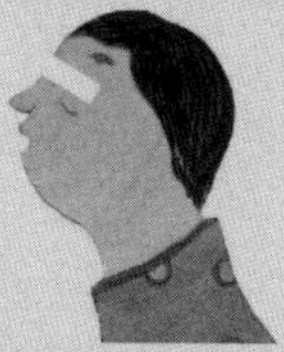

딱 한 번만 얘기할 거야.

보석상을 털지 않았다면 지금쯤 어찌 됐을까 생각해보곤 했어. 많이는 아니고 가끔. 딱히 결론이 나진 않더라고. 세상일이 그렇지. 옳고 그른 게 딱 나뉘질 않잖아.

H_ 달밤에 고백

H

건강식품 판매원, 관공서 계약직, 록밴드 보컬, 성인영화 시나리오 작가, 심부름센터 직원 등 다양한 직업을 거쳤다. 귀금속센터 경비 일을 하며 틈틈이 쓴 단편으로 당선. 여전히 순찰을 돌고 있다.

딱 한 번만 얘기할 거야.

보석상을 털지 않았다면 지금쯤 어찌 됐을까 생각해보곤 했어. 많이는 아니고 가끔. 딱히 결론이 나진 않더라고. 세상일이 그렇지. 옳고 그른 게 딱 나눠질 않잖아. 여섯 정도는 옳고 넷 정도는 그를 수도 있고, 반반일 수도 있고. 구 대 일이나 팔 대 이 정도쯤 되면 대충 많은 쪽으로 어림하고, 그런 거지. 우린 불확실한 상황에서 판단을 내리고 결정을 해야 해. 그에 대한 책임도 져야 하고. 남자라면 더.

하지만 보통 그렇게는 안 살지.

안 믿어도 상관없지만 보석상을 후려보자는 얘긴 내가 안 꺼냈어. 내 친구지. 이름이…… 미안. 까먹었네. 서로 이름 불러본 게 너무 오래전이라. 피노야. 별명 말야. 피노키오에서 키오를 뺀 게 아니라 필리피노에서 필리를 뺀 거야. 엄마가 필리핀 사람이었거든. 일찍 죽은 걔네 엄마가 역시 일찍 죽은 우리 엄마랑 친했고, 그러다보니 자연스럽게 어울리고, 그렇게 됐던 거지. 물론 양쪽 엄마 모두 당신들 살아생전에 서로의 자식새끼들을 그리 좋아하진 않았지만.

피노는 겉으로는 티가 안 났어. 피부가 좀 가무잡잡하고 광대가 살짝 있고 입술이 약간 두꺼웠지만 그 정도는 수비 범위 안이잖아? 무엇보다 엄마 혈통 같은 걸로 피노에게 집적댈 정도로 간이 부은 놈은 없었어. 피노를 봤으면 무슨 말인지 알 거야. 그 덩치, 그 인상. 다들 해도 해도 너무하다 그랬지. 말보다 주먹이 빠른 애는 아니었어. 주먹보다 말이 엄청 느린 쪽이라고 하는 게 맞겠지.

어딘가에서 뒈져 썩고 있을 내 친구 중에 이 분의 일이 절반과 같은 뜻이라는 걸 절대 이해 못하는 놈이 있었어.

피노는 최소한 개만큼 멍청했지.

그런데 그 피노가 나한테 와서 이렇게 말한 거야.

"좋은 생각이 있어."

난 입을 딱 벌리고 피노가 하는 말을 들었어. 왜냐하면 그게 정말 그럴싸했거든.

보석상은 옆 동네 사거리의 오래된 건물에 있었어. 그냥 동네 보석상이었지. 왜 있잖아. 벽에 낡은 시계들이 걸려 있고 소파에는 친구가 앉아 수다를 떨고.

하지만 그래도 꼴에 보석상이잖아. 경보도 달고 그랬어야 하는 거 아니냐고. 근데 거기 주인은 영업시간 끝나면 문 걸어 잠그고 셔터 내린 다음 퇴근하면 땡이었던 거지. 뒷문에는 머리핀 하나면 열리게 생긴 자물쇠만 달아놓았고. 물론 나나 피노나 머리핀으로 자물쇠 여는 법은 몰랐어. 영화에서 그건 안 보여줬거든.

우리는 스패너랑 빠루를 하나씩 챙겨서 밤에 뒷문으로 갔어. 마스크도 썼지. 근데 스패너로 자물쇠가 안 끊어지는 거야. 무슨 특수합금이었나봐. 결국 조용히 터는 건 포기하고 빠루로 걸고리를 후려쳤어. 소리가 생각보다 커서 깜짝 놀랐지.

소파에서 자고 있던 주인도 깜짝 놀랐고.

이제 와서 중요한 문제는 아니지만 주인한테 빠루를 휘두른 건 피노였어. 오징어처럼 얼굴이 길쭉한 영감이었는데 한 방에 갔지. 나중에 듣기로는 바람 피우다가 마누라한테 걸려 쫓겨나는 바람에 거기서 자던 거였대. 운이 꼬이려면 그렇게 되는 거야. 달리 생각하면 못 볼 꼴 안 보고 좋을 때 간 거겠지만.

사람 머리 깨지는 소리를 그날 처음 들었어. 못 잊을 거야. 첫 경험이 그렇지.

피노와 나는 챙길 만한 건 다 챙기고 바로 토꼈어. 가능한 멀리.

더 멀리 토꼈어야 했다는 건 일을 저지르기 전에 알았어야 했고.

보석상 주인이 그동안 자기 가게를 공원 화장실처럼 방치해놔도 괜찮았던 이유가 있었던 거야. 머리가 달린 놈이면 제이미파 보스의 삼촌이 하는 가게에 금목걸이나 가짜 롤렉스 전당 잡히는 거 말고는 들어갈 일이 없었겠지. 하지만 옆 동네 놈들이 그걸 어떻게 알았겠냐고?

우리 도피생활에 대해서는 길게 말 않을래. 중요한 얘기도 아니고 떠올려봤자 우울하니까. 우린 그 뭐냐, 헨젤과 그레텔. 과자 부스러기를 길에 뿌리며 돌아다닌 애들. 딱 그 꼴이었어. 장물을 요실금에 걸린 영감처럼 질질 흘리면서 도망다녔지. 잠이 들면 제이미파 애들이 문을 박차고 뛰어들어오는 악몽을 꿨어.

국도변 모텔에 처박혀 있던 어느 날 밤 내가 말했지.

"좋은 생각이 있어."

피노는 입을 헤벌리고 내 말을 들었어. 나는 설명했어. 시골에 외할아버지 집이 있다. 주변에 인가도 없다. 외할아버지가 죽어서 지금은 빈집이다. 일단 거기 있다가 분위기 가라앉으면 외국으로 튀자……까지 얘기하는데 제이미파 애들이 문을 박차고 뛰어들어왔지. 놀라긴 했지만 솔직히 올 게 왔다 싶었어. 장물을 너무 헐값에 넘겼거든. 장물아비 중 하나가 낌새를 잡고 찔렀을 거야.

피노가 맨 앞에 있던 놈의 머리를 농구공처럼 잡고 벽에 꽂았어. 사람 머리가 박살나는 소리를 두 번째로 들었지. 뒤따르던 애들이 움찔하더니 일제히 연장을 꺼냈어. 혼자 쌍절곤을 잡고 있던 빡빡머리가 기억나. 그놈이 휘두르는 쌍절곤을 아슬아슬하게 피한 다음 모텔에서 빠져나갔으니까. 내가 거기서 마지막으로 본 건 조직원 다섯에게 둘러싸여 으르렁거리던 피노였어. 잠깐. 설교는 사양이야. 나라고 미안한 맘이 없었겠냐고. 하지만 생각해봐. 애초에 제일 중요한 걸 빼먹은 건 피노였어. 우리가 털어먹을 사람이 누군지 알아보는 것 말야. 이 사달이 왜 났겠냐고.

나는 그 길로 외할아버지 집으로 내뺐어. 가보니 어릴 때 기억과는 달랐지. 마당도 없고. 훨씬 좁고. 맞아. 피노가 불면 끝이었지. 하지만 돈도 거의 다 모텔에 두고 왔고 더는 갈 곳도 없었어. 지쳐서 될 대로 되라는 심정이기도 했고.

감자칩과 물과 담배로 버텼어. 가스가 끊겨서 아무것도 못 해먹었지. 똥에서 카놀라유 냄새가 났어. 감자칩 포장에 적힌 말대로라면 불포화지방산이 풍부한 똥인 셈이었지. 바깥소식도 몰랐어. 아무에게도 연락을 못했거든. 그 상황에서 누굴 믿겠어? 인터넷도 잘 안 터져서 몇 번 하다 말았고. 누가 산골 아니랄까봐.

주머니칼로 열네 번째 가위표를 벽에 후벼 파면서 밀항이라도 해야겠다고 생각하던 밤이었어. 문 두드리는 소리가 텅 빈 집에 메아리쳤지. 쾅. 쾅. 쾅. 너무 놀라 손에서 칼을 떨어뜨렸어. 올 것이 또 온 거야. 나는 바퀴벌레처럼 재빨리 싱크대 뒤로 숨었어. 숨을 죽이고 제이미파 애들이 문을 부수길 기다렸지.

문을 두드리는 소리가 점점 작아졌어. 방문을 노크하는 것처럼.

"나야."

피노가 말했어.

"나 혼자야."

헛소리. 고문 때문에 얼굴이 팅팅 불어 있는 피노의 등 뒤에 제이미파 애들이 서 있는 게 눈에 선했어. 날 환영할 준비를 하고 있겠지. 하지만 뒷문 하나 없는 집에서 무슨 수가 더 나겠어? 나는 콘크리트에 생매장당하는 기분이 어떨지 상상하며 조심스럽게 문을 열었어. 여차하면 닫기라도 해볼 생각으로.

피노는 정말 혼자 있었어. 그날이 보름이었을걸. 크고 둥그런 달이 피노의 머리 바로 위에 떠 있었거든. 진짜 밝았지. 얼굴과 옷에 묻은 피가 똑똑히 보였어. 음. 묻었다는 말은 부족하네. 꼭 누가 빨간 페인트 통을 정면에서 뿌린 것 같았는데, 뭐랄까, 큰 절간 정문에 서 있는 인왕(仁王) 같았어.

양손에 도끼까지 들고 있으니 더 그랬고.

"야. 너 도대체 이게……"

내가 말했어. 말을 했다고 해야 하나 입을 뻐끔댔다고 해야 하나.

피노가 들고 있던 도끼 하나를 내게 줬어.

"준비해."

나는 도끼를 받아들었어. 맞아. 이왕 죽을 거면 싸우다 죽어야지. 피노에게선 피 냄새가 진동했어. 제이미파를 몇이나 골로 보내고 온 건지 짐작도 가지 않았지. 잘 보니까 피만 묻히고 온 것 같지도 않더라고. 가슴팍하고 어깻죽지에 묻은 저건…… 살점? 골수? 뇌?

"온다."

피노가 말했어. 집을 둘러싼 숲 사이에 난 오솔길 쪽에서 부스럭거리는 소리가 들렸어. 발소리만 들어도 한두 놈이 아니라는 게 분명했지.

피노에게 사과를 해야겠다는 생각이 든 게 그때야. 모텔에서 도망친 일 말야. 하지만 입이 안 떨어졌지. 무슨 달밤에 고백하는 것도 아니고. 하지만 지금이 아니면 말할 기회가 없다는 건 분명했어. 심호흡을 한 번 하고 얘길 꺼내려는데 말라붙은 나뭇가지들이 수많은 발에 밟혀 부서지는 소리가 들렸어. 오솔길과 관목 사이에서 사람 그림자들이 뿔이 솟아나듯 길고 뾰족하게 자라나며 우리 쪽으로 다가왔지. 내가 말했던가? 달빛이 무진장 밝았다고. 느릿느릿 오는 놈들을 가만히 보다가……

씨발. 저것들이 다 뭐야?

"머리를 노려. 머릴 때리거나 잘라야 죽어. 내 뒤에 딱 붙어."

피노가 도끼를 꽉 쥐었어.

피노는 그동안에 무슨 일이 일어났던 건지 설명을 못했어. 제이미파에 잡힌 것도 맞고 좀 두드려 맞은 것도 맞는데 그 뒤는…… 횡설수설. 애초에 제대로 된 말을 들을 거란 기대도 안 했지만. 개가 확실히 알고 있는 건 '머릴 때리거나 잘라야 죽어'밖에 없었지.

나도 좀 알아보려고 했지만 파면 팔수록 헷갈리더라고. 당연하지. 신문이나 방송에서 진짜 큰일이 났을 때 제대로 얘기해주는 거 봤어? 보니까 상황이 진짜 최악이었을 때도 뉴스에서는 수상쇼에 나오는 돌고래를 풀어주느냐 마느냐 가지고 난리를 치고 있더라고. 죽었던 사람들이 사방에서 살아나 달려든다는 얘기는 요만큼, 진짜 요만큼 보도되고 있었고. 더 이상 소문을 막을 수 없을 때쯤엔 대통령이 나와서 유언비어를 퍼뜨리면 내란죄로 처벌하겠다고 으름장을 놓았던 모양이야.

뭐 이렇게 된 마당에 와서 그게 중요한 문제는 아니었지만.

제이미파 보스를 해치운 건 진짜 우연이었어. 편의점에서 통조림을 챙긴 다음 카운터에 있던 주간지의 특집기사를 탐독하고 있던 중이었어. 사람들이 잡지 읽을 때 다들 그러듯 중간에 있는 굵은 글씨만 봤지. 증상이 진행되는 속도에는 개인차가 있지만 결국에는 모두 발병하고, 질병통제센터에서 치료제와 백신 개발에 최선을 다 하고 있다는 내용이었어. 최선을 다 안 했군, 하며 혀를 쯧

쫓 차는데 직원 휴게실에서 뭐가 비척비척 걸어나오더란 말이지. 먹다 남은 치킨 같은 꼬락서니였지만 누군지는 금방 알아봤어. 왼쪽 어깨에 베티붑 문신이 선명히 남아 있었거든. 취향하고는. 빠루로 후련하게 갈겨줬어. 그때쯤엔 사람 머리 깨는 일에는 이골이나 있었지.

세상이 망해가는 게 딱히 나쁘진 않았어. 당연히 힘든 점이 많지. 평소에는 생각도 못 해본 문제가 생겨. 하지만 평소에 늘 부딪히던 골치 아픈 문제들도 사라지거든.

잃을 것밖에 없는 사람들한테 둘 중 어느 쪽이 나을 것 같아?

낡은 트럭을 하나 주워 타고 피노와 같이 여기저기를 돌아다녔어. 사람들을 많이 만났지. 나보다 훨씬 똑똑한 놈들도 만났어. 좀비다. 심판이다. 쿠데타다. 권력이다. 공백이다. 혁명이다. 전복이다. 봉기다. 이거다. 저거다. 유식한 소리를 많이 했지. 좀 건방지긴 해도 우리한테 알기 쉽게 설명해주느라고 애썼어. 배운 놈들은 역시 뭔가 달랐지. 가만히 듣고 있으면 모든 게 한 번에 정리되는 느낌이 들더라고. 학교 다닐 때 그런 선생들을 만났으면 인생이 달라졌을지도 몰라. 아무튼 한참 '정세 분석'을 하더니 먹을 걸 내놓으라고 했어. 군자금이 필요하다고.

지금은 다 죽었지.

떼로 몰려다니는 놈들도 만났어. 쇠파이프로 산탄총 비슷한 것도 만들고 밤에는 오토바이로 방벽 같은 것도 만들고. 남자는 약탈한 다음 죽이고 여자는 강간한 다음 죽이고. 애와 노인은 그냥 죽이고. 밤에는 캠프파이어도 했어. 아파치 헤어를 한 놈들이 주유

소에서 훔쳐온 기름을 모닥불에 뿌려대면서 인디언처럼 아바바바 하는 꼴이 볼만했지. 좋아 죽더군. 지금이야 상상도 못할 일이지만 그때는 자원이 제법 남아 있었으니까. 그놈들은 나보다는 피노에게 더 관심을 보였어. 하긴 앉은 자리에서 괴물 예닐곱을 가뿐히 쌈 싸먹는 인간이 흔하겠어? 그놈들도 우리보고 먹을 걸 내놓으라고 했어. 없으면 너희들 허벅지살이라도 내놓으라고.

당연히 지금은 다 죽었지.

기도하는 놈들도 만났어. 강가에 있던 커다란 바위에 둘러앉아 그걸 문지르면서 종일 기도를 했지. 그 큰 돌덩이가 새 동전처럼 반짝반짝 빛나던 게 기억나. 재워준다고 하니 고마워서 먹을 걸 주려니까 싫대. 자기들은 자연에서 나는 것만 먹는다고. 인공적인 걸 먹으면 그것들이 냄새를 맡고 몰려온다고. 사실 우리가 타고 온 트럭도 싫어했어. 우리를 파멸로 이끈 문명의 냄새가 난다나. 그렇구나, 알았다, 하면서 납득하고 하룻밤 신세를 졌지. 새벽에 하얀 옷을 입은 꼬맹이가 우리 배낭을 뒤적이더니 햄을 꺼내더라고. 내가 콱 잡았지. 바들바들 떨대. 손목을 자를까 하다가 다른 생각이 떠올랐어. 햄을 조금 잘라준 다음 들키지 말고 절대로 혼자 먹으라면서 어깨를 토닥여줬지. 꼬맹이는 우릴 위해 감사의 기도를 올리겠다고 했어.

지금쯤은 다 죽었겠지.

여자도 만났어. 66번 국도에서 좀 들어간 황무지에 난민촌 비슷한 게 있었는데 우리가 거기를 지나게 됐을 때는 마을이 반으로 쫙 갈려 사투를 벌이던 중이었지. 어느 텐트에선가 감염자를 숨겼던 거야. 승부는 거의 난 상황이었어. 당연히 사람 쪽이 졌지. 사람들은 오만가지 생각을 하지만 그것들은 딱 하나만 생각하니까. 우린 여자를 도왔어. 강단이 있더라고. 오전까지 자기 남동생이었던 것의 모가지를 약재용 작두로 서슴지 않고 뎅겅 끊어버렸지.

우리가 서로를 별명으로 부른다고 하니까 자기도 그게 마음에 든대.

"그럼 난 페퍼 할래. 페퍼로니의 페퍼."

슈퍼 딜럭스 피자를 좋아한다고 덧붙였어.

우리는 페퍼와 같이 다니게 됐어. 우리 둘 사이에 들어와 피노와 내 팔을 가슴 쪽으로 끌어당긴 다음 아이처럼 펄쩍 뛰어오르는 걸 좋아했지.

작진 않았어.

북쪽 사막을 건너면 사람들만 사는 도시가 있다는 얘길 해준 것도 페퍼였어. 사람들만 사는 도시라. 엄청 당연한 소린데 무지 신선하게 들렸지. 페퍼는 결국 우리도 거길 가야 하는 거 아니냐고 그랬지. 언제까지 떠돌아다닐 수는 없다고, 인류의 역사를 보라고도 했어. 인류의 역사란 말이 나오니까 피노가 이 미친년이 뭐라는 거야, 라는 표정으로 페퍼를 봤지. 둘은 사이가 좋진 않았어. 처음부터 그런 건 아니긴 했지만. 피노는 페퍼가 말이 많고 잘난 척한다고 생각했고 페퍼는 피노가 무식하다고 생각했지. 피노는 지금 생활이 좋다고 딱 잘라 말했어. 나는 뭐, 알다시피 피노 말을 거스를 수 없는 처지였지. 페퍼는 가끔 그 문제로 날 타박했어. 불알 두 쪽 뒀다 어디 쓰냐는 거였지. 그 대화를 나눌 때도 내게 그런 뜻을 담은 눈빛을 쏘아댔고.

"필요한 게 떨어지면 딴 데로 가면 돼."

피노가 말했어. '머리를 날리면 돼'에 이어 두 번째로 숙지하는 원칙이었지.

"하지만 언제까지? 그러다 필요한 게 아무것도 안 남으면?"

"그런 날이 올 때까지 우리가 살아나 있을까나?"

내가 말했어. 페퍼는 입이 비죽 나왔지만 우릴 떠날 용기는 없었지.

한번은 상한 치즈를 먹고 식중독에 걸렸어. 곰팡이 핀 부분만 자르면 괜찮을 거라고 생각했는데 아니었던 거지. 계란 썩는 냄새가 나는 녹색 물이 몸에 있는 구멍이란 구멍에서 갓 파낸 우물처럼 끝없이 나왔어. 피노가 먹을 걸 찾아오고 페퍼가 날 간호했어. 며칠을 시달리다 눈을 떴는데 빈 교회에 있었지. 옷이 홀랑 벗겨져 있었어. 피노는 먹을 걸 구하러 나갔고 페퍼는 토사물과 배설물 범벅인 내 몸을 닦을 물수건을 빨고 있었어. 쏟을 걸 다 쏟고 나니 속이 좀 개운해졌더라고.

페퍼가 수건으로 내 몸을 닦았어. 그러면서 날 봤지. 나도 페퍼를 봤고.

그럴 때 남자와 여자가 할 게 뭐가 있겠어?

페퍼는 내 위에서 가슴과 허리를 흔들었어. 밀려왔다 밀려가는 파도처럼. 그러면서 사막을 건너자고 했지. 우리 둘만이라도. 나는 좀 애매하게, 그러니까 신음 소리와 알겠다는 대답의 중간쯤 되는 말투로 응응, 이라고 했어.

그 뒤로 몸이 빠르게 좋아졌어. 그 짓이 보약보다 나았던 거지.

며칠 뒤 완전히 회복된 것 같아서 이번에는 내가 먹을 걸 구해오겠다고 했어. 그렇게 자리를 비운 틈에 그것들이 교회를 습격했던 거야. 돌아왔을 때는 사방에 그것들이 널브러져 있었어. 비가 쏟아지던 날이었지. 전투가 끝난 다음에 나는 특유의 악취가 있어. 도살장 바닥에다 암모니아를 뿌린 것 같은 냄샌데, 그 냄새가 축축한 공기 아래 십자가와 싸구려 스테인드글라스를 배경으로 착 가라앉아 있었지. 피노가 시체의 산더미 위에 서 있었어. 월척을 낚은 낚시꾼이 사진 찍을 때 잡을 법한 폼으로.

페퍼는 보이지 않았어.

페퍼의 목을 먼저 찾았어. 깨끗하게 잘려서 설교단 아래 내동댕이쳐져 있었지. 눈과 입을 꽉 다물고 있었어. 입가는 심하게 뒤틀려 있었고. 울음이 터지려는 걸 참는 표정 같기도 했어. 몸을 찾는 데는 시간이 좀 걸렸어. 그것들의 시체를 다 헤집어봐야 했거든. 피노는 날 돕지 않았어. 벽에 기대서 내가 헛구역질을 하는 걸 지켜보기만 했지. 내가 눈이 뒤집혀서 도대체 왜 그랬냐고 소리를 지르니까 태연한 표정으로 대답했어.

"물렸거든."

난 믿을 수 없었어. 페퍼는 멍청한 애가 아니었다고. 그렇게 쉽게 물렸을 리가 없었어. 목과 몸통을 찾은 다음 살펴봤지. 다리에 새로 생긴 상처가 있었어. 하지만 확실치 않았어. 물린 건지 긁힌 건지. 좀 더 살펴본 다음에 결정해도 늦지 않았던 거지. 하지만 피노는 망설이지 않았던 거야. 다쳤다는 걸 알자마자 기다렸다는 듯 페퍼에게 도끼를 휘두른 거지. 나는 피노를 사정없이 추궁했어. 지금 생각해보면 어디서 그런 용기가 났는지 몰라. 피노는 날 가만히 보다가 한마디 했어.

"니들이 하는 짓 봤어."

그리고 덧붙였지.

"너 날 또 버리려고 했어. 그날 밤 모텔에서처럼."

피노는 악어처럼 축축하고 싸늘한 눈으로 날 봤어. 걔는 잊지도 용서하지도 않았던 거야. 예전에 내가 했던 짓을. 정작 잊고 있었던 건 나였어.

피노가 여자였다는 걸.

두 달 뒤에 팔 한쪽을 잃었어.

전투 막바지에 그것들 중 하나가 내 왼손을 물었어. 나는 비명을 질렀고 피노가 돌아봤어. 땅을 쿵쿵 울리며 달려와서는 일 초도 망설이지 않고 내 팔꿈치를 도끼로 끊었어. 재빨리 지혈하고 그 자리를 벗어났지. 길에 반쯤 무너진 축사가 있어서 거기로 들어갔어. 피노는 응급상자에서 항생제를 꺼내 내게 먹인 다음 축사에 있던 짚을 모아 라이터로 불을 붙여 잘린 부위에 갖다댔어. 난 내 살이 타는 냄새를 맡으며 까무러쳤지.

냄새가 고소했어. 고기 맛을 본 지 오래돼서 그랬겠지.

밤새 몸부림쳤어. 고통 때문에도, 공포 때문에도. 이런 짓까지 했는데도 늦었다면…… 피노가 내 팔을 자른 도끼에 그것들의 피와 살점이 묻어 있는 거니까. 그런 식으로 바이러스가 침투하지 않을 거라는 보장이 없었던 거지. 그렇게 생각하니까 꼭 몸의 절반은 불타오르고 다른 절반은 얼어붙는 것 같았어. 아파서 정신을 잃었고 아파서 정신을 차렸지.

피노는 그동안 계속 내 곁을 지켰어.

아마도.

페퍼가 죽고 난 뒤 우리 사이가 어색해졌다는 얘긴 굳이 안 해도 되겠지. 뭐랄까. 친구들끼리 방에서 잘 놀고 있는데 갑자기 구석에 쭈그려 앉아 있는 왕따를 발견한 기분이랄까. 아주 어릴 때를 제외하고는 피노를 여자로 생각해본 적이 없었어. 아무리 그래도 어떻게 여자한테 그러냐고 말하고 싶겠지. 하지만 너희들은 피노를 만난 적이 없잖아? 주먹보다 말이 엄청 느린 내…… 친구를 말야.

중요한 건 그 일 이후로 피노가 지금껏 내게 해왔던 행동들이, 그리고 지금까지의 우리 생활이 전혀 다른 관점으로 보이기 시작했다는 거야. 이제 와서 하는 소린데 피노가 내게 보석상을 털자고 했을 때 내 상황은 좋질 않았어. 빚이 좀 있었거든. 빌려서는 안 될 사람들에게 꾼 돈이었어. 그놈들이 못 갚은 이자 대신으로 이마에 박아넣은 병조각을 뽑는 내 꼴을 피노가 봤어. 난 다음번에는 시체안치소에서 보게 될 거라고 농반진반으로 말했지. 그다음 날 피노가 보석상 아이디어를 들고 온 거였어.

그런데 젠장, 생각해보면 우리 둘 사이는 언제나 그런 식이었던 거지. 난 새삼 그거 때문에 소름끼쳤던 거고.

열에 들떠 피노한테 헛소리를 했던 것 같아. 아무리 그래도 페퍼를 그렇게 죽일 필요까지는 없었을 거라고 말했던 것도 같애. 살인자라고 비난했던 것 같기도 하고, 나까지 죽일 거냐고, 실은 내 목을 날리고 싶었는데 손이 미끄러진 거 아니었냐고 빈정댔던 것 같기도 해. 내 몸에 손대지 말라고 했던 것도 같고. 보석상을 턴 게 잘못이었다고, 나나 너나 이따위로 살 바에는 제이미파 개새끼들에게 죽는 게 나았을 거라고 한 것도 같아.

피노는 나중에도 그에 대해 한마디도 안 했어. 내가 정말 그런 말을 했는지 확신 못하는 것도 그 때문이야.

페퍼를 좋아했냐고? 모르겠어. 사실 이젠 얼굴도 기억이 안 나. 그보다는 피노가 미웠던 거지. 지금까지 날 지켜준 사람이 밉다니, 말도 안 되는 소리 같지만 진짜로 그랬는데 어쩌겠어? 세상에 둘만 남아도 미운 건 미운 거야.

상처는 더 악화되지 않았어.

그 뒤 뭔가가 크게 변했어. 나는 피노에게 땍땍거리고 짜증을 냈지. 그래도 괜찮을 거라는 걸 눈치챘거든. 그즈음에는 생활도 팍팍했어. 먹을 게 귀해졌어. 기름도 그랬고. 사람을 만나는 것도 드물어졌어. 싸움은 힘들어졌어. 팔이 네 개에서 세 개로 줄었다고 전력이 사 분의 삼이 되는 건 아니니까. 이 분의 일, 때론 그보다 더 못하지.

하마터면 둘 다 죽을 뻔했던 전투에서 살아남은 날 밤에 피노가 말했어.

"좋은 생각이 있어."

"좋지. 좋은 생각."

피노는 내 얼굴을 보지 않고 계속 얘기했어. 사막을 건너는 게 좋겠다. 이렇게 떠돌다가는 결국 죽을 거다. 도시에 간 다음 각자 갈 길을 가자. 피노는 마지막 말을 하는 게 힘들어 보였어. 나는 쏘아붙였지.

"너도 드디어 인류의 역사에 합류할 생각이 들었구나?"

우리는 트럭에 있는 대로 기름을 털어넣은 다음 출발했어. 일단 사막까지만 가면 다른 방법이 있을 거라고 생각했지. 우리만 도시로 가겠다는 생각을 하진 않았을 테니까. 같이 갈 사람을 구할 수도 있을지 모르고 지름길을 알 수 있을지도 몰랐지.

둘 다 틀렸어. 사막에 도착했지만 사람이라곤 코빼기도 안 보였어. 갈 사람은 다 가고 뒤에 남아 있던 사람들은 다 죽었던 거야. 우리가 이 세계의 마지막이었던 거지.

그때만큼 외로움을 느꼈던 적은 없었던 것 같아.

기름이 다 떨어지는 바람에 사막 한가운데서부터는 걸어가야 했어. 사막이 밤에는 춥다는 걸 그때 알았지. 낮에는 미칠 듯이 더웠지만 긴팔 옷을 입고 장갑을 끼어야 했어. 무슨 동물과 벌레에 물릴지 알 수 없었으니까. 모래바람이 불고 나면 목표로 했던 언덕이 사라지고 없었어. 해가 뜨는 방향으로 걷는다고 생각했는데 가다보면 석양이 빛나고.

사막을 건너는 동안 피노는 눈에 띄게 지쳐갔어. 더는 자기가 필요 없는 상황이란 걸 느끼기 시작했던 거지. 그것들이 따라오지 않았거든. 도끼를 휘두를 필요도 없었고 날 보호할 필요도 없었어. 삶의 방향을 잃어버린 거야. 반면 나는 이상할 정도로 힘이 나기 시작했어. 한참을 쑤시던 왼팔의 통증도 거의 사라졌지. 심지어 목도 그렇게 마르지 않을 정도였어. 생각 외로 견딜 만하더라 이거지. 하루라도 빨리 도시에 가야겠다는 의욕에 불타올랐어. 한번은 내가 사구(砂丘)에 빠져 가라앉던 피노를 구했어. 한 팔로 말야. 목표의식을 갖는 게 사람을 이렇게 바꿀 수 있다는 걸 실감했지.

그 뒤로 피노는 고분고분해졌어. 내 뒤만 졸졸 따라왔지.

밤에 모래를 파서 잘 준비를 하는데 피노가 말했어.

"도시에 가면 뭘 할 거야?"

"알아서 뭐 하게."

나는 퉁명스럽게 대답했어. 모래 때문인지 입안이 까끌까끌해서 말하기도 귀찮았지.

"페퍼 생각나?"

"페퍼."

나는 멍하니 그 이름을 되풀이했어. 정말 오래전에 일어난 일 같았지. 그런 멍청한 년을 대체 뭐하러 데리고 다녔는지.

"페퍼는 진짜로 물렸어."

피노가 말했어.

"어련하시겠어."

"날 보고 죽여달라고 했어. 동생 따라 가겠다고."

"그러시겠지."

"널 걱정했어."

"알았으니까. 자자."

나는 짜증스럽게 대답했어. 밤에 잠이 잘 안 와서 신경이 예민했거든. 그것도 모르고 쓸데없는 소리나 지껄이고. 그냥 확 버리고 갈까보다.

"넌 잘하고 있어. 조금만 더 가면……"

"아, 알겠다니까!"

결국 못 참고 소리를 빽 질렀어. 어두운 공기를 뚫고 내 고함 소리가 멀리 퍼져나갔지. 우리 근처에 숨어 있던 도마뱀들이 놀라서 움직였어. 모래를 사사삭 긁어대며 자기 집으로 사라졌지.

다음 날 모래 위로 튀어나온 손을 발견했어. 더 깊이 파봤더니 빼빼 마른 시체 한 구가 나오더라. 반 정도는 동물과 벌레들에게 뜯어 먹혀 있었고 가슴에는 엄청나게 큰 구멍이 뚫려 있었어. 그 구멍이 말해주는 건 두 가지였어. 하나는 도시가, 적어도 총을 든 사람들이 가까이에 있을 거라는 얘기였어. 그렇게 보면 이 시체는 마치 나뭇가지를 물고 있는 비둘기인가 갈매기인가…… 왜 그 새 있잖아. 바다에 있는. 아무튼 그런 셈이었지. 다른 하나는…… 다른 하나는, 총을 든 사람들이 그걸 우리한테도 쓸 가능성이 있다는 뜻이었어.

"걱정할 거 없어. 내가 얘기하면……"

피노가 등 뒤에서 말했어.

"됐고. 너나 챙기셔."

난 피노의 말을 끊었어. 정말로 이젠 이 돼지와 말을 섞는 것 자체가 지겨웠어.

그 뒤로 하루 반을 더 갔지.

의욕은 넘쳐났지만 더는 체력이 받쳐주질 않았어. 걸음이 점점 느려졌지. 온몸에서 땀이 마구 났어. 피노에게서는 점점 더 불쾌한 체취가 풍겼어. 젖은 양말이 음식물 쓰레기 속에서 썩는 것 같은 냄새였지. 다시 한 번 결심했지. 도시에 도착하는 대로 안녕이라고.

그때 도시를 봤어. 정확히 말하면 높은 벽과 뾰족 솟은 망루를 봤지. 망루 위 오두막에서 뭔가 반짝였어. 망원경이나 뭐 그런 거였겠지. 우리는 계속 걸었어.

조금 뒤 우리 앞에서 먼지구름이 피어오르는 게 보였어. 엔진 소리도 들렸고.

"뒤로 가 있어."

피노가 말했어.

지랄하고 자빠졌네. 아직도 상황 판단을 못하나? 대장은 나라고.

"너야말로 닥치고 이써."

내가 말했어. 흥분해서 말도 제대로 안 나왔지. 이써, 가 뭐야. 이써, 가.

군용 지프 두 대가 우리에게서 좀 떨어진 곳에 섰어. 다섯이 내렸지. 총을 들고 있는 건 둘이었어. 하나는 조준기를 단 엽총이었고 다른 하나는 권총이었어. 대장으로 보이는 뚱뚱한 남자가 확성기를 들고 아아, 하며 목을 푼 다음 소리쳤어.

"경고한다. 더 이상 다가오지 마라. 다가오면 발포한다."

나는 발끈했지. 그딴 소리나 들으려고 여기까지 온 게 아니니까. 하지만 총 앞에서는 조심해야 했지. 나는 팔을 들어 저항하지 않겠다는 의사를 표시하려고 했어.

팔을…… 들어서 말야.

팔이 올라가지 않았어. 피노가 어느새 날 묶었던 거야. 묶이지 않은 왼쪽 팔, 반쪽밖에 없는 팔을 까딱까딱했지만 그게 씨알이나 먹히나. 나는 화가 나서 피노를 봤지. 이게 미쳤나. 당장 이거 풀지 못해?

라고 말하고 싶었어. 하지만 내 입에서 나온 건 신음 소리였지.

그르렁. 크르렁.

그것들이 내는 소리.

피노가 소리쳤어.

"치료법이 있다는 걸 알고 왔다!"

"그 새끼는 너무 늦었어! 거기다 두고 와! 마지막 경고다!"

뚱땡이가 말했지.

"내 친구다! 같이 아니면 안 가!"

"그럼 거기서 둘 다 뒈지던가!"

나는 밧줄을 풀려고 몸부림을 쳤어. 의미 없는 몸부림을. 그때 무슨 영화마냥 타이밍도 절묘하게 오른손에 꼈던 장갑이 떨어졌어. 그제야 내 손을 볼 수 있었지. 까맣게 썩어가는, 양말 쓰레기 냄새가 나는 내 손을.

모든 게 이해되기 시작했어. 둔하게. 천천히. 왜 도시로 가자는 얘길 할 때 피노가 내 얼굴을 보지 않았는지. 왜 내가 그렇게 힘이 나고 목도 마르지 않고 잠도 잘 안 왔던 건지. 왜 피노가 뒤에서 날 따라왔는지. 나보고 왜 잘하고 있다고 격려한 건지. 증상은 사람마다 속도가 달랐고 내 경우는 아주 천천히 진행됐던 거야. 감염됐던 거지. 물려서 그랬건 도끼에 묻은 오물들 때문에 그랬건. 예전에 읽었던 주간지의 개미 똥구멍만한 글자들에 아마 그런 내용들이 다 적혀 있었겠지. 피노가 치료법 얘기를 언제 들었는지는 모르겠어. 아마도 내가 정신을 잃었을 때 알아왔겠지.

"너만 가."

내가 말했어. 적어도 그렇게 말하려고 했어. 너르킁. 가르킁.

"고칠 수 있어. 치료법이 나왔어."

피노가 말했어. 늘 그렇듯 덤덤하게.

"저것들을 죽이고 차를 타서 도시로 갈 거야. 약만 구하면 돼."

그러면서 도끼를 단단히 쥐었어. 난 피노가 진심이라는 걸 알았지. 도대체 내 변해가는 얼굴을 그동안 어떻게 견뎠던 건지 상상이 안 갔어. 분명 내 얼굴이 내 손보다 더 낫지는 않았을 텐데.

세상일이 옳고 그른 걸로 딱 나뉘진 않아. 늘 불확실한 상황에서 판단하고 결정하지. 그래도 그에 대한 책임을 질 각오는 해야 해.

한 번이라도 제대로 말야.

나는 입을 쫙 벌리고 내가 낼 수 있는 가장 괴상한 소리를 내면서 피노에게 달려들었어. 내 목을 안 날리고는 배길 수 없게. 피노가 도끼를 쥔 손을 저도 모르게 치켜올렸어. 하지만 휘두르진 않았지.

우리 둘의 눈이 마주쳤어.

다음 순간 몸이 공중에 붕 떴고, 뒤이어 엄청나게 큰 소리가 났어. 사막의 투명하고 공허한 공기를 타고 세상 끝까지 날아갈 것 같은 소리가.

모래에 머리부터 처박혔어.

가슴에 구멍이 뻥 뚫렸는데 의식은 멀쩡했고 몸에서는 피가 한 방울도 나지 않았지.

피노가 날 내려다봤어. 원체 바보 같은 얼굴이긴 했지만 그렇게 얼빠진 표정은 처음 봤어. 어찌나 넋이 나갔던지 날 쏜 놈들이 와서 수갑을 채우는데도 가만히 있더라니까. 뚱땡이 대장이 내 목을 치려는데 피노가 발악을 했어. 안 된다고. 날 죽이면 다 죽이고 자기도 죽는다고. 피노는 끌려가면서 내게 약속했어. 치료약을 구해 가지고 돌아오겠다고.

하긴 그럴 생각으로 순순히 따라가는 거겠지.

끝까지 멍청하긴.

가슴에 이런 구멍이 뚫렸는데 인간으로 돌아오면 날더러 어쩌라고.

밤이 깊어지니까 팔다리에 으스스한 기운이 싸하게 돌아. 아무래도 구멍 때문이지 싶어.

죽을 듯 말 듯하는데 죽질 않아. 정확히 말하면 그걸로 변하질 않는 거겠지. 입에 머금은 물을 못 삼켜서 쩔쩔매는 기분이야.

하지만 곧 다 끝날 거야. 느낌이 와.

머리 위에서 새가 몇 마리 빙빙 돌고 있네. 잘은 모르겠지만 까마귀 같아. 하지만 사막에 무슨 까마귀야. 기분 탓이겠지. 대머리 독수리가 사막에 살던가? 아무튼 날개 달린 녀석들이 기다리고 있어. 내 눈을 마음 놓고 쪼아 먹을 때를.

도마뱀이 다가오는 소리도 들려. 모래를 타면서 날 듯이 몰려와. 사르륵. 사르륵. 혀를 날름거리고 눈을 깜박이고 있겠지. 이게 웬 횡재냐면서.

달이 밝아. 이지러진 주제에 그날 밤처럼 환하네. 눈이 아릴 정도로. 눈알이 문드러지기 시작해서 그러는지도 모르겠지만.

그래도 사과는 못하겠어. 무슨 달밤에 고백하는 것도 아니고.

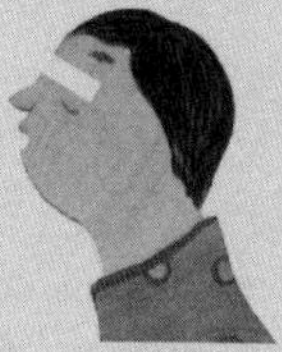

아픔보다도 나중에 돌아가면 가족들로부터 쏟아질 비난이 두려웠다. 왜 그런 짓을 했니? 왜 거절을 못하고 엉뚱한 일을 하다가 다쳤니? 그 보기 흉해진 귀를 이제 어쩔 거니?

W_

해피 쿠키 이어

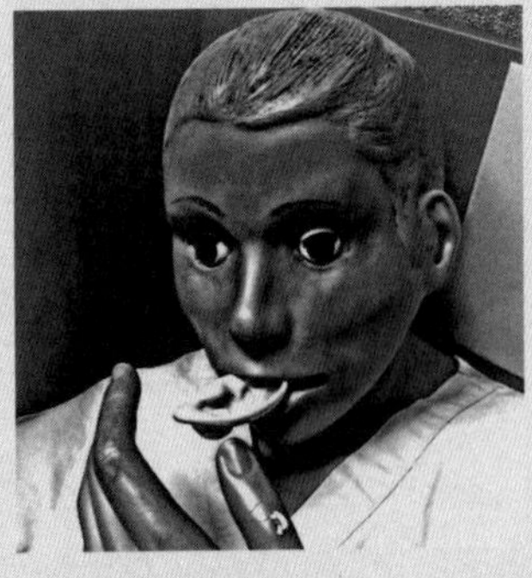

W

참 보통은 아니라는 말을 자주 들었다. 아무래도 그 말엔 '(성깔이) 보통 아니다'라든지 '(유난스러운 게) 보통 아니다'라든지 칭찬보다 욕의 함량이 더 높은 것 같다. 지금은 사라졌지만 정말 아름다웠던 잡지에서 데뷔를 했고, 그 이후로는 숨 쉬기가 조금 편해졌다. 계속 이야기로 숨 쉬고 싶다.

"언제나 알제리계 프랑스 흑인일 거라 생각했어요. 두상이 예쁘고 근사한 안경에, 파리 6대학에서 수학을 전공하는 사람으로."

"누가요?"

"외국인이랑 잔다면 말예요."

"너무 구치적이다."

"구체적."

구체적, 하고 한 번 더 따라 하면서 나는 여자친구에게 미안해졌다. 두상이 예쁘지도 않고 안경도 안 쓰고 프랑스인도 흑인도 아니라서.

"하지만 아라비안나이트도 괜찮아요."

여자친구가 위로해주었다. 나는 웃으면서 여자친구의 골반 양쪽 튀어나온 뼈를 손잡이처럼 잡고 돌렸다. 후배위로 하면 조금 뼈가 덜 부딪칠까 싶었지만 그렇지도 않았다. 얇은 피부 아래로 움직이고 움직이지 않는 모든 것들의 윤곽이 드러나서 잘 만든 교육용 더미(dummy)를 자꾸 연상시켰다. 나는 눈을 감고 여자친구를 촉감으로만 느끼려고 노력했다. 작은 단위로 내려가고 싶었다. 계통과 기관과 조직과 세포와 소기관을 거쳐 더 작은 단위까지 느끼고 나도 그렇게 흩어지고 싶었다.

"여자를 그렇게 딱지 뒤집듯 뒤집는 거 아네요."

느슨하게 서로 얽혀, 한참 달린 심장을 쉬게 할 때 여자친구가 말했다.

"딱지가 뭐예요?"

그러자 여자친구가 어디서 그런 힘이 났는지 벌떡 몸을 일으켜 프린터기에서 종이를 한 장 꺼냈다. 여자친구가 접는 걸 보니 다 접기 전에 뭔지 알 수 있었다 .

"아, 우리 나라에도 있어."

우리는 발가벗고 딱지를 치다가, 결국 재채기와 함께 욕실로 뛰어갔다. 욕실은 두 사람이 서기엔 너무 좁았지만 물은 따뜻했다.

언제나 빨간 망치 아래에 앉았다.

내가 태어난 도시에서는 차들이 그렇게 빨리 달리지 않았다. 고가도로는 외국의 회사들이 지어놓고 간 대로 천천히 늙어갔다. 하지만 서울에선 길도 차도 너무 빨랐다. 험하게 운전하는 버스를 타고 있을 때면 허술하고 낮은 난간을 뚫고 아래로 떨어질까봐 불안했다. 한강은 너무 넓었다. 너무 길었다. 그 위에 놓인 다리들은 심지어 고칠 때도 사용하면서 고쳤다. 공사 중에도 지그재그로 달려버렸다. 언제나 버스가 물아래로 떨어지는 걸 상상했으므로, 빨간 망치 아래에 앉았다. 다리로 앞좌석을 꽉 버티며, 물속에 떨어져도 유리창을 깨고 나오리라 했지만 정말 그럴 수 있을지 두려웠다. 빨간 망치를 하나 훔칠까. 그래서 가방 속에 항상 가지고 다닐까. 그런 궁리도 했지만 그랬다간 도둑이 된다. 외국인 도둑이란 어디서든 환영받지 못한다.

서울은 너무 추웠다. 겨울 기온은 십오 도쯤 더 낮았으며 그보다는 내가 있던 집이 형편없어서 더 추웠다. 외국인 기숙사가 리모델링 중이란 말을 들었을 때 나는 사실 기숙사가 있는데 내게 주기 싫은 게 아닐까 괜히 의심했었다. 말도 안 되는 방을 얻었다. 반지하 방이라고 부른다고 했다. 반은 아니고 삼 분의 일 지하쯤 되는 방이었다. 원래 큰 방이었던 것을 둘로 쪼개어 썼다. 다행히 욕실은 각자 딸려 있었다. 나는 방에 있기 싫어서 커피 체인점에 몇 시간이고 머물면서 시간을 보냈다. 패브릭 의자는 얼룩으로 더러웠지만 따뜻하고 푹신했다. 가장 눈에 띄지 않는 자리에 앉아 되도록 커피가 덜 든 음료를 마셨다. 커피를 마시면 먹은 게 다 소화가 되어버리는 체질이란 걸 깨달았기 때문이었다. 외국인이 되어보기 전에는 몰랐던 사실이다. 코가 말랐다. 아픈 개처럼 코가 말랐다.

돈이 없어서이기보다는 어디서 옷을 사야 하는지 몰라서 가난해 보였다. 몇 번 서러운 꼴을 당하고 나서 좋은 옷을 동기에게 물어 사 입었다.

"형, 오일 프린스 같은데요?"

그렇게 말한 동기 계형이는 내가 석유와는 먼, 그래서 언제나 석유를 생각하며 살아야 하는 지역에서 온 것을 몰랐다. 아랍은 다 기름밭이라고 생각하는 모양이었다. 계형이라니, 한국 사람들은 이름을 어렵게도 짓는다. 나는 한동안 계형이를 게이헤엉이라고 불렀다.

계형이에 대해 먼저 이야기해야 할까, 내 귀에 대해 먼저 이야기해야 할까, 여자친구가 더 먼저일까 고민된다. 나의 서울 생활은 대충 그 정도로 요약될 것 같다.

셋 중에서 가장 중요한 건 물론 계형이가 아니지만, 계형이가 시작인 건 맞는 것 같다.

본과 실습 기간을 서울에서 보내도록 한 건 아버지였다. 아버지는 건설부 공무원이었고 한국에 친구가 많았다. 나도 한국어를 조금 배워두긴 했었고, 아버지가 이 줄 저 줄을 당겨 나를 서울로 보냈다. 그런 유의 '줄'은 어느 언어에서나 줄로 표현되는 게 신기하다.

"새로운 아랍이 올 거다. 석유가 떨어지면 우리 같은 사람들을 제일 필요로 할 거다."

그래서 아버지는 자식들을 변호사로, 의사로, 외교관으로 키웠다. 중동에서 그런 직업을 가지는 건 극동에서보다 쉽다. 왜냐면 정말로 돈이 있고 힘이 있는, 석유가 있는 사람들은 직업을 가지지 않기 때문이다. 아버지가 말한 '우리 같은 사람들'은 아마 일하는 사람들일 거다. 워킹 클래스, 다른 지역과는 미묘하게 다를지 몰라도 말이다.

어쨌거나 아직도 석유가 떨어지지 않았다. 솔직히 정말 떨어진다 해도 그렇게 많은 것들이 바뀔지 잘 모르겠다. 왜냐면 내가 태어난 지역을 구성하는 가장 큰 부분이 허풍이기 때문이다. 그곳에선 데이터망 서비스가 없을 때도 모두가 최고급 스마트폰을 썼다. 그런 종류의 허풍이 어느 정도 현상 유지를 시킬 것이다. 그 현상 유지가 오십 년이 되고 백 년이 된다면 역시 나 같은 사람은 필요하지 않을지도 모른다.

어찌 되었건 서울에 있는 대학병원에, 최고는 아니라지만 그래도 중간은 된다는 대학병원에 이 년 동안 와 있게 되었다. 아마 동기들도 내가 낙하산인 걸 바로 알아차렸을 것이다. 동기들의 얼굴에는 주로 당혹감이 떠올랐다. 환자들의 경우는 더 심했다. 안 그래도 서브 인턴들이 주사기로 찔러대는 게 싫었을 텐데 갑자기 웬 아랍인이 찔러대면 말이다. 차별이라고 말한다면 차별이고, 원래부터 그렇게 서로 좋아하지 않았다는 게 더 맞겠다. 중동 사람들은 극동 사람들을 밋밋하고 못생겼다고 생각하고, 극동 사람들은 중동 사람들을 느끼한 거짓말쟁이라고 여기니까 말이다. 오리엔트 사람들끼리 오리엔탈리즘에 빠져 있다.

겉돌고 겉돌다가 마취과 회식 자리에서였다.

"명예살인에 대해 어떻게 생각하나?"

한 교수님이 물었을 때 나는 머리가 하얘졌다. 보통 중요한 질문을 하기 전에는 좀 스몰토크가 이어져야 하는 게 아닌가. 내 누이들은 히잡을 쓰지 않으며 교육을 받았고 연애결혼을 했으며 나는 누이들을 죽일 생각은 물론 손끝 하나 건드릴 마음이 없다고 말해야 할까, 그래도 우리나라는 인접국에 비하면 훨씬 사정이 낫다고 해야 할까, 아니면 아무리 최고형을 선고해도 여전히 이어지고 있는 명예살인이 부끄럽고 이성의 시대는 영원히 오지 않는 것 같아 절망적이라고 해야 할까, 한 개인이 한 문화권의 죄악에 대해 바로 대답할 수 있는지 그럼 한국 남자는 한중일 삼국 남자들의 죄악에 책임감을 느끼는지 반문해야 할까. 덩어리가 되고 싶지 않아. 실제로는 덩어리라도. 나는 그렇게 속으로 말하며 어지러움을 느꼈다.

"……나쁘다고 생각합니다."

뇌세포 몇백 개를 죽이고 나서 대답했더니 교수님은 한껏 실망한 표정을 지었다. 대체 무슨 대답이 듣고 싶으셨던 것인지 지금도 알 수 없다.

"앞으로 향후 십 년 중동 정세가 어떻게 될 것 같은가? 자네 생각은 어떤가?"

다른 교수님이 물었을 때도 내겐 마땅한 의견이 없었고, 있었다 해도 당시 한국어 실력으로 장황하게 말할 수 있었을 것 같지 않다.

"선생님, 저는 제 다음 주 스케줄도 모르겠습니다."

지나치게 솔직히 얘기했는지 앞에 앉은 교수님뿐만 아니라 다른 교수님들도 다 나를 멍하게 쳐다보았다. 학생들 몇 명만 슬쩍 웃었는데 계형이가 그중 하나였다. 시간이 조금 지나 계형이가 빈 의자를 끌고 내 옆자리로 옮겨왔다.

"이스마일 형이라 했죠?"

우리는 싱거운 얘기를 좀 주고받았고, 육 개월 동안 리스닝만 늘어왔던 나의 한국어는 그날을 기점으로 스피킹도 늘기 시작했다. 계형이는 그 이후로 자꾸 나를 '스마일 리'로 불렀는데 그건 별로 달갑지 않았다. 그렇다. 나는 달갑다는 말도 쓸 수 있는 고급 회화가 가능해진 것이다.

"스마일 형, 나 방학 때 집에 내려가요. 형도 같이 갈래요?"

"너희 집 서초잖아, 왜 내려간다고 해요?"

그러자 계형이가 또 막 웃었다.

"우리 집 서초 아니고 속초. 잘못 들었구나?"

나는 서울 바깥의 한국 지도가 잘 그려지지 않았다. 사실 머릿속 서울 지도도 지하철 노선도에 가까웠다.

계형이네 부모님은 외국인이 온다는 말에 긴장을 했던 모양이나 내가 한국말을 하자 안심하신 듯했다. 막상 나는 계형이네 부모님 말을 알아듣기가 힘들었다. 미묘하게 억양이 달랐다. 계형이가 아마 북한 말과 비슷할 거라고 말해줬기 때문에 신기했다.

"젓가락질을 잘하네!"

매끼를 먹을 때마다 칭찬을 들었다. 그도 그럴 것이 동아시아가 아닌 곳에서 날생선을 먹는다든지 젓가락질을 한다든지는 교양의 증거였기 때문에, 우리 가족은 일찍부터 일식집에 다녔다. 여기 와서야 그게 진짜 일식도 아니고 한중일 요리가 다 섞여 있었으며, 우리 중 아무도 제대로 된 맛을 즐기지 못했다는 걸 깨달았지만 말이다.

계형이는 속초에 온 첫날, 나를 항구에 있는 튀김 거리로 데려갔다. 튀김집들이 줄지어 서 있었는데 유독 한 집에만 줄이 길었다.

"원래 이 집이 잘해."

확신에 찬 계형이의 말에 고개를 끄덕이고 줄 끝에 섰다. 왕새우, 작은 새우, 껍질 벗긴 새우…… 메뉴는 단순한 듯 복잡했고 계형이가 오징어튀김까지 곁들여 시원하게 주문을 해줘서 조금 안심했다.

"어때 어때, 형? 맛있어?"

눈을 반짝이며 고향의 새우튀김 평가를 기다리는 계형이에게, 나는 딱히 좋은 리액션을 해주지 못했다. 나의 감상이란 겨우 새우깡은 정말 새우튀김 맛에 충실한 과자였구나 하는 정도였기 때문이다. 습기 없이 바싹 튀겨서인지 그건 정말 식사보단 과자 같았다.

이틀째에는 속초에서 가장 유명하다는 빵집에도 갔는데, 확실히 서울의 팬시한 빵집과는 다른 분위기를 느낄 수 있었다. 명물이라는 밤 과자를 받아들었는데 그건 다른 의미로 충격이었다.

"밤 과자라며? 밤 모양인데 왜 파트가 들었어요?"

"파트가 아니라 팥. 팥 해봐, 팥. 그거 원래 팥 앙금이에요. 그래도 맛있지?"

한국의 과자라는 건 이름에 아주 충실할 때도 충실하지 않을 때도 있구나 정도가 이틀째의 소감이었다.

"형 알바 안 할래요?"

"무슨 알바?"

"삼촌이 과자 공장을 하는데 며칠 와서 도와달래요. 용돈 많이 주겠다고."

계형이가 눈을 반짝이고 있었고, 나 사실 돈이 별로 안 부족하다고 말하면 재수 없을 것 같았고, 그 당시 내가 상상했던 과자 공장은 조금 큰 빵집 정도였으므로 그러자고 했다. 거절을 하기엔 덜 친한 사이였다. 하루 더 속초를 구경한 다음, 해안도로를 따라 달리는 버스를 타고 경상북도로 갔다. 경상북도라니, 한국을 많이도 보는구나 좋았던 것도 사실이다.

막상 도착해보니 과자 공장은 정말로 공장이었다. 과자 같은 느낌이 전혀 나지 않았다. 우리는 물류 창고 일을 도와주는 거라 간단한 일이었지만, 생산라인에서 일하는 사람들은 꼼꼼한 방진복을 입고 창문도 없는 곳에서 일했다. 한번 들어가면 나올 줄을 몰랐다. 계형이네 삼촌이 우리를 소개했고, 외국인 노동자들이 여럿 있었으므로 나랑 말이 통할 줄 알았던 모양인데, 한국 사람들 눈에나 비슷해 보이지 너무 다른 지역 너무 다른 문화권에서 왔으므로 실상은 데면데면했다. 나야말로 어정쩡한 존재였다. 외국인 알바생인데 사실은 사장님 조카 친구라니, 아무도 말을 걸어주지 않았다.

여기서 먼저 변명을 하자면 그 공장은 유수 제과업체들에 양질의 제품을 납품하던 십육 년차 외주 공장으로, HACCP 즉 위해요소중점관리기준을 준수하는 수준 높은 곳이었다. 그러나 그런 곳에서도 사고라는 건 언제든 나는 것이고 그러면 십육 년의 무사고 기간은 다시 0 일로 셋업되고 마는 것이다. 공장이라는 건 과자같이 중요하지 않고 장난 같은 걸 만든다 해도 늘 위험하다. 나는 그 사실을 이해했어야 했다. 희고 반짝거리는 방진복 아래에 다들 얼마나 자잘한 부상을 많이 입고 있었는지도 몰랐다. 유탕기와 포장 기계 역시 언제나 사고를 내는 기계였다. 나는 그저 며칠 박스를 날라주다 서울로 돌아갈 셈이었다. 알바생과 관광객의 중간쯤이었단 말이다.

간단한 배관 용접 중에 불꽃이 포장재로 옮겨 붙었고, 그것이 빙과 창고로 이어진 암모니아관을 터뜨렸고, 반쯤 찬 밀가루 사일로가 과열되면서 분진 폭발이 일어났다. 사고는 과자 공장에서 일어날 수 있는 최악의 사고였지만, 다행히 빙과 창고에 불이 붙었을 때는 대부분의 직원들이 공장 밖으로 잘 탈출한 후였다. 계형이는 운 좋게 삼촌 심부름을 간 상태였고, 나는 다시 말하지만 아무도 말을 걸어주지 않는 어정쩡한 위치였기 때문에 탈출의 끝줄에 서 있었다. 나를 챙겨주지 않고 다 나가버린 건 아니었다. 사태가 심각한 줄 모르고 앞줄을 양보했다는 게 더 맞겠다. 폭음에 이어, 등과 귀가 뜨거워졌다.

왜 귀가 뜨거웠는지 더 달려나오고서야 알았다. 양쪽 귀가 아니었다. 한쪽 귀였다. 멀리 날아온 파편에 귓바퀴가 반쯤 날아갔던 것이다.

어깨가 피로 젖은 걸 보고 사람들이 비명을 질렀다. 막상 나는 몇 밀리 정도 피를 잃었나 대충 가늠해봤는데 정말 침착했다기보다는 충격 때문에 둔감해진 상태였던 것 같다. 내가 실려가고 나서도 사람들이 평정을 찾는 데는 좀 걸렸고, 진화 작업이 끝난 후 다 같이 잘려나간 귓바퀴를 찾아주려 노력했다. 뒤늦게 합류한 계형이는 미안해하다가 화를 내다가, 마지막까지 귀를 찾아헤맸지만 끝내 찾지 못했다. 찾아서 뭘 어쩌려는 것이었을까.

아픔보다도 나중에 돌아가면 가족들로부터 쏟아질 비난이 두려웠다. 왜 그런 짓을 했니? 왜 거절을 못하고 엉뚱한 일을 하다가 다쳤니? 그 보기 흉해진 귀를 이제 어쩔 거니?

산업의학과 실습을 에이 플러스 받은 건 아무래도 그 사고 때문인 것 같았다. 실습도 리포트도 엉망이었을 텐데 어째선지 최고점을 받았다. 귀에 감은 붕대를 보고 왜 다쳤냐고 묻더니, 동정인가 싶었다.

"유명하잖아."

"뭐가?"

"산업의학과랑 예방의학과 교수님들은 빨갱이가 많은 거."

"빨갱이가 뭐입니까?"

"뭐예요, 가 더 자연스러워요. 그건 일단 놀리는 말이고 원래는 해방 이후 한국 전쟁 때……"

계형이의 한국 현대사에 대한 길고 아마도 꽤 틀린 정보가 많이 포함되어 있었을 설명이 이어졌다.

"여튼 요즘은 진보적인 쪽 사람들을 뭉뚱그려서 다 그렇게 불러요."

"산업의학과와 예방의학과는 진보적?"

"그쪽은 자기가 속한 작은 집단의 이익보다 더 전체적인 이익을 생각하는 사람들이 많이 가니까."

스스로의 설명에 만족했는지 계형이가 웃었다. 여전히 겨우 웃는 느낌이었다. 내가 다쳤는데 왜 네가 못 웃니, 한참을 달래줘야 했었다. 이익 집단, 이익, 하고 새로 배운 단어를 입안에서 이리저리 굴려보았다.

그즈음 해서 이비인후과와 성형외과 교수님들이 나를 한 번씩 들여다보았다. 새 귀를 만들어주고 싶은 모양이었다. 기능검사에서는 큰 문제가 없었지만 이상하게 상처는 깨끗이 아물지 않았다. 통증이 계속 있었다. 나는 실습 때문에 너무 바빴고, 사람들이 신경 쓰는 게 싫어서 계형이와 둘이 드레싱을 했다. 그러다가 계형이가 어느 날 말했다.

"형, 귀가 좀 자란 거 같아요."

뭐라고. 한국 애들은 바보인가. 귀가 자랄 리가.

나도 모르게 신경질적으로 반응했으나, 거울을 보니 정말로 조금 자라 있었다. 갈색 부스러기처럼 가장자리가 올라와 있었던 것이다.

"조금 비정상적인 피부 각화인 것 같은데."

레지던트 선생님이 봐주더니, 대수롭지 않게 말했다. 그러나 며칠 새 귀는 더 자랐다. 반쯤, 잘려나간 부분이 새로 차올랐다. 나는 한쪽으로만 누워 자며 약하고 부스러기가 떨어지지만 대충 귓바퀴 모양이 되어가는 새 귀를 보호했다. 간지럽고 따갑고 가끔은 찌르는 통증조차 기분이 좋았다.

어, 어어. 레지던트 선생님이 놀라서 교수님을 불렀다. 자랐는데요? 이거 뭐지? 조직 검사 해봐. 순서 앞으로 빼달라고 해. 그…… 이게 생체 조직이 아니라고 하는데요? 그럼 뭐래? 곰팡이? 뭔지 몰라서 외주 실험실에 보냈다고 합니다. 며칠 걸린대? 전화 넣어서 빨리 해달라고 해. 너흰 가서 일 봐. 교수님이 손짓으로 우릴 쫓아냈다.

결과를 기다리는 며칠 동안 귀가 더 자랐다. 교수님이 불러서 갔더니 엄청 참담한 표정이었다. 나는 참담하다는 말을 새로 배웠다.

"이게 뭐냐면,"

계형이가 긴장해서 몸을 미어캣처럼 세웠다.

"전병이야."

뒤에 서 있는 레지던트, 인턴 선생님들의 시선이 사방으로 흩어졌다. 병이라는 말은 잘 알고 있다. 앞에 붙는 전은 무슨 전인가, 내가 다시 물었다. 계형이도 모르는 모양이었다.

"아이 참, 전병이라니까."

결국 뒤에 제일 친절한 인턴 선생님이 '센베이' 하고 낮게 말했고 계형이가 엉덩이로 의자에서 점프했다. 센베이?

"너무 걱정하지 마. 잘은 모르겠는데 우크라이나에 비슷한 환자가 있었대. 귀가 아니라 코였지만. 연골이랑 관련이 있나. 여튼 그 케이스 리포트 번역회사에 맡겼으니까 좀 두고 보자고."

"우크라이나……"

"밀 생산지지. 곡창지대야. 글루테카틸리지 신드롬이라고 일단 알고 있어."

그렇게 말하는 교수님의 얼굴은 너무나 확신이 없었다. 의대에 들어와서 가장 확실히 배운 건 의사들이 거짓말을 할 때의 표정인데 말이다. 한참을 못 알아듣고 설명을 더 듣고 나서야 나는 받아들일 수 있었다.

내 귀에서 과자가 자란다고 했다.

긴장을 해서인지 매일 잠든 자세 그대로 깨어났다. 깨어나면 옆집 여자가 토하는 소리가 들렸다. 자주 비슷한 시간에 토하는 게, 건강에 문제가 있나 걱정이 되었다.

원래 하나였던 방을 둘로 쪼갠 것이기 때문에 우리는 전기세와 수도세를 반으로 나눠 내야 했다. 다시 생각해도 진짜 말도 안 되는 방이었다. 나보다 먼저 살던 여자 쪽으로 고지서가 나오면, 여자가 내 문에 반액이 적힌 포스트잇을 붙여두었다. 그러면 여자의 인기척을 얇은 벽을 사이에 두고 살피다가 집에 있을 때 돈을 가져다주었다. 이천육백사십 원, 삼천팔십 원, 잔돈까지 꼭 맞추려고 애썼다. 여자의 포스트잇에는 감기 걸리지 마세요, 저녁 맛있게 드세요, 좋은 한 주 되세요, 같은 친절한 말들이 늘 함께 적혀 있었기 때문에 복도에서 만나면 웃으며 인사를 했다.

가스비는 각자 따로 냈는데, 여자도 가스비를 무척이나 아끼는지 추운 주말이면 내가 살다시피 한 커피 체인점에 자주 나타났다. 그럴 때도 눈인사를 했다.

그러던 어느 날, 나는 오지랖이 들어(오지랖이라는 단어는 한 번 듣고 잊지 않았다. 피읖 받침) 여자에게 말을 걸었다.

"건강해요?"

여자는 잠시 놀라더니, 내가 무슨 말을 하는지 알았다. 구토에 대해 묻고 있다는 걸 말이다.

"아, 심각한 거 아니에요. 콩 알러지가 있어요. 태어났을 때부터 있었어요."

"콩?"

"한국인이 콩 알러지 있으면 골 때려요. 콩 요리가 워낙 많아야죠. 거기다 된장 간장 모조리 다 콩 베이스잖아요. 먹을 수 있는 게 없어요. 게다가 아무리 피해도 아차 하면 저도 모르게 먹는 거예요. 그럼 밤새 열나고 가렵고 두드러기 나고 붓고 앓다가 아침에 토해요. 시끄러우시죠?"

나는 아니라고, 그저 조금 걱정했다고 말했다. 여자는 진짜 말라 있었다. 확실히 한국 음식에서 콩을 피하기는 쉽지 않을 것 같았다.

"그런 줄도 모르고 엄마는 제 이유식을 두유로 먹였으니. 진짜 장난 아니었어요. 아직도 흉터가 있어요."

여자가 스스럼없이 소매를 걷어 팔을 보여주었다.

"이런 체질일수록 요리도 부지런히 하고 도시락도 싸서 다녀야 하는데 게을러서……"

그러더니 새해가 되고 얼마 지나지 않아 여자가 응급실에 실려 왔다. 우연히 여자가 실려온 걸 보았다. 한눈에도 나빠 보였다. 나도 모르게 진짜 의사 같은 표정을 지었나보다. 여자가 변명하듯이 작은 녹차 페트병을 내밀었다.

나는 여자의 뾰족한 손가락 끝을 따라 천천히 읽었다. 나도 이해할 수 있는 문장이었다.

"이 제품은 우유, 대두, 밀, 토마토, 새우를 사용한 제품과 같은 제조시설에서 제조하였습니다……"

여자를 위해 요리하기 시작한 건 아무래도 오바였다. 오버가 아니라 오바, 한국식으로 한참 오바였다. 하지만 나도 병원 식당에 상당히 질려가던 참이었고 집에서 종종 보내준 식재료 소포는 뜯지 않고 그대로였다.

뜯자마자 병아리콩이 나와서 도로 조용히 닫았다. 후무스를 먹였다간 그 여잔 죽을 테니까. 땅콩도 물론 그대로 밀봉했다. 다행히 다른 박스에는 사프란과 이것저것 쓸 만한 것들이 많이 나왔다. 요거트 소스는 집에서 먹던 맛으로 금방 만들 수 있었다. 화덕과 좋은 올리브유는 조금 그리웠다.

여자를 포스트잇으로 초대해서는 양파와 콜리플라워(한국에선 어마어마하게 비싸다!), 닭고기와 양고기로 식사를 대접했다. 몇 가지 소스 만드는 법을 직접 보여주었다. 여자는 신기해했고 양고기도 잘 먹었다. 레시피를 적어주자 소중하게 받아들였지만 나는 여자의 얼굴에서 이 여자가 정말로 해먹진 않을 거라는 걸 깨달았다. 왜 나는 거짓말하는 얼굴을 그렇게나 잘 아는 것일까.

결국 나중에는 포스트잇도 붙이지 않게 되었다. 두 방 사이의 벽은 정말로 얇았고 집에 있는지 없는지도 바로 알았다. 요리를 할 때면 나는 그냥 벽을 두드렸다. 여자가 대답하고, 나는 메뉴를 말해주었다. 여자는 메뉴 이름을 듣고 그게 뭔지도 모르면서 얼른 달려와서 잘 먹었다.

결국 여자는 여자친구가 되었다. 밥만 먹고 그냥 갈 수는 없으므로 음악을 듣고 이야기를 하고 배를 꺼트리려 산책을 했다. 머리카락을 넘겨주고 입술을 닦아주고 체온을 나누었다.

귀를 날려먹은 남자하고는 가장 친한 친구가 되고, 식료품을 착취하는(채취라고 잘못 말하자 여자친구가 고쳐주었다) 여자하고는 사랑에 빠지다니. 나는 한국에 와서 이상해졌다.

여자친구가 여자친구인지 아직 확신할 수 없을 무렵에도 우리는 오래 이야기했다. 내 방일 때도 있었고, 여자친구의 방일 때도 있었고, 각자의 방에서 얇은 벽을 사이에 두고일 때도 있었다. 대화에 장애가 없을 만큼 웃기는 집이었다.

내가 태어난 나라와 도시에 대해 여자친구는 꽤 잘 알고 있었다. 신전과 성지와 붉은 사막과 크고 작은 도시에 대해 묻고는 웃었다.

"성지 근처에서 태어난 사람이 어쩜 그렇게 기도도 안 하고 아무것도 안 해요?"

나는 별로 부끄럽지도 않았다.

"가끔 삼겹살도 한두 점씩 먹어요. 회식 가면요. 이제 아무도 안 놀라요."

그래도 비교적 덜 종교적이고, 더 근대화되어 있고, 민주적인 나라라고 나는 설명했다. 난민을 만들어내는 나라가 아니라 난민을 받아주는 나라라고 말할 때 나는 간만에 약간의 자부심을 느꼈다.

"정말로 민주 국가예요? 확신을 가지고 말할 수 있어요?"

"그럼 한국에 대해서도 그렇다고 할 수 있어요?"

되묻자 여자친구가 찡그렸다. 나는 여자친구가 찡그리는 게 싫었으므로 병원 얘기를 주로 했다.

"자궁 내막 조직이 가끔 몸의 다른 부분에 생기는 바람에 생리를 할 때 피를 토하거나 코피가 나는 여자들이 있어요. 기형 종양에는 가끔 머리카락이나 어금니 같은 게 들어 있기도 해요. 아, 계형이는 삼신 할배가 될 것 같아요. 아기를 이번 주에만 여섯 명 받았어요. 그 친구 산부인과 가야 할 것 같아요."

우리는 그때 산부인과를 돌고 있었고,

"안과에서 쓰는 수술실은 너무 가늘어서 잘 보이지도 않아요. 불빛에 비춰서 반짝반짝하는 걸로 알아요."

안과를 지나,

"팔십 대 할머니인데 눈 밑에 오십 원짜리 만한 피부암이 생겼어요. 그럼 일 센티미터 경계면을 두고 오백 원 크기로 잘라내야 하거든요. 수술하는 걸 봤는데 팔목 안쪽 피부를 떼어오고 여기 조금 저기 조금 잡아당기니까 할머니가 눈 밑이 탱탱해지고 쌍꺼풀도 생겨서 집에 가셨어요. 한국 성형외과는 솜씨가 어마어마해요. 유방암 환자의 유두 재건술을 봤는데 예술에 가까웠어요. 수술실로 모양을 잡은 다음에 갈색으로 문신해요. 교수님이 배에서 피부 떼어올 때 지방이 좀 새어나오니까 그것도 가슴에 슥슥 넣어줬어요. 다정했어요."

성형외과를 돌았으며,

"이비인후과는 하필 분위기가 나쁠 때 갔어요. 서로 고막을 터뜨린 다음에 아물었나 들여다보더라고요."

이비인후과를 지나,

"환자들이 자꾸 저를 방글라 선생님이라고 불러요. 방글라데시

랑은 좀 먼데…… 아무래도 머릿속으로 생각만 할 말들을 그냥 내뱉는 게 미친 사람들인 것 같아요. 공을 따라 눈을 움직이는 게 환자들한테 좋아서 하루 종일 같이 탁구를 쳐줘야 해요. 힘들어요. 하지만 탁구 말고는 학생 인턴이 할 줄 아는 것도 없으니까요."

정신과에 다다랐다. 아마 정신과 끝무렵이었던 것 같다. 여자친구와 처음 잤을 때가 말이다. 이야기를 하다가 잠들었고 깨어보니 여자친구가 나를 만지고 있었다. 내 몸이 금방 반응했다. 그새 잘 먹여뒀던지 여자친구의 피하지방을 만지면서 황홀해졌지만, 마지막에 기억나는 건 주로 혼란스러움뿐이다. 혼란스러웠다. 매우.

왜냐하면, 절정의 순간에 여자친구가 내 귀를 깨물었기 때문이다. 온전한 쪽이 아니라 과자 귀를 말이다.

나는 아프지는 않았지만 비명을 질렀다. 아마 온 건물의 사람들이 다 들었을 것이다.

"미쳤어요?!"

씻지도 못하고 부스러질까 안절부절못했던 귀였다. 여자친구도 좀 당황해서 어머 내가 왜 그랬지, 하며 꿀꺽 내 귓바퀴를 삼켰다.

"자갈치?"

"아니야, 베이컨 칩이야."

"꽃게랑일지도 몰라."

붉은 점을 동반한 칩형 귀가 다시 돋아났을 때 선배들이 확대경을 들고 달라붙어 있었다. 그러나 그 귀도 오래가지 못했다. 여자친구는 내가 기겁에 기겁을 하는데도 절정의 순간에만 다다르면 귀를 깨물었다. 나쁜 년. 알러지 반응도 일으키지 않고 잘도 먹었다. 콩은 들어 있지 않은 게 분명했다. 바삭바삭 먹고 나서 미안해해봐야 어쩌란 말인가. 모든 것을 감수하고 육욕에 빠져 계속 여자친구랑 데굴거리는 내 탓도 있었다(나는 감수, 육욕이란 말을 쓸 수 있을 만큼 한자어에 익숙해졌다. 연애만큼 외국어 교육에 좋은 건 없다).

그다음 귀에선 감자 전분이 발견되었고, 초코송이나 빼빼로의 베이스가 되는 유의 단단한 귀에는 꽤 만족했었으나, 쌀로별 계열을 지나(글루테카틸리지 좋아하시네!) 추잉젤리 귀가 자라났을 때는 뭔가 포기하게 되었다. 교수님은 처음엔 귀 좀 잘 간수하라고 했다가 결국 다음엔 뭐가 자라나나 궁금해 더 재촉하기 시작했다. 사람들은 비정했고 나는 비관적이었다.

"그래도 케이스 리포트 번역된 거 보니까 언젠가는 멈춘다더라. 자랄 때까지 자라게 해보게 잘 챙겨 먹어라."

우크라이나 사람의 코는 멈췄구나. 나는 귀가 자라길 바라는지 멈추길 바라는지 어정쩡한 감정이었다.

교수님들 사이에서는 내가 유명해졌는지, 어느 날 샤워실에서 만난 외과 교수님이 칸막이 너머로 물을 튀겼다. 내가 귀를 감싸며 질겁을 해도 물을 계속 튀겼다. 이거 그보다 칸막이를 침범하고 넘겨보는 건 어떻게 보면 성희롱인데…… 여기도 인권 따위 없는 사회구나 싶었다.

"야, 야, 너희 나 싫어하지?"

"네?"

"내 뒤에서 내 욕 하지?"

"아뇨, 좋아하는데요."

"누가 나 좋아해?"

"계형이가 특히 좋아합니다."

"흥, 걔가 날 싫어하는군."

그러고 보니 이 교수님, 어느 날엔가 수업 시간에 김칫국물이 묻은 가운을 입고 들어와서는 이것도 알아차리지 못하다니 너희는 서전이 될 자질이 없다 외치고 도로 뛰어나갔던 그 사람이구나. 나는 한국 교수들이 이상한 건지 어디나 의대 교수들은 다 이상한 건지 궁금해졌다.

"내가 독도라니 믿을 수 없어."

계형이가 중얼거렸을 때, 나는 무슨 말인지 잘 알아들을 수 없었다.

"독도라니?"

"형, 나 성적 큰일났어요. 평균치에서 뚝 떨어져 성적 나쁜 애를 독도라고 부르거든."

"한국 사람들 독도 좋아하는 거 아냐? 왜 그런 뜻으로 써요?"

그러자 계형이가 그윽하게 날 쳐다보며 말했다.

"형, 일본애들이 독도를 농담에 쓸 것 같아? 한국 사람이니까 쓰는 거야. 농담으로 쓸 수 있어야 정말 좋아하는 거야."

어느 정도 일리가 있었다. 성적이 외따로 뚝 떨어져 독도가 된 계형이는 나를 보며 가끔 입 밖으로 '외국인보다 못하다니, 연애하는 외국인보다도 못하다니' 하며 한탄했다. 그건 입안으로 해야 하지 않냐. 나도 별로 열심히 하지 않고 성적을 계형이보다 잘 받은 것 같아서 미안하기는 했다. 그보다 계형이가 성적을 잘 받으려면 아르바이트를 줄여야 할 것 같았지만, 그건 어찌할 수 없는 문제였다.

"그래서 그 누나는 뭐 어떤 사람이라고요?"

계형이가 물었을 때에야 알았다. 나는 여자친구에 대해 너무 알지 못했다. 나만 너무 떠들었다. 나는 그런 사람이 아닌데 어째서 그랬을까 당황해버렸다.

"그건 내가 기자니까요."

유도했으니까요, 하고 나중에 여자친구가 웃었다. 그러더니 약간 암울한 얼굴로 덧붙였다.

"기자였으니까요, 인가."

학교 앞의 형편없는 방에 살고 있어서 나는 여자친구가 당연히 학생인 줄 알았다. 대학원생이 아닐까 했던 것이다. 여자친구가 학교에 다녔을 때 얘기를 많이 해주기도 했었기 때문에 내 착각은 이유가 있었다. 여자친구는 취직을 했었고, 이사할 수 없을 정도로 바쁜 데다가 싼 맛에 계속 이 반으로 쪼갠 이상한 방에 살았다고 했다. 그런데 어떤 '대기 상태'가 되어버렸기 때문에 이제는 돈이 정말 없어서 못 옮긴다고도 말했다. 대기 상태라니, 어떤 대기 상태인지 나는 알아듣지 못했고 여자친구도 더 말하고 싶어 하지 않았다.

"경주 데려가줄래요? 호흡기 내과 교수님이 경주 갔다 와서 리포트 써서 내면 실습으로 쳐주겠다고 경주 가라던데."

교수님의 문화적 자부심 덕분에 휴가를 얻었고, 여자친구는 흔쾌히 같이 가주기로 했다. 그러고 나서는 어디서 빌렸는지 안전함과는 한참 멀어 보이는 낡은 소형차 한 대를 끌고 왔다. 내 예상과 들어맞게 고속도로에 진입하자마자 차가 진동하기 시작했다. 나는 고속철도가 타보고 싶었는데, 꼭 한 번 타보고 싶었는데, 속으로만 푸념했다. 차가 있는 편이 가서 다니기 훨씬 낫다는 게 여자친구의 의견이었다.

"나 운전 잘하죠?"

여자친구는 신이 난 모양이었고 나는 마지못해 호응해주었다.

"원래는 오토바이 탔었거든요. 취재 현장에 빨리 가야 하고 주차도 덜 귀찮고. 근데 한 번 사고 나고 나서는 못 타겠더라고요. 타보니까 차도 괜찮은 것 같아요. 운전을 워낙 좋아하니까."

그럼 더더욱 이거보다는 큰 차 타. 아니면 조금 새 차라도 타. 나는 천장의 손잡이를 잡고 싶은 욕구를 누르며 역시 속으로만 생각했다.

"기자, 잘했을 것 같아요."

그 말만은 밖으로 나왔다.

"왜요? 어디가요? 나 재수 없어요?"

"한국에서도 기자들은 재수 없어요?"

"세계 어디서나 그렇지 않을까나."

"그런 뜻은 아니고요, 안 어울린다는 점에서."

"무슨 뜻인지 모르겠어요."

"아무 데에도 안 어울려요. 그래야 잘할 수 있는 일 아니에요?

어울리지 말아야, 따로여야 할 수 있는 일?"

실제로 말했을 때는 더 엉망으로 말했던 것 같다. 하지만 여자친구는 알아들었고 기뻐했던 것 같다.

"이상해. 진짜 가까운 사람들도 몰라주는 부분을 전혀 다른 환경에서 온 사람이 더 알아채준다는 건."

"별로 안 달라요. 생각보다 안 달라요."

그런가, 여자친구는 기분이 업되어 경주까지 열심히 운전을 했다.

여자친구는 동선도 잘 짜고 계획도 잘 세워서 나는 관광안내지도에 표시된 곳들을 마음껏 다녔다. 박물관에도 가고 드라마 세트에도 가고 나는 잘 구분할 수 없는 동그란 녹색 무덤들도 갔다. 다른 곳은 희미하지만 오릉은 기억난다.

"왕의 몸이 승천했다가 다섯 조각이 나 떨어졌대요. 한꺼번에 묻으려 했더니 큰 뱀이 나타나 방해해서 조각난 채로 묻었대요."

우와, 법의학과 교수님이 좋아할 만한 이야기다 싶었다. 그 교수님은 애들 밥을 사주며 '아프면 다른 선생들 잘 찾아가고 나에게만은 오지 마라' 겁을 주는 게 취미였다.

"여기서 우리 외할아버지가 외할머니한테 청혼했어요."

여자친구가 말했다.

"……무덤에서요?"

"예쁘잖아요. 근데 그래서는 아니고 외증조 할아버지가, 그러니까 우리 외할머니의 아빠가 여기 왕릉 지기였대요. 그때는 능 옆에 집을 짓고 살았거든요. 그래서 외할아버지가 그 집 마루에 누워서 딸을 달라고 시위를 벌인 모양이에요."

"멋진 이야기네요."

문득 나도 여자친구에게 지금 프러포즈해버릴까, 하는 생각이 들었다. 물론 그럴 수는 없었다. 나는 잠시 여기 있는 외국인이었다. 나와 같이 붉은 사막으로 가자고 하기에는 너무 초록 풀이 돋은 무덤들 앞이었다.

경주의 관광호텔에서도 여자친구는 내 귀를 깨물었다. 경주빵 같은 것이 돋아나지 않을까 했는데 그렇지는 않았고 그 이후로 한동안 파이류였다. 정확히는 파이 크러스트 부분만이었지만 말이다. 경주에 다녀왔는데 어째서 파이입니까, 묻고 싶었다.

귀를 먹어치운 대가로 여자친구는 내 경주 보고서를 열심히 도와주었다. 나의 한국어 쓰기 실력은 모두 그 보고서에서 얻은 것이나 다름없다.

그리고 교수님은 아마 읽지 않으셨을 것이다.

그 짧은 휴가 이후로 한동안 스트레스 가득한 나날을 보내야 했다. 실습 시험을 앞두고 있었다. 나야 어차피 돌아가서 다시 시험을 쳐야 하는 입장이었지만 주변이 모두 긴장하니 함께 긴장했다. 무엇보다 눈에 띄게 못하고 싶지 않았다. 그새 나 말고도 독일애도 왔고 일본애도 왔다. 나는 먼저 왔던 입장에서 조금이라도 더 잘하고 싶었다. 환자들은 실력보다 욕심이 앞서는 우리의 실수를 몇 번쯤 견디다가 "진짜 의사 불러 와!" 하고 화를 내기 마련이었다.

"배우들이 온다고?"

"응, 와서 정말 환자 역할을 해."

"전문 배우들이?"

"아마 평소엔 연극이나 그런 거 하겠지. 아르바이트로 매년 와요."

"그럼 우린 진짜 진찰을 하고?"

"물어보고 만져보고 그런 거지. 주사 같은 건 종이로 대신하고. 형, 조심해. 그 사람들 우리보다 잘 알아. 실수하면 비웃는대."

동기들과 조를 짜서 연습을 하며 준비했기 때문에 그렇게 나쁘지는 않았다. 모태 솔로인 여자 동기가 잘생긴 남자 배우의 갑상선 진찰을 하도 조물락거리며 오래해서 다들 놀렸다.

그 와중에 여자친구는 회사 일이 잘 풀리지 않고 있어서, 내가 애써 찌워놓은 살이 다시 쭉쭉 빠졌다. 한 번도 제대로 설명을 해주진 않았지만 여자친구가 조각조각 늘어놓은 말들로 나는 대충의 그림을 그릴 수 있었다. 여자친구와 그 선배들은 다니던 신문-방송사의 비리와 부실경영을 보도했고 그 때문에 해직당했다. 휘슬 블로어가 피해를 보는 것은 자주 있는 일이었다. 나는 상상 속에서 여자친구의 입에 진짜 휘슬을 물려보았다. 은색 조그만 휘슬, 여자친구가 볼을 부풀리자 새 소리 비슷한 게 났다. 어떻게 내 여자친구처럼 사랑스러운 생물을 원하지 않는가, 괴롭히는가, 나로서는 이해할 수 없었다.

여자친구와 동료들이 보도한 내용들은 모두 사실이었다. 그럼에도 징계가 떨어진 근거는 그들이 입사 시에 서명했던 계약서와 사내 규칙에 명시된 '회사의 이익에 반하는 행동' 관련 부분이었다. 하지만 비리를 밝히고 개선을 요구하는 것이 정말 이익에 반하는가 반하지 않는가는 불명확한 부분이다. 아니, 오히려 생각해 보면 이익이 되는 게 아닌가. 부당한 징계에 반발하여 다른 기자들도 나섰고, 회사 측은 이들의 편집권을 방해하면서 신문도 방송국도 제대로 운영될 수 없을 만큼 사태가 커졌다. 사회적인 문제가 되자 용역 깡패들이 먼저, 간발차로 외부의 조력자들이 뒤이어 달려왔다.

"지금은 고착 상태지만, 결국은 괜찮아질 거예요."

여자친구가 약간 굳은 얼굴로 말했다.

"나는 처음 해직당했고 마지막으로 복직될 거예요. 하지만 괜찮아요."

스트레스 때문에 여자친구의 식욕은 시들해졌지만 성욕은 이상하게 강해졌다. 여자친구는 갈고리가 달린 동물처럼 몇 번이고 매달렸고, 얇은 벽 따위는 더 이상 신경 쓰지 않았으며, 귀가 자라날 틈도 주지 않고 깨물었다. 귀는 간질간질하게 자라났지만 나는 그게 어떤 과자인지 확인할 수 없을 정도였다.

"카라멜이 된 기분이에요."

피부 색깔 이야기인가 생각했다.

"아니아니, 내가 녹아버린 상태를 이야기하는 거예요. 색이 아니라 온도, 무르기, 촉감, 그런 거."

여자친구가 귀에 속삭였기 때문에 나도 모르게 움찔했다. 쫄기는, 하고 여자친구가 웃었다. 그래. 이제 귀를 먹어치우고도 미안해하지도 않는구나. 우리 사이가 정말 편해졌구나 싶었다. 그리고 나는 내 귀를 먹여서라도 여자친구의 살이 오르기를 바랐다.

무엇보다도 마음을 괴롭혔던 것은, 돌아갈 날이 삼 개월 남았다는 사실이었다.

정형외과 교수님이 이번엔 설악산 꼭대기에서 사진을 찍어오라고 했다. 처음엔 약간 황당했으나 백두대간 종주를 시키지 않은 게 어딘가 싶었다. 한국 사람들은 어째서인지 매운 음식과 유명한 관광지를 강요한다. 그래서 나는 여자친구와 고속버스를 타고, 머리를 맞대고 졸면서 설악산으로 향했다. 어느새부터인가 빨리 달리는 버스를 두려워하지 않고 잠들 수 있게 되었다. 한국인이네, 하고 잠결에 생각했다.

바닥이 미끄러운 운동화를 신고 고생을 했다. 내가 미끄러질 때마다 여자친구는 웃으면서 손을 내밀어주었다. 여자친구의 등산화는 연륜이 있어 보였다. 내가 연룬, 하고 잘못 발음했으므로 여자친구가 몇 번이나 고쳐주었다.

경주에서 말하지 못한 것을 설악산에서는 말해야만 했다.

"나랑 같이 가요."

꼭대기에서, 교수님이 요구한 증명사진을 찍고 나서 내가 말했다.

"어디요? 내려갈 때 천천히 가자는 얘기예요?"

"아니, 나랑 같이 우리나라에 가요."

"아."

"어차피 여기 안 어울리잖아요. 콩도 못 먹잖아요."

여자친구가 천천히 웃었다. 이걸 어쩌나, 하는 웃음이었다. 그러고는 말랐지만 강한 팔로 나를 꽉 안아주었다. 여자친구의 이마에

선 좋은 땀 냄새가 났다. 신선한 냄새였다. 식물을 부러뜨렸을 때 나는 그런 냄새. 나는 촉촉한 머리카락에 입을 맞추었다. 아마 내 인생에서 가장 따뜻한 거절이었던 것 같다. 알고는 있었다. 여자친구는 어디에도 안 어울리는 사람이고 그래서 가치 있는 사람이라는 걸. 어떤 초대로도 성공하지 못했으리라는 걸.

헤어지리라는 걸 깨달으면 왜 섹스는 더 좋아질까.

설악산 산장에서 여자친구의 뾰족한 가슴에 머리를 기대고 잠이 들었다. 쿠션감은 별로 없었지만 애틋했다.

"여기 또 올 거죠? 나랑 헤어지고 나서. 거기 작은 한국 남자랑."

"크크크. 한국 남자들 생각보다 안 작아요."

그때부터였던 것 같다. 나는 여자친구에게 마지막으로 해줄 수 있는 일을 생각했다.

식품 알러지에는 면역요법을 쓰지 않는다, 성공 사례가 생각보다 적다, 나의 질문에 교수님들은 그다지 긍정적이지 않았다. 경구 내성 요법은 유아들한테 쓰는 거라고 회의적이었다. 하지만 내가 원하는 것은 완전한 성공이 아니었다. 여자친구가 견딜 수 있는 만큼만 나아지기를, 아주 약간의 내성이라도 생기길 바라는 게 다였다. 한국의 논문도 있었고 캐나다의 논문도 있었다. 여러 자료를 종합하여 계획을 짰다. 결국 투여량과 투여 간격이 핵심이었다.

"아…… 나 괜찮은데."

콩을 아주 조금씩 조금씩 늘려가며 알러지 반응을 약하게 만들자는 내 제안에 여자친구는 비소를 먹으라고 강요당한 사람처럼 난감해했다. 원래는 이 년이 걸리는 치료지만, 나한테 남은 삼 개월만이라도 하게 해주지 않겠느냐고 설득했다.

"내가 없어도 신경 써서 요리하고 살 거예요? 밖에서 안 사먹고? 할 수 있어요?"

여자친구는 그럴 수 없는 사람이었다. 응급실에 실려갔으면 갔지 매끼를 제대로 먹는 사람이 아니었다. 나는 어째서 이렇게 자기 관리를 못하는 여자를 사랑하게 되었을까. 여자친구에게는 그보다 중요한 일이 늘 너무나 많았다.

결국 여자친구는 마지못해 허락했고, 생각보다 쉬웠다. 나는 차트를 만들고 여자친구의 요리에 콩을 섞었다. 아주 적은 양에서 시작했다. 여자친구의 스트레스를 줄이기 위해 형태가 보이지 않게 요리에 넣었다. 알러지 반응은 물론 나타났고, 항히스타민 제제와 에페드린 스프레이, 에피네프린 주사를 미리 준비해두었다. 다행히 뒤의 둘은 쓸 일이 없었다.

조금 양이 늘고 나서는 한국에서 나는 모든 종류의 콩을 찾으러 마트와 전통 시장을 다녔고, 샐러드를 만들고 삶고 튀기고 조렸다. 심지어는 두부도 만들었다. 물을 빼고 오 밀리미터 두께로 두부를 구웠더니 여자친구가 어이없어했다.

"성격 나쁜 거 티 나요. 두부를 누가 이렇게 얇게 구워요?"

"시끄러워요. 먹어요."

여자친구는 나의 얇은 두 부 두 장을 먹어야 했다. 괜찮다는 걸 알면서도 겁을 먹고 망설였다. 그런 식으로 식사를 한 다음에는 여자친구의 온몸을 살폈다. 이상 징후가 없나로 시작되었고 귀를 깨물리면서 끝이 났다.

삼 개월은 너무나 빨리 갔다.

겨울 아침이었다. 새벽에 눈이 온 다음이었다. 응급실에마저도 사람이 없었다. 멍하게 있던 계형이가 갑자기 벌떡 일어났다.

"화이트 베드야! 화이트 베드라고!"

그러자 동기들과 선배들이 같이 웅성거렸다. 누가 카메라를 들고 왔고, 핸드폰 카메라도 여럿 꺼내 들었다.

"형, 형도 이리 와."

나는 얼떨결에 함께 기념사진을 찍었다. 찍고 나서 알았다. 응급실에 정말 사람이 하나도 없었다. 병원이 세워진 이래 몇 번 없는 순간이었다고 한다. 화이트 베드 기념사진이 걸린 벽을 보았다. 벽은 다 차려면 아직 멀어 보였다.

그건 마치 병원이 내게 한 작별인사와 같았다. 계형이와 친구들과 한 송별회는 분명 즐거웠던 것 같은데 너무 폭음해서 기억이 잘 나지 않는다.

계형이가 엉엉엉 울었던 것만은 기억난다. 그건 몇십 년 후에도 놀릴 수 있을 것 같다.

여자친구가 가게에서 콩기름 병을 사왔다. 장난스러운 얼굴로 이중 포장을 뜯을 때, 나는 저걸로 뭘 하려나 싶었다. 하지만 그 병을 들고 싱크대에서 매트리스까지 무릎걸음으로 천천히 다가올 때, 나는 여자친구의 계획을 알아차렸다. 설마, 설마, 설마. 피가 몰렸다. 여자친구는 인생 통틀어 최단 시간에 피가 몰린 거기에(이 완벽한 '거기'의 활용!) 쪼록 쪼로록 콩기름을 두 번 떨어뜨리고는 길고 감미로운 시간 동안 완벽하게 섭취해냈다. 그 순간을 다시 떠올리는 것만으로도 어지러워진다.

여자친구가 내 귀를 마지막으로 깨물었을 때, 나는 부탁했다.

"깨끗하게 깨물어줘요."

어째선지 알고 있었다. 다시는 내 귀가 자라지 않을 것을.

"무슨 맛이 나요?"

"아몬드, 초코, 바닐라 시드, 버터, 설탕, 우유…… 콩?"

그날 너무 여러 번 여자친구와 자서, 그래서 귀가 자랄 기력마저 다 써버렸는지도 모른다. 뭐 아무래도 상관없다. 귀는 완전히 잘 아물었다. 이상한 케이스 리포트가 되었다. 안경도 쓰지 않고 블루투스도 쓰지 않고 귀에 거는 형태의 이어폰도 안 쓰니까 괜찮다. 다시 누군가를 만난다 해도 귀만은 당신 것이라고 생각했다.

공항으로 가는 길엔 다리가 후들거렸다. 여자친구도 골반을 두드리며 공항까지 배웅해주었다. 공항의 기념품 코너에서 이것저것을 골라주며 예쁘다고 감탄하거나 못 만들었다고 비웃었다. 울거나 하진 않았다. 과하게 비싸다 싶은 한식당에서 밥을 먹었다. 여자친구는 김치찌개를, 나는 된장찌개를 먹고는 여자친구에게 세 숟갈 먹게 했다. 우리가 마지막으로 나눈 키스는 아주 한식 맛이었다.

출국 게이트에서 여자친구는 두 팔로 내 목에 매달렸다. 목 언저리에서 깊이 숨을 들이쉬며 내 냄새를 맡았다. 귓바퀴가 아닌

귓불을 입술로 앙 물었다.

"언제든지."

여자친구가 말했다. 언제든지 돌아오라고? 전화하라고? 메일 쓰라고? 나는 의미를 알 수 없었다. 그럴 땐 똑같이 말하는 게 제일 좋다.

"언제든지."

나도 말했다.

하지만 그게 정말로 끝이었다. 우리는 메신저도 하지 않고 화상통화도 하지 않고 메일도 쓰지 않고 페덱스도 보내지 않았다. 그런 사람이라 좋아했으니까, 나도 그런 사람이 되어주기로 했다. 상당한 의지력이 필요했다.

여기서 종종 한국 사람들을 만난다. 나는 마치 한국인처럼 한국인들을 알아볼 수 있다. 그냥 지나칠 때도 있고 기분이 좋은 날이면 한국말로 말을 걸기도 한다. 한국인들은 그러면 정말 좋아한다. 반가워하며 선교를 하려는 경우도 봤다. 금방 관광객들과 선교하러 온 사람들을 구분할 수 있게 되었다.

한국에 갔었다고 그러면 거기서 뭘 했냐고 묻는 사람도 많다. 나는 장난스럽게 성형외과 공부를 하고 왔다고도 하고 한류 수입을 위해 갔다고도 하고 여유롭게 거짓말들을 했다. 외국어 수준을 판가름하는 기준은 거짓말 실력일지도 모른다. 그런 날은 잘 없지만 가끔 거짓말을 하고 싶지 않은 날에는, 한국에서 귀를 잃었고 과자 귀가 자랐고 귀를 깨무는 여자의 알러지를 반쯤 고쳐주고 왔다고 말하기도 한다.

요즘 내 귀는 아주 건조하다. 가끔은 두고 온 사프란이 줄어드는 소리가 들릴 때가 있다.

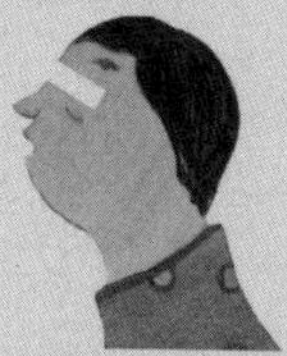

공주가 오고 나서 한동안 민준은 그녀에게서 눈을 떼지 않았습니다. 자신만의 놀이에 빠지는 시간이 없을 정도로 공주에게 집중해 있었고 손이 닿는 거리에 공주가 있어야만 잠이 들었어요.

S_

거기에 그렇게 그들은

S

지혜로운 사람이 되고자 하나 경솔함을 떨치지 못했다. 노래 부르길 좋아하고 그림도 곧잘 그린다. 운동은 평생 못했고 잘하는 게 소원이다. 훌륭한 사람, 책, 영화, 언론을 좋아한다. 사람은 꼭 훌륭하지 않아도 좋다.

그들은 공원에 왔습니다. 공주가 온 이후 첫 외출입니다. 산책로를 따라 줄지어 선 나무들이 석양에 젖어 금빛을 흩뿌리고 있습니다. 요 며칠 울적해 보이던 공주가 흥분해서 펄쩍펄쩍 뛰었습니다. 민준은 소리를 지르며 두 팔을 벌리고 빙글빙글 돕니다. 버짐이 펴서 갈라진 민준의 볼이 붉게 물들고 입에선 하얀 입김이 피어올랐습니다. 뒤쳐져 따라오는 아줌마는 그들을 보며 미소 지었습니다.

공주와 민준은 사람들이 다니는 길을 벗어나 단풍나무 사이로 뛰어갑니다. 달리기 경주를 하는 걸까요? 약속이나 한 것처럼 동시에 멈춰 섭니다. 뭔가 재미있는 걸 발견한 모양이에요. 공주와 민준은 나무뿌리 근처에 주저앉아 죽어서 굳은 지렁이를 살펴봅니다. 꾹꾹 눌러도 보고 냄새도 맡아보지요. 서로 토론을 하는 듯 알 수 없는 소리를 나눕니다. 민준이 공주의 견해에 자꾸만 반대 의견을 제시했나봅니다. 공주가 지렁이를 바닥에 내던지더니 민준의 코를 꼬집고 달아납니다. 민준은 코를 싸잡고 소리를 지르다가 헐레벌떡 쫓아가네요. 다시 달리기 경주가 시작되었습니다. 뒤에서 따라가는 아줌마로선 이 경주에 어떤 규칙이 적용되는지 알 수가 없습니다.

숨을 헐떡이던 민준이 나무 아래에 드러누워버렸습니다. 그는 눈을 가늘게 뜨고 입을 벌려 신선한 공기를 마십니다. 공주는 그 자리에 멈춰서 주변을 둘러보았습니다. 떨어진 낙엽 위에 누운 민준이 있고 메마른 나무 위에는 지붕처럼 하늘을 가린 적갈색 단풍잎, 그 너머에는 여러 결의 색으로 일렁이는 하늘이 있습니다. 이제 한 결 한 결 어두워지다 완전히 캄캄해지겠지요. 민준의 손이 공주의 등을 쓰다듬자 공주는 깜짝 놀라 폴짝 뛰었습니다. 민준의 눈이 어느새 몽롱해져 있습니다. 공주는 민준을 뒤로하고 나무 앞으로 걸어가 조심스레 발을 디딥니다. 한 발, 또 한 발. 민준의 손가락을 타고 공주의 목줄이 스르르 풀려나갑니다. 공주가 뒤를 돌아봅니다. 아줌마가 그들 쪽으로 뛰어오네요. 공주는 재빨리 나무 꼭대기로 올라갔습니다.

*

공주가 민준의 집에 온 것은 두 달 전 어느 날이었습니다. 아줌마는 그날 무척 긴장해 있었어요. 민준이 똑바로 앉으라는 말을 통 듣지 않았거든요. 평소완 다르게 민준의 코밑수염을 깎고 새 옷도 입혀 놓았으나 여사님으로부터 등을 돌리고 등짝이 다 드러나도록 엎드려서 공룡 장난감만 만지고 있었습니다.

그날 민준의 집은 아주 시끄러웠습니다. 처음 보는 아저씨 두 분이 집 안 곳곳에 나무 기둥을 설치하느라 전동드라이버를 돌리고 망치질을 했거든요. 무테안경을 낀 여사님은 아줌마와 민준에 대해 이야기를 나누었습니다. 여사님이 부채질을 하며 짤막하게 물어보면 아줌마는 더듬거리며 장황하게 말하곤 했지요.

일하던 아저씨들이 밖에 나간 사이 여사님은 까끌까끌한 민준의 머리를 쓰다듬으며 말을 걸었습니다. 민준은 계속 공룡 장난감을 만질 뿐, 여사님에게 고개도 돌리지 않았어요. 여사님은 아무렇지 않은 척 침대에서 일어나 집 안을 둘러보았지만 아마 조금 속이 상했을 겁니다. 여사님이 바로 민준의 엄마거든요. 민준은 장애가 발견된 세 살 무렵에 가족과 떨어져 전문치료센터에 맡겨졌습니다. 거기서 십칠 년 동안 다른 장애아들과 치료를 받으며 지냈지요. 스무 살이 되어 그곳을 떠나야 하자 여사님은 다른 시설에 민준을 보냈습니다. 그는 새로운 환경에 잘 적응하지 못했어요. 어느 요양원에서도 오래 있지 못하고 소동을 피우다 쫓겨나곤 했죠. 민준을 위한 시설을 찾는 데 지친 여사님은 아예 민준의 집을 마련해주기로 하였습니다. 그게 바로 이 집이지요. 민준이 좋아하는 간식거리와 장난감, 인형으로 가득한 민준이만의 낙원이랍니다.

여사님은 너무 바빠서 여길 자주 찾진 못하지만 민준을 생각하는 마음은 아주 지극합니다. 올 때마다 민준이 좋아할 만한 선물을 사들고 오는 걸 보면 알 수 있어요. 민준도 여사님이 싫어서 대답을 하지 않은 건 아닐 거예요. 사실 민준은 중증 자폐 증세를 가지고 있거든요. 자폐증은 다른 사람에 대한 관심 없이 오직 자기 자신에게만 몰두하는 병이에요. 오랫동안 치료를 받은 민준은 몇 가지 기초적인 말을 알아들을 수 있긴 하지만 여전히 다른 사람의 생각이나 감정에 대해 이해하지 못해요. 그는 종종 자신만의 놀이에 몰입해 있는데 그럴 땐 모든 감각이 꺼진 것처럼 자기 밖의 모든 것에 대해 아무것도 느끼지 못하게 되지요.

밖에 나갔던 아저씨들이 장롱 크기만한 우리를 가지고 와서 민준의 침대 옆에 세워두었습니다. 가느다란 나무 기둥이 촘촘히 줄지어 있고 천장이 초록색 조화 잎사귀로 장식되어 있는 우리였어요. 우리 바닥에는 푹신푹신한 담요가 깔려 있고 그 위에는 빨간색 방석 하나가 있었답니다. 나무 우리와 함께 민준의 새로운 친구가 찾아왔어요. 그게 바로 세 살배기 침팬지, 공주였습니다. 공주는 조련사 아저씨의 품에 안겨 바들바들 떨고 있었지요.

공주는 조련사 아저씨들이 간 이후로 한동안 우리 밖으로 나오지 않았어요. 먹을 걸 줘도 아줌마가 보고 있으면 선뜻 손을 대지 않았지요. 아줌마가 만지려고 하면 소스라치게 놀라며 우리 구석으로 숨어들기만 했어요.

그러던 공주도 삼 일쯤 지나자 슬금슬금 우리 밖으로 나오기 시작했습니다. 아마 호기심을 더 이상 참기 힘들었기 때문일 거예요. 공주는 정말이지 궁금한 게 많은 녀석이거든요. 그녀가 가장 먼저 관심을 가졌던 건 바로 텔레비전이었습니다. 아줌마가 드라마를 보고 있을 때 우리 안에서 눈을 동그랗게 뜨고 화면을 바라보곤 했지요. 공주는 아줌마가 낮잠 잘 때를 틈타 슬그머니 우리에서 걸어 나왔습니다. 때마침 TV가 켜진 채였어요. 휙휙 바뀌는 화면에 경계하듯 털을 세우면서 공주는 조심조심 텔레비전 앞으로 걸어갔습니다. 브라운관 앞에서 몇 번 망설이더니 화면에 사람이 나오지 않을 때 풀쩍 뛰어 TV에 달려들었어요. TV 위에 놓인 인형 두 개가 바닥에 떨어졌을 뿐 별다른 일이 없었습니다. 공주는 위에서 TV 화면을 만지다 바닥에 내려가 화면을 보고 멀리 떨어져서 보다가 다시 텔레비전 위로 올라가기를 몇 차례 반복했어요. 한참 그러더니 공주는 마침내 텔레비전에 대해 마음을 놓았습니다. 여유 있는 태도로 TV 위에 엎드려서 모서리를 갉작이며 미소를 지었지요. 녀석은 텔레비전을 시작으로 집에 있는 모든 것을 정복하러 다니기 시작했습니다. 선반 위에 놓인 인형들, 베란다 창문, 냉장고, 주방 수도꼭지까지 집에 있는 것이라면 뭐든지 한동안 공주의 집요한 관심을 견뎌내야 했지요.

공주는 슬금슬금 아줌마에 대한 호기심을 나타내기 시작했습니다. 공주가 온 직후 아줌마는 부담스러울 정도로 공주에게 관심을 가졌어요. 툭하면 우리에서 꺼내 만지려 들고 먹을거리로 공주의 환심을 사려고 했죠. 그런 아줌마의 관심을 계속 거부하던 공주가 어느 날 아줌마에게 먼저 다가가자 그녀는 무척 기뻐했어요. 머리를 쓰다듬고 등을 긁어 공주를 기분 좋게 해주었죠. 아줌마의 지속적인 환대를 받으며 공주는 아줌마에게 마음을 놓아도 좋다는 걸 알았습니다. 하지만 아줌마는 공주의 몇 가지 행동에 대해선 불같이 화를 내곤 했어요. 화장실이 아닌 다른 곳에 볼일을 보는 것이나 요리하고 있을 때 음식을 집어먹는 것, 아줌마의 가방을 씹는 것 등이 그런 것이죠. 또 아줌마는 공주가 그녀의 어깨에 매달리는 것을 무겁다며 싫어했어요. 동물원에 있을 적 공주의 엄마는 항상 그녀를 업어주었거든요. 아줌마에게 엄마처럼 의지하려고 했던 공주로서는 아줌마가 매달리지 못하게 하는 게 무척 섭섭한 일이었습니다.

공주가 이 집에서 마지막까지 알 수 없던 존재는 바로 민준이었어요. 그는 늘 TV 맞은편에 놓인 침대 위에서 혼자만의 놀이에 골몰해 있었습니다. 혼자만의 놀이란 게 별게 아니라 말하자면 이런 것들이에요. 두 눈 가까이 손을 두고 검지를 접었다 펴고 중지를 접었다 편다든가 베개 끄트머리를 손으로 쳐서 그게 좌우로 움직이는 걸 본다든가 침대 위에 엎드려서 몸을 비빈다든가 하는 것들이요. 그는 이런 단조로운 놀이를 짧게는 몇 분에서 길게는 몇 시간까지 반복하곤 했어요. 민준은 혼자만의 놀이에 빠져 있느라 공주가 온 지 일주일이 넘도록 그녀의 존재를 알아채지 못했지요.

아줌마는 민준에게 공주를 소개해주려고 노력했어요. "야야, 이 봐라. 공주 바나나 먹는다." "야야, 여기 좀 봐라. 공주가 재주부리네" 하면서 민준이 공주를 보게 했지요. 하지만 민준이 그런다고 남에게 관심을 가질 사람인가요. 아줌마가 공주를 안고 민준의 몸 위에 올려놔도 귀찮다는 듯 팔을 휘저을 뿐이었습니다. 며칠 노력하던 아줌마는 민준에게 공주를 소개해주는 걸 포기해버렸지요.

하지만 공주는 때때로 나무 기둥 위에 앉아서 민준을 지켜보곤 했습니다. 왜 그랬는지는 아무도 몰라요. 자기보다 훨씬 덩치가 큰 민준의 위협에 대비하기 위해서일 수도 있고 그의 완벽한 무관심에 자존심이 상했기 때문일 수도 있어요. 어쩌면 민준의 어딘가가 공주의 마음에 들었던 건지도 모르지요. 이유야 어쨌든 공주는 어느 날부터 민준을 자극하는 행동을 하기 시작했습니다.

처음엔 민준을 툭툭 치는 정도였어요. 슬그머니 다가가 민준의 팔을 치거나 그의 발가락을 깨물었죠. 민준은 그 정도 자극에는 고개도 돌리지 않았습니다. 공주는 점점 과감하게 행동하기 시작했어요. 그의 몸 위에 올라가 있거나 민준의 눈 가까이에 얼굴을 디밀어보기도 했죠. 주먹을 쥐고 세게 민준을 때리기도 했습니다. 하지만 민준의 눈에는 여전히 공주가 보이지 않았어요. 공주가 너무나 성가시게 굴면 소리를 지르며 성질을 부리기도 했지만 그건 배가 고프거나 날이 더울 때 하는 것처럼 대상이 없는 분노일 뿐 민준이 아줌마에게 짜증을 내는 것과는 달랐죠. 민준은 자신이 관심을 갖지 않는 것에 대해선 완전히 무관심할 수 있는 것 같았습니다.

공주는 다른 방법을 쓰기 시작했습니다. 어느 더운 날이었어요. 침대에 누워 있기 갑갑했던 모양인지 민준이 거실 가운데로 나와 제자리에서 쿵쿵 뛰어댔어요. TV를 보던 아줌마는 새된 목소리로 비키라고 소리를 질렀지만 멈추지 않았지요. 아줌마는 투덜거리며 민준을 피해 화면이 보이는 방향으로 자리를 옮겼습니다. 민준이 한 번 그런 행동을 시작하면 때리면서 혼내지 않는 한 멈추지 않는다는 걸 알고 있었거든요. 그때 벽 나무기둥에 매달려 있던 공주가 내려오더니 민준의 앞에 섰어요. 그러고선 민준과 똑같은 자세로 팔을 흔들며 풀쩍풀쩍 뛰는 거예요. 아줌마는 더한층 짜증이 났어요. 민준이 하나로도 성가신데 공주까지 텔레비전을 가리며 뛰고 있으니까요. 그런데 그때 천장을 보며 뛰던 민준이 슬쩍 공주 쪽으로 눈동자를 돌렸습니다. 그러곤 눈을 감으며 배시시 웃었어요.

그 후로 공주는 민준이 혼자만의 세계에서 놀려고 하면 꼭 그 앞에 가서 똑같이 행동했습니다. 민준이 빙글빙글 돌면 공주도 빙글빙글 돌았고 민준이 앉아서 형광등 불빛을 보고 있으면 공주도 옆에 앉아 눈살을 찌푸리고 형광등을 보았죠. 공주가 민준을 따라하고 있을 때엔 신기하게도 이따금 곁눈질로 그녀를 쳐다보곤 했답니다. 하지만 민준은 그런 짧은 순간을 제외하면 여전히 공주의 존재를 알아채지 못했어요. 더 이상 그의 무관심에 참을 수 없었던지 마침내 공주는 민준을 자극할 커다란 일을 생각해냅니다.

민준의 침대와 공주의 우리 사이엔 침대만한 높이의 서랍장이 있습니다. 그 서랍장 위에는 민준이 정말 아끼는 공룡 장난감이 한 줄로 서 있어요. 제일 앞에 서 있는 건 작고 얼룩무늬가 화려한 나노티라누스입니다. 그 뒤엔 그보단 조금 크고 꼬리에 줄무늬가 있는 알로사우르스가 있어요. 그다음엔 이빨을 드러내고 선 티라노사우르스가 있고 제일 끝에는 가장 크고 포악하게 생긴 타르보사우르스가 있지요. 이 공룡 장난감들은 민준이 아주 어렸을 때 여사님이 사준 것으로 그가 이 집에서 가장 좋아하는 것이에요. 다른 인형들은 어디가 뜯어지거나 없어져도 알아채지 못하지만 이 공룡들에 대해서만은 각각의 자리와 특징을 파악하고 있지요.

매일 공룡 장난감들이 잘 있는지 점검하고 그들의 자리를 정돈하는 것이 민준의 중요한 하루 일과입니다. 민준은 누구든 공룡 장난감을 건드리는 걸 용납하지 않아요. 아줌마라도 공룡 장난감들을 만지면 크게 흥분하여 화를 내곤 하지요.

며칠 전부터 공주는 이 공룡 장난감을 유심히 보고 있었어요. 저번에 한 번 공주가 공룡을 만지다 민준에게 호되게 혼이 났었거든요. 그날 이후로 공주는 호시탐탐 민준 몰래 공룡 장난감을 가지고 놀 기회를 노리고 있었어요.

어느 날 공주는 민준이 텔레비전에 정신이 팔린 틈을 타 공룡에게 다가갔어요. 그녀는 손가락을 까딱이며 고민하다 가장 화려한 무늬를 가진 나노티라누스를 집어들었지요. 그러곤 우리 안으로 가는 게 아니라 민준이 보라는 듯 거실 가운데 앉아 나노티라누스의 꼬리를 입에 넣고 씹기 시작했어요. 민준은 공주가 그러는 동안에도 침대에 앉아 구부정하게 허리를 굽히고 TV만 보고 있었답니다.

사건은 시간이 어느 정도 지난 뒤에 일어났어요. 아줌마가 저녁 밥상을 들고 거실로 와서 큰 소리로 민준을 불렀을 때예요. 민준이 일어나 뒷머리를 긁적이는데 문득 나노티라누스가 있어야 할 자리가 빈 것이 눈에 띄었어요. 민준은 서랍장에 가까이 다가가 공룡들을 살폈어요. 네 마리 있어야 할 공룡이 세 마리밖에 없었지요. 이불을 들추고 장롱 밑을 살폈지만 어디에도 없었어요. 민준은 어쩔 줄 몰라 흥분하기 시작했어요. 허둥대다 침대 아래로 떨어졌지만 아픈 줄도 모르고 아줌마에게 달려갔지요. 민준은 불안하게 머리를 흔들며 공—료, 고옹—료 하고 말하기 시작했어요.

아줌마는 민준이 무척이나 흥분해 있다는 걸 단번에 알았죠. 민준의 머리를 흔들지 못하게 잡고 진정시키려 했지만 그는 다리를 쿵쿵 구르며 흥분을 가라앉히지 못했지요. 그때였어요. 음식 냄새를 맡고 공주가 살랑살랑 걸어오는데 입에 나노티라누스의 꼬리 끝을 물고 있는 거예요. 아줌마가 채 말릴 새도 없이 민준이 공주에게 달려갔어요. 눈알을 굴리며 밥상을 바라보던 공주는 깜짝 놀라 빽— 하고 소리를 질렀지요. 공주는 공룡 장난감을 뱉고 재빨리 등을 돌렸으나 민준이 팔을 휘둘러서 머리를 맞았어요. 공주는 머리를 싸쥐고 데굴데굴 굴렀죠. 그때 아줌마가 "김민준!" 하고 고함을 쳤어요. 민준은 나노티라누스를 손에 쥐고 아줌마를 쳐다봤지요. 민준이 공룡을 들고 무어라 말하려 하는데 아줌마는 냅다 민준의 뺨을 후려갈겼어요. 짝— 하는 굉장한 소리가 났지요. 어안이 벙벙해진 민준의 눈에 천천히 눈물이 고였습니다. "앉아서 밥 무라." 아줌마가 엄격한 얼굴로 말했어요. 민준은 몸이 부들부들 떨렸지만 아줌마의 지시에 따라 자리에 앉아 숟가락을 잡았어요. 숟가락이 와들와들 흔들렸습니다. 이내 그의 볼을 타고 눈물이 흘러내리기 시작했지요. 민준은 큰 소리로 울음을 터뜨렸습니다. 아줌마는 "니가 공주 때리놓고 뭘 잘했다고 우노. 안 그치나!?" 하고 화를 냈어요. 민준은 숟가락을 집어던지고 이불 속으로 뛰어들어가 마구 침대를 두드렸어요. 아줌마는 눈을 치켜뜨고 민준을 바라보다가 "성 난다고 함부로 주먹 휘두르지 말라고 했나 안 했나! 니 안 묵으면 다 치운다" 하고는 상을 들고 부엌에 가져가버렸어요.

민준은 무척 억울했나봐요. 지치지도 않고 몸을 흔들며 울어댔으니까요. 울음이 더 이상 나오지 않자 억지로 우는 것 같은 소리를 내면서 이불 안에서 흐느꼈어요. 아줌마는 한 번 흘깃 들여다봤을 뿐 계속 설거지를 했답니다.

얼마간 시간이 흐르고 민준은 혼자 우는 것에 지쳐버렸습니다. 머리는 어지러웠고 목이 부어서 따끔따끔 아팠어요. 그의 마음을 몰라주는 아줌마가 밉고 원망스러웠지요. 이불 속에서 풀 죽은 목소리로 신음 소리를 내고 있는데 누가 침대에 다가오는 기척이 느껴졌어요. 어느새 수돗물 흐르는 소리도 멎어 있었지요. 누군가 민준의 얼굴을 가린 이불을 천천히 걷어냈습니다. 눈물에 젖은 민준의 통통한 얼굴이 형광등 빛 아래 드러났지요. 그녀는 손을 뻗어 민준의 볼을 만져주었어요. 민준은 내리깔았던 눈을 들었습니다. 민준의 앞에 있는 이는 바로 공주였어요. 그녀는 맑고 까만 눈으로 위로하는 듯 민준을 바라보았습니다. 민준은 몸 흔드는 것도 잊고 멍하니 공주의 얼굴을 보았답니다.

그날 이후 아줌마는 민준의 행동이 무언가 달라졌다고 느꼈습니다. 늘 침대에 누워만 있던 민준이 요즘엔 자주 방바닥에 내려와 놀았어요. 예전엔 아침에 아줌마가 올 때까지 잠을 잤는데 요즘엔 언제 일어났는지 우리 앞에 구부정하게 허리를 숙이고 있는 민준을 볼 수 있었지요. 예전보다 자기만의 세계에 빠져 있는 시간이 줄었고 혼자 놀고 있다가도 공주가 다가와 건드리면 금방 정신을 차리곤 했어요.

민준은 점점 공주와 노는 걸 즐기는 것 같았어요. 공주가 민준의 어깨 위로 올라오려고 하면 기꺼이 자신의 어깨를 내주었지요. 공주는 민준의 너른 어깨에 앉아 그의 까칠까칠한 머리를 잡고 있는 걸 무척이나 좋아했답니다. 민준이 좋아하는 건 가만히 앉아서 공주의 얼굴을 들여다보는 것이었어요. 그러다 꼭 손가락으로 그녀의 눈과 코, 입술을 만지려 들어서 공주가 얼굴을 찡그리고 달아나게 만들었지요. 공주가 아줌마 곁에서 애교를 부리고 있으면 민준은 어쩐지 초조해하는 것 같았습니다. 근처에 있던 인형이나 베개를 던지며 공주의 관심을 끌려고 했거든요. 그러면 꼭 아줌마에게 머리통을 얻어맞고 이불 속으로 들어가게 되었지만요.

그런데 어찌된 일인지 공주는 예전처럼 자주 민준에게 다가가지 않았습니다. 한참 민준과 재밌게 놀다가도 어느 순간 민준을 두고 쪼르르 아줌마 곁으로 와 다리에 매달렸어요. 민준이 공주에게 다가오면 민준을 피해 사뿐히 나무 기둥 위로 올라가 그를 내려다보곤 했습니다.

그때부터 민준과 공주의 술래잡기가 시작되었습니다. 아침에 아줌마가 와서 우리 문을 열면 그때부터 시작이지요. 우리 안에 손가락을 넣고 공주와 장난을 치던 민준은 아줌마가 우리 문을 열러 오면 어설피 웃으며 두 팔을 벌리고 공주를 잡을 준비를 합니다. 공주도 민준과 눈빛을 나누며 그의 빈틈을 찾고 있지요. 문이 열리면 공주가 잽싸게 튀어나옵니다. 민준이 쫓아가 잡으려 하지만 언제나 공주는 그를 손쉽게 피해요. 민준은 덩치만 컸다 뿐이지 무척 둔하거든요. 둘은 집 안을 이리저리 뛰어다니며 난리를 칩니다. 옷이 널려 있는 빨랫대를 쓰러뜨리고 덜 마른 옷을 밟고 지나가거나 옷장 위 인형들을 죄 떨어뜨리고 밥상의 그릇을 깨뜨리는 일이 매일같이 일어나지요. 아줌마가 혼을 내서 진정시켜놔도 조금만 지나면 또 집 안을 누비며 뛰어다니기 시작입니다. 둘 중 한 명이 꼭 과자를 던진다든가 발가락을 꼬집어서 상대를 자극하거든요. "저놈의 원숭이 새끼가 온 이후로 집 안이 조용할 새가 없다!" 화가 난 아줌마는 파리채를 휘두르며 투덜거렸습니다.

둘의 술래잡기가 계속되던 어느 날이었습니다. 저녁을 먹고 설핏 잠이 들었던 민준이 잠에서 깼어요. 창밖은 어두워져서 방을 밝히는 형광등 불빛이 고립된 듯 불안하게 흔들리고 있었지요. 공주가 우리 안에 잠들어 있는 걸 본 민준은 불현듯 겁에 질렸습니다. 현관 옆 아줌마의 방에 불이 켜져 있는 걸 보고 후다닥 아줌마의 방 앞으로 갔어요. 아줌마의 방에는 함부로 들어가는 게 금지되어 있어서 민준은 가만히 방 앞에 서 있었지요.

퇴근을 앞두고 화장을 하던 아줌마는 문 앞 민준의 기척을 느끼고 한숨을 쉬었어요. 그날은 아줌마의 동창 모임이 있는 날이었거든요. 민준이 자고 있어 조용히 나갈 수 있을 거라 생각했던 아줌마는 또 한바탕 실랑이를 벌일 생각에 짜증이 났습니다.

예전부터 민준은 저녁 무렵이 되어 아줌마가 집에 가려고 하면 현관문을 막아서서 고집을 피웠어요. 하지만 아줌마가 몇 번 고함을 치면 알아서 침대로 돌아갔죠. 그런데 요즈음 민준은 아줌마가 고함을 치고 손을 들어도 도통 그녀를 보내주지 않아요. 아줌마가 집에 갈 때 공주의 우리를 잠그기 때문에 그녀가 집에 가면 공주와도 놀 수 없거든요.

아줌마는 핸드백을 어깨에 걸고 방문을 열었습니다. 문 앞에는 고개를 숙이고 단단히 각오한 표정의 민준이 있었죠. 아줌마는 가능한 차분한 목소리로 "니 얼른 비키라" 하고 말했습니다. 민준은 조금 물러났지만 완전히 길을 터주지는 않았어요. "김민준, 좋은 말 할 때 비키라." 아줌마가 좀 더 큰 소리로 말했습니다. 민준이 또 살짝 물러났지만 여전히 고개를 저으며 길을 막고 있어요. "니 안 비키나!?" 아줌마가 소리쳤습니다. 민준은 고개를 숙이고 아줌마의 팔을 잡았습니다. 뿌리치려 해도 민준이 팔을 놓지 않았죠. 아줌마는 반대편 손으로 민준을 세게 밀었습니다. 민준은 아팠지만 이를 악물고 계속 고개를 저으며 팔을 놔주지 않았어요. 빨리 나가지 않으면 또 약속 시간에 늦을 거란 생각에 아줌마는 마음이 급해졌습니다. 아줌마는 잡힌 팔을 흔들면서 반대편 손으로 민준의 어깻죽지를 마구잡이로 때려댔습니다. 버티던 민준은 너무 아파서 결국 아줌마의 팔을 놓았어요. 아줌마는 민준을 홱 밀치고 문밖으로 나갔습니다. 공들여 한 머리가 헝클어지고 민준이 잡았던 손목이 얼얼하게 아파 기분이 나빴지요. 민준이 선 앞에서 쾅 하고 문이 닫히더니 자물쇠 잠기는 소리가 났습니다.

민준은 잠긴 문을 이마로 쿵쿵 두드리더니 현관문에 머리를 기댔습니다. 아랫입술을 있는 대로 늘어뜨리고 바닥을 내려다보았지요. 현관에는 시커먼 민준의 발과 그의 오래된 운동화 한 쌍만 남아 있어요. 민준은 가슴을 들썩이며 씨근씨근 숨을 쉬었습니다. 어느덧 민준의 눈이 풀리고 어깨가 축 늘어졌어요. 움직임이 없자 현관의 등마저 저절로 꺼졌지요.

그렇게 얼마나 시간이 지났는지 모릅니다. 갑자기 현관에 불이 들어왔습니다. 누군가 민준의 바지를 잡아당겨서 정신을 차리고 아래를 내려다보았어요. 그런데 공주가 아래에서 그를 올려다보고 있는 거예요. 민준의 눈썹이 이마까지 올라가고 입이 쩍 벌어졌습니다. 민준은 공주를 향해 손을 뻗으려다 엉거주춤 바닥에 머리를 대고 드러누웠어요. 오랫동안 움직이지 않고 서 있었더니 다리가 몹시 저렸거든요. 공주는 또 술래잡기 놀이를 하는 줄 알고 거실로 달아났다가 민준이 누워만 있자 다시 다가왔습니다. 공주는 민준의 저린 두 다리 위에 올라갔어요. 다리를 뻗고 누운 민준이 억, 하는 소리를 냈지요. 공주는 다리에서 민준의 배까지 올라갔다가 바닥으로 미끄러져 내려왔습니다. 민준은 무거워 얼굴을 찡그렸으나 공주는 그의 불룩 나온 배를 밟는 게 재미있었나봅니다. 다시 민준의 다리에 위에 올라가 이번엔 가슴을 향해 달려가는데 민준이 두 팔을 벌려 공주를 잡았습니다. 공주는 빠져나가려는 듯 버둥거렸으나 민준이 놔주지 않았어요. 민준은 공주를 꼭 안고 볼로 공주의 얼굴을 비볐습니다. 공주도 더 이상 빠져나가려고 하지 않았어요. 공주는 얼굴을 들고 코로 킁킁거리며 민준의 냄새를 맡았습니다. 뜨끈한 콧바람에 얼굴이 간지러워 민준은 웃었어요. 공주의 손가락이 민준의 두툼한 눈두덩에서 넙적한 콧대를 거쳐 거칠거칠한 수염을 쓸고 지나갔습니다. 둘은 한동안 서로를 안고 가만히 누워 있었어요.

다음 날 아침 아줌마는 침대 위에서 꼭 안고 잠들어 있는 민준과 공주를 발견했습니다. 문득 전날 급히 나가느라 우리 문을 잠그지 않았던 것이 떠올랐어요. 집 안 꼴은 말도 못하게 어지럽혀져 있었습니다. 냉장고 문은 반쯤 열려 있고 부엌 찬장에 있던 과자들이 다 헤집어진 데다가 통 신을 일이 없는 민준의 신발까지 나와 거실 가운데 뒤집어져 있었으니까요. 민준을 깨워서 혼을 내려던 아줌마는 잠시 허리를 짚고 있다가 아무 말 없이 신발을 집어 들고 현관으로 갔어요. 아마 민준과 공주가 사이좋게 잠들어 있는 모습이 보기 좋았던 모양이지요.

그날 저녁 민준이 집에 가려는 아줌마를 막아섰을 때 그녀는 고민하다 우리 문을 열어주었습니다. 공주가 우리에서 나오자 민준은 아줌마가 가는 걸 막지 않았어요. 그때부터 아줌마는 집에 갈 때 우리 문을 잠그지 않았습니다.

*

공주는 공원에서 달아난 지 두어 시간 만에 119요원들에게 발견되었습니다. 그녀는 발아래로 차들이 달리는 공원 서쪽 가 도로 소음 방지벽 위에 앉아서 떨고 있었다고 합니다.

공주는 동물 병원에 이송되어 몇 가지 검사를 받았습니다. 검사 후 의사는 아줌마에게 공주의 몸에서 몇 군데 타박상 흔적이 발견되었다고 말했습니다. 정서 불안 증세가 심각하여 열흘 정도 병원에서 격리 치료를 받아야 한다고 했지요. 아줌마는 예기치 못한 의사의 말에 입을 다물지 못할 정도로 놀랐습니다. 게다가 아줌마를 보는 의사의 눈초리가 아주 불쾌했어요. 의사는 무뚝뚝한 목소리로 혹시 사춘기거나 정신병을 앓는 가족이 있느냐는 질문까지 던졌지요. 아줌마는 화가 났습니다. 타박상이야 공주가 워낙 활발하게 뛰어 놀아서 그런 것이고 정서 불안은 왜인지 모르겠으나 집에만 있던 애가 밖에 나와서 그런 것이 아니겠냐고 언성을 높였어요. 동네 수의사가 침팬지를 치료해본 적이 있기나 하냐고, 입원 치료비 받아먹으려고 없는 병 지어낸 건 아니냐면서 의사를 몰아붙이기까지 했지요. 의사는 석연치 않은 표정을 지었지만 더 이상 아줌마의 신경을 긁지 않았습니다.

그날 아줌마는 공주의 입원 수속을 밟고 밤이 이슥해서야 집에 돌아갈 수 있었습니다. 너무 많은 일이 일어난 탓에 피로로 온몸이 노곤해져 있었죠. 하지만 다음 날 아침 민준의 집 문을 여는 순간 앞으로 더 많은 고난이 기다리고 있다는 것을 깨달았습니다.

민준은 아줌마를 보자 맹렬히 달려들었습니다. 공주가 어디 갔냐는 듯 애처로운 표정으로 아줌마의 팔을 흔들었죠. 아줌마는 공주가 병원에 가서 열흘 후에 돌아온다고 몇 번이나 말했지만 그 말을 전혀 이해하지 못했습니다. 민준은 한순간도 가만히 있지 못하고 우리 근처를 서성이거나 아줌마의 방에서 화장실, 주방을 오가며 공주를 찾았습니다. 아줌마를 부르며 공주가 숨은 곳을 말하라는 듯 보채다가 뭔가 생각이 난 듯 아까 갔던 곳으로 달려가 찾는 일을 반복했죠. 그렇게 이틀 정도 지나자 민준은 드디어 공주가 정말로 없다는 걸 알아차린 모양입니다. 그는 마구 소리를 지르고 뛰어다니며 베개나 인형은 물론이고 손에 잡히는 것이면 무엇이든 집어 던지고 발로 찼습니다. 제 분을 이기지 못해 커다란 베란다 창문을 주먹으로 때리고 텔레비전을 밀어 쓰러뜨리려 했어요. 아줌마는 민준을 달래도 보고 때려도 보았지만 효과가 없었습니다. 오히려 광분에 휩싸여 바라보는 민준의 눈에 아줌마가 그의 곁을 피할 정도였으니까요. 민준은 밥도 먹지 않고 지칠 때까지 발광을 하다 힘이 떨어지면 그 자리에 쓰러져 죽은 듯 잠들곤 했습니다.

전쟁 같은 며칠이 지나고 민준은 마침내 조용해졌습니다. 대신 외부를 향한 모든 감각을 끊고 자기 자신만의 세계에 빠져버렸어요. 그는 아줌마가 오고 가는 것을 알아채지 못했고 그간 익혔던 몇 가지 말을 하나도 알아듣지 못했습니다. 하루 종일 혼자만의 세계에 빠져서 몸을 흔들며 똥오줌을 누운 자리에 쌌고 배고픈 것도 몰라서 밥조차 먹으려 들지 않았죠. 아줌마는 요 며칠 민준의 극성에 완전히 지쳐버렸습니다. 아줌마로선 매일 병원에 전화해서 공주의 퇴원을 독촉하는 수밖에 없었어요.

드디어 공주가 돌아오는 날, 병원에서 공주를 안아 들고 택시에 탄 아줌마는 눈물을 흘렸습니다. 건강해져 있을 거라 생각했던 공주가 털이 축 처지고 몸집이 작아져 있었기 때문이죠. 공주는 힘없이 아줌마의 품에 안겨서 택시의 흔들림을 견뎠습니다. 아줌마는 돌팔이 의사를 원망하며 이제 모든 일이 다 잘될 거라는 기대를 품었지요.

집에 들어가자 민준은 침대에 팔과 다리를 힘없이 늘어뜨리고 누워 있었습니다. 공주를 안은 아줌마가 민준의 몸을 흔들었어요. 민준은 아줌마가 자신을 흔드는 걸 느끼지 못했지요. 아줌마는 조심스레 공주를 민준의 배 위에 올려놓았습니다. 공주는 아줌마와 떨어지길 주저했으나 아줌마가 그녀의 팔을 억지로 떼어냈죠. 며칠 밥을 먹지 않아 해쓱해진 민준을 보고 있던 공주는 그의 배 위에서 천천히 자신의 털을 고르기 시작했습니다. 그런데 그때 거짓말처럼 민준이 눈을 떴어요. 민준은 누운 채로 고개를 들고 눈으로만 공주를 바라보았습니다. 붉게 물든 눈을 하고 입을 일그러뜨리며 애잔한 소리를 냈지요. 공주가 민준을 보지 않고 딴청을 피우자 민준은 소리를 지르며 두 팔로 공주를 안고 눈물을 쏟았습니다. 그걸 옆에서 보는 아줌마도 벅찬 마음에 눈물을 흘렸지요.

공주가 오고 나서 한동안 민준은 그녀에게서 눈을 떼지 않았습니다. 자신만의 놀이에 빠지는 시간이 없을 정도로 공주에게 집중해 있었고 손이 닿는 거리에 공주가 있어야만 잠이 들었어요. 민준은 체력이 많이 떨어져 있었지만 공주가 온 이후로 다시 침대에서 내려와 장난을 쳤고 아줌마의 말도 하나둘 알아듣기 시작했습니다.

그런데 며칠 지나지 않아 민준이 혼자만의 세계에 빠져 있는 시간이 다시 길어졌습니다. 공주가 오기 전처럼 대소변을 가리지 못할 정도는 아니었지만 일단 혼자만의 놀이에 몰입하게 되면 아줌마의 말은 물론이고 공주가 건드려도 느끼지 못했어요. 공주가 같이 놀자고 다가오면 다른 곳을 바라보며 팔로 거칠게 공주를 밀쳐

냈습니다. 당황한 공주는 그저 옆에서 지켜볼 뿐이었죠.

그러면서도 민준은 이따금 정신이 들었을 때 공주가 눈에 띄지 않거나 아줌마와 함께 있으면 무섭게 흥분하곤 했습니다. 여기저기 돌아다니며 공주를 찾다가 조심성 없이 손을 내밀어 공주를 억세게 붙잡아 끌었죠. 점점 광포해지는 민준의 행동에 공주는 질려버린 것 같았습니다. 민준이 자신만의 세계에 빠져 있으면 깨우지 않으려는 듯 조용히 행동했고 민준이 억지로 공주를 안으려고 하면 털을 세우며 화를 냈으니까요.

아줌마는 민준을 다루는 일이 부쩍 힘들어졌음을 깨닫고 있었습니다. 민준의 성격은 점점 더 까다로워지고 예전보다 자주 아줌마에게 반항하려 들었어요. 무엇보다 크게 달라진 건 이제 민준이 혼날 때 아줌마의 눈을 똑바로 쳐다본다는 점이었습니다. 예전엔 아무리 화가 많이 났어도 아줌마와 눈이 마주치는 걸 피했었거든요. 때로 주먹까지 휘두르며 반항하는 민준을 보며 아줌마는 그가 공주를 잃고 발광하던 때에 자신이 아줌마보다 힘이 세다는 사실을 알아챈 것 같다고 생각했습니다.

아줌마는 예전처럼 민준을 귀엽게 생각할 수 없었습니다. 민준이 다가오면 저도 모르게 방어적인 자세를 취했고 그가 아줌마를 잡으면 흠칫 놀라 그의 손을 떼어내곤 했어요. 그런데 사실 그건 민준의 반항적인 행동 때문만은 아니었습니다. 가장 큰 원인은 그가 벌이는 역겨운 일을 아줌마가 알아챘기 때문이었어요.

공주가 돌아온 지 일주일쯤 지난 어느 날이었습니다. 아줌마가 공주를 목욕시키려는데 그녀의 배 쪽에 이상한 얼룩이 묻어 있는 것을 발견했어요. 끈적끈적한 액체가 공주의 배 주위에 일직선상으로 묻어 털에 엉켜 말라붙어 있었지요. 또 뭘 먹다가 흘린 것이겠거니 하고 씻어내려던 아줌마는 이상한 생각이 들어 그것의 냄새를 맡아보았습니다. 공주가 간지러워서 아줌마의 머리를 치는데도 아줌마는 가만히 코를 대고 있었어요.

생각해보면 이상한 일은 오래전부터 있었습니다. 요즘같이 쌀쌀한 때에 추위를 많이 타는 민준이 옷을 벗고 잠들어 있는 건 예전에 없던 일이었거든요. 게다가 윗옷은 입었는데 하체만 알몸인 경우가 많다는 게 더욱 이상했죠. 아줌마는 그 뒤로 매일 아침 공주의 몸을 살펴보았습니다. 이삼 일에 한 번꼴로 공주의 배나 엉덩이에 정액이 묻어 있는 걸 발견할 수 있었어요. 불현듯 아줌마는 자신을 기분 나쁘게 바라보던 의사의 눈이 생각났습니다. 정신이 이상한 가족이 있냐는 의사의 질문이 떠오르자 머리털이 쭈뼛하고 서는 것 같았죠. 그날 이후로 민준이 공주에게 집착하는 모습을 보면 아줌마의 팔에 소름이 돋았어요. 어느 날 아침 공주의 엉덩이에 묻은 정액을 닦아내며 아줌마는 더 이상 이 일을 두고 볼 수 없다고 생각했습니다.

여느 저녁처럼 아줌마는 민준의 저녁 설거지를 마치고 잠바를 걸쳤습니다. 민준은 방바닥에 누워서 눈을 깜박이고 있었죠. 아줌마는 "공주랑 잘 놀고 있어라이"라 말하고 현관문 쪽으로 걸어갔습니다. 현관에서 슬쩍 거실을 보니 민준은 여전히 누워 있었어요. 아줌마는 서둘러 현관문 옆 불 꺼진 자신의 방에 들어가 손을 뻗어 현관문만 열었다 닫았습니다. 그러곤 방문을 조금 열고 민준의 행동을 지켜보기 시작했죠.

공주가 집 안 여기저기를 돌아다니는 데 비해 민준은 잠든 것처럼 누워만 있었습니다. 공주는 자연스럽게 밥상 위에 올라가 아줌마가 민준이 배고플 때 먹으라고 마련해둔 과자를 먹기 시작했습니다. 평소 공주가 튀긴 과자 먹는 걸 금지해왔던 아줌마는 그녀의 행동에 기분이 언짢았어요. 민준은 천천히 일어나 서성이다 어두운 창밖 어딘가를 바라보며 베란다 창문에 반복적으로 머리를 박아댔습니다. 공주는 민준이 움직이자 그 쪽으로 고개를 돌렸다가 머리를 박는 걸 보고 다시 과자 먹는 데 몰두했어요.

민준은 베란다 앞에 엎드려 알 수 없는 소리를 내며 두 팔을 휘젓고 있습니다. 공주는 방바닥에 앉아 다리로 머리를 벅벅 긁고 있네요. 그들을 긴장하며 지켜보던 아줌마는 한숨을 쉬고 핸드폰으로 시간을 확인했습니다. 매일 보는 저 꼴을 보자고 늦게까지 남아 있는 것이 한심하다는 생각이 들었지요. 민준의 행동 교정에 대한 아줌마의 의지는 어느새 흐물흐물 가라앉아버렸습니다. 아줌마는 일어나서 침대에 둔 핸드백을 집어들었습니다. 그런데 가까이에서 발소리가 들려왔습니다. 아줌마가 문밖을 보니 어느새 민준이 문 바로 앞까지 다가와 있었어요. 민준은 이마로 방문을 톡톡 치다가 벌컥 문을 열고 들어왔습니다. 그는 무언가를 찾는 듯 두리번거렸습니다. 캄캄한 아줌마의 방에서 움직이는 건 민준 한 명뿐이었어요. 아줌마는 침대 밑에 숨어 있었습니다. 왜 숨었는지 아줌마 자신도 알 수 없으나 그녀의 목덜미에서 식은땀이 흘렀어요. 민준은 아줌마의 방을 한 바퀴 돈 다음 철퍼덕 화장대 앞에 앉아 거울을 보았습니다. 거실의 형광등 빛이 조금 열린 방문 사이로 새어들어와 민준의 얼굴을 비추었습니다. 민준은 거울에 비친 자신의 모습을 꼼꼼히 살폈어요. 불빛이 민준의 얼굴 일부만 밝히고 있어 거울에 비친 얼굴이 무척 괴기스러워 보였습니다. 그는 작은 눈을 끔벅끔벅 감았다 떴습니다. 고개를 들어 콧구멍을 살피다 입을 크게 벌리고 혓바닥을 내밀었다 집어넣기도 했지요. 그때 공주도 아줌마의 방에 들어왔습니다. 거울 한편 민준의 옆에 공주의 얼굴이 나타났습니다. 검은 털이 잔뜩 난 얼굴에 눈은 흰자도 없이 새까맣기만 하고 코는 구멍만 두 개 뚫려 있으며 튀어나온 주둥이는 약간 벌리고 있어 뾰족한 송곳니가 드러나 보였습니다. 민준은 거울에 비친 공주의 얼굴을 보고 눈살을 찌푸렸습니다. 공주가 손을 뻗어 거울을 만지려 하자 민준이 그녀의 손을 내리쳤어요. 민준은 거울 속 공주의 얼굴을 가리키며 "장—애"라고 말했습니다. 공주가 알아들을 수 없다는 듯 민준을 바라보았어요. 민준은 입을 벌리고 꺽꺽거리며 "장—애, 장——애"라고 연거푸 말했습니다. 공주가 기분이 상한 듯 방을 나가자 민준도 따라나갔습니다. 잠시 후 침대 밑에 숨은 아줌마가 진절머리가 난 표정으로 밖으로 기어나왔습니다.

밖에서는 민준과 공주의 술래잡기가 시작되었습니다. 좁은 방에서 민준은 광포하게 달리며 공주를 잡으려 합니다. 공주는 겁에 질렸는지 자꾸 발이 미끄러졌습니다. 그녀는 민준을 피해 우리 안으로 숨으려 했으나 민준이 그녀의 발목을 붙잡았습니다. 공주는 마구 버둥댔지만 민준이 공주를 잡아끌더니 거칠게 껴안았습니다. 민준이 혀로 그녀의 입가를 핥자 공주는 얼굴을 찡그리며 팔로 민준을 밀쳐냈습니다. 그는 공주를 꽉 끌어안고 몸을 부비기 시작했습니다. 공주가 몸을 비틀며 빠져나가려고 하자 민준은 그녀의 위에 올라가 배로 깔아뭉개버렸습니다. 공주는 숨을 못 쉬겠다는 듯 바닥을 치는데도 민준은 공주의 배에 대고 계속 몸을 비벼댔습니다. 그렇게 한참을 비비다 반쯤 내려간 고무줄 바지가 거추장스러웠는지 그는 헐떡이며 팬티와 바지를 벗어던졌습니다. 공주는 그때를 틈타 쏜살같이 달아났습니다. 바지를 벗어던진 민준이 공주를 쫓아 뛰는데 뛸 때마다 발기된 그의 성기가 흔들리는 게 보였습니다. 나무 기둥 위에서 저항하던 공주는 결국 끌려내려와 다시 민준의 아래에 깔렸습니다. 공주가 비명을 지르는 것에 아랑곳하지 않고 민준은 그의 성기를 그녀의 몸 아무 데나 대고 비비는 데 열중했습니다. 그 장면을 보는 아줌마는 너무나 역겨워 견딜 수 없었습니다. 나가서 민준을 혼내야 한다고 생각했으나 발이 떨어지지 않았어요. 아줌마는 부들부들 떨리는 손으로 핸드백을 들고 간신히 그 집을 나갔습니다.

민준이 사정하기까지는 오랜 시간이 걸렸습니다. 민준은 몇 번이고 성기를 비비다 멈추고 얼마 있다 다시 거칠게 시작하곤 했습니다. 민준은 마침내 사정을 마치고 공주를 놓았습니다. 공주는 죽은 것처럼 팔을 축 늘어뜨리고 있다가 타박타박 우리 안으로 기어갔습니다. 민준은 방바닥에 대자로 누워 천장만 바라보았습니다.

그날 새벽 민준이 울음을 터뜨렸습니다. 그가 왜 우는지 아무도 알지 못합니다.

민준이 계란 노른자를 턱에 묻히고 아침밥을 먹고 있습니다. 주먹으로 숟가락을 어설프게 잡고 욕심껏 푼 밥을 입에 넣는 모습은 확실히 어딘가 모자라 보여요. 아줌마는 밥상에서 떨어져 앉아 석연찮은 표정으로 민준을 바라보았습니다. 그가 갑자기 팔을 뻗어 아줌마의 무릎을 건드립니다. 아줌마가 화들짝 놀라 무릎을 세웠어요. 민준은 밥공기에 시선을 고정시킨 채로 무우— 하고 말했습니다. 아줌마는 일어나 냉장고에서 물통을 꺼냈습니다. 민준은 숟가락으로 그릇에 붙은 밥 알갱이를 짓이기고 있네요. 아줌마는 물통을 다시 냉장고에 집어넣고 민준의 밥그릇을 확 뺏었습니다. "김민준이, 침대로 가!" 민준이 놀라 아줌마를 올려다보았습니다. "김민준, 침대!" 아줌마가 침대를 가리키며 핏대를 세웠습니다. 민준은 불만스런 소리를 내며 무우— 하고 말했습니다. 아줌마는 그의 구레나룻을 힘껏 잡아당겼습니다. "침대! 침대로 가라고!! 말 못 알아듣나?" 민준은 발소리를 크게 내며 침대로 향했습니다.

오늘 아줌마는 평소보다 눈 밑이 어둡고 피부가 거칠어 보입니다. 어젯밤 제대로 잠을 자지 못했기 때문이지요. 아줌마는 새벽 내내 몇 번이고 핸드폰을 열어 여사님의 번호를 바라보았습니다. 여긴 세탁물에 트집을 잡거나 조미료에 대해 까다롭게 구는 사모님이 없고 한시도 눈을 떼지 않고 돌봐야 하는 아이도 없습니다. 장애인을 수발한다고 하지만 요 며칠 특별히 힘들었던 것이지 평소 하는 일에 비해 수당을 괜찮게 받는 편이기도 하지요. 그러나 아줌마는 더 이상 견딜 수 없다는 생각이 자꾸만 들었습니다. 어젯밤의 일을 생각하면 당장이라도 여길 떠나고 싶은 마음이 들었지요.

아줌마는 아침에 여길 오며 며칠 더 버텨보기로 결론을 내렸습니다. 대신 민준에게 앞으로 더 단호하게 행동해야 할 것이라고 생각했어요. 어쩌면 그게 문제의 핵심일지 모릅니다. 자폐 장애가 있는 사람에게 그보다 약하다는 인식을 주면 만만하게 보고 함부로 행동한다는 사실을 아줌마는 다시 한 번 되새겼지요.

그날 아줌마는 여러 구실로 민준을 혼냈습니다. 민준이 시끄럽게 소리를 질렀을 때에는 따귀를 때렸고 공주에게 인형을 던지며 장난을 쳤을 때도 머리를 쥐어박으며 혼을 냈습니다. 민준은 그때마다 크게 소리를 지르거나 누운 채로 팔을 휘두르며 아줌마를 위협했습니다. 한번은 벌떡 일어나 어깨로 아줌마를 떠밀기도 했어요. 하지만 단단히 마음을 먹은 아줌마는 뒤로 물러나지 않고 더욱 호되게 민준을 때리며 그녀가 민준보다 강하다는 걸 인식시키려 했습니다.

아줌마는 그날 민준이 공주를 붙잡으려고 할 때마다 막아서서 침대로 돌려보냈습니다. 공주가 민준에게 장난을 치려고 해도 그녀를 들어서 높은 나무 기둥 위에 올려놓았지요. 민준은 몇 번이고 공주와 같이 있으려 했지만 그럴 때마다 번번이 아줌마에게 야단을 맞아야 했습니다. 민준은 아줌마가 미워 발로 이불을 펵펵 찼어요.

어느덧 어둠이 민준의 집에 스멀스멀 찾아왔습니다. 그릇들은 깨끗이 씻어서 찬장에 넣었고 밥상 위에는 민준이 밤에 먹을 간식거리가 담겨 있습니다. 민준은 부루퉁한 표정으로 다리를 벌리고 침대에 앉아 공룡 장난감을 만지고 있었지요. 잠바를 걸친 아줌마는 거실 가운데에서 TV를 보고 있던 공주에게 다가가 손을 잡고 우리로 이끌었습니다. 요 며칠 갇혀 있던 적이 없었던 터라 공주는 끽끽대며 발버둥을 쳤습니다. 아줌마는 들어가지 않으려는 공주를 억지로 집어넣고 문을 잠가버렸어요. 공주는 비명을 지르며 창살을 잡고 흔들어댔습니다. 아줌마는 흘끔 민준을 살폈습니다. 민준의 눈이 어느새 우리에 갇힌 공주에 고정되어 있었어요. 아줌마는 태연한 척 거실을 가로질러 걸어갑니다. 아줌마가 구두를 신고 있는데 어어— 하는 소리를 내며 민준이 따라나왔습니다. 불만스럽다는 듯 입을 벌린 민준이 아줌마를 똑바로 쳐다보고 있습니다.

"머, 뭘 보는데."

아줌마는 갈라지는 목소리를 가다듬고 다시 말했습니다.

"공주 이제 밤에 우리에 있어야 된다. 얼른 침대로 가라."

민준은 애원하는 듯 끙끙 앓는 소리를 내며 다가왔습니다. 아줌마는 한 걸음 물러섭니다.

"어딜 오노. 얼른 침대로 가라고!"

민준이 덥석 아줌마의 손을 잡자 팔에 소름이 오소소 돋았습니다. 아줌마는 무심코 구두코로 민준의 정강이를 걷어찼습니다. 민준이 아파서 허리를 숙이자 아줌마는 "얌전히 좀 있으라고!" 소리를 지르고 뒤를 돌아 문 앞으로 가려 했습니다. 그런데 민준이 뒤에서 아줌마의 팔목을 잡고 홱 잡아당깁니다. 민준은 눈을 찢어질 듯 크게 뜨고 입술을 뒤집어 이를 드러내고 있습니다.

"니 내 말 안 들을 끼가? 침대 안 가나?!"

민준은 아줌마를 노려보며 물러나지 않습니다. 아줌마는 심호흡을 크게 하고 팔을 들었습니다. 민준이 머리를 감싸고 물러났지만 아줌마는 이마에 핏대를 세우고 민준의 몸을 철썩철썩 때렸습니다. 민준이 막다가 아줌마의 양 손목을 잡았습니다. 아줌마는 팔을 움직여 벗어나려고 했지만 민준의 아귀힘이 세서 풀리지가 않습니다. 민준은 맞아서 시뻘겋게 부은 얼굴을 하고 고개를 들었습니다. 핏발이 선 민준의 눈에 아줌마의 머리털이 쭈뼛 섭니다. 아줌마는 손목에 힘을 주다 이를 악물고 구두 굽으로 민준의 발등을 내리 찍었습니다. 민준이 억, 소리를 내고 발을 싸쥐었습니다. 그의 손가락 사이로 붉은 피가 흐릅니다. 아줌마는 핸드백 모서리로 민준의 머리를 연거푸 내리쳤습니다. 민준은 벌러덩 엎드려서 머리를 감싸고 울음을 터뜨렸습니다. 아줌마는 거친 숨을 몰아쉬다 돌아서서 현관문에 다가갔습니다. 민준의 집은 언제나 이중으로 잠금 장치를 해놓습니다. 아줌마가 위에 것을 열고 아래 잠금장치를 열려고 하는 순간이었습니다. 뒤에서 민준이 달려와 어깨로 아줌마의 머리를 들이박았습니다. 꽝 하고 아줌마가 잠금장치에 머리를 부딪치는 소리가 났습니다. 아줌마는 그 자리에 쓰러졌습니다.

"머어, 머어!"

민준이 발치에 누운 아줌마를 노려보며 쉰 듯한 목소리로 소리쳤습니다.

"가, 마아. 가이, 마아. 집, 가이, 마아!!"

민준이 아줌마 쪽으로 목을 빼고 있는 힘껏 소리쳤습니다. 그런데 아줌마는 대답이 없습니다. 아줌마의 표정이 이상합니다. 눈을 부릅뜬 채 아무 표정 없이 꼼짝 않고 있습니다. 목이 비틀어진 아줌마는 무척 괴이하게 보입니다. 그녀의 움푹 들어간 관자놀이에서 턱으로 빨간 피가 흘러내려왔습니다. 민준의 운동화 아래로 피가 스멀스멀 다가옵니다. 아줌마의 피가 민준의 발까지 다가왔습니다. 민준은 그 자리에 눈을 크게 뜨고 서서 씨근씨근 숨을 쉬고 있습니다.

"이미숙 씨, 계십니까."

누군가 현관문을 두드리는 소리에 방 가운데에서 소시지를 갉아 먹고 있던 공주가 고개를 돌렸습니다. 집 안은 완전히 어질러져 있네요. 공주가 있던 나무 우리는 옆으로 쓰러져 가운데 창살 몇 개가 부러져 있습니다. 냉장고 문은 열려 차가운 공기를 내뿜고 있어요. 열린 문 사이로 김치 통이 엎어져 김치가 바닥에 쏟아져 있고 칸칸이 들어 있는 음식 재료들은 껍질이 뜯기고 뒤섞여 시큼한 냄새를 풍겼습니다. 수도꼭지는 열려 물이 배수구로 빠져나가고 가스레인지 위에 있던 국 냄비는 바닥에 떨어져 있습니다. 거실 바닥에는 음식 부스러기와 과일 껍질 등이 사방에 널브러져 있고 에어컨은 쓰러졌으며 홀로 켜진 TV만 시끄럽게 떠듭니다.

현관에는 아줌마가 여전히 그 자리에 누워 있습니다. 그녀가 흘린 피는 굳어서 현관을 검붉게 물들였습니다. 아줌마의 몸에선 이제 코를 쏘는 지독한 악취가 납니다. 퍼렇게 변한 아줌마 주위로 수십 마리의 파리들이 날개 비비는 소리를 내고 있습니다.

"이미숙 씨, 안 계십니까? 경찰입니다. 있으면 대답하세요, 이미숙 씨."

누군가 거칠게 현관문을 두드렸습니다. 침대에 누워 몸을 흔들고 있던 민준이 이불을 끌어안았습니다. 빳빳이 선 머리카락이 하늘로 뻗쳤고 볼과 턱에는 수염이 자랐습니다. 한 손으론 연신 검게 변한 발등의 상처를 긁적이고 있습니다. 이따금 손을 움직여 발등으로 날아드는 파리를 쫓아냅니다. 옷장 위에 가지런히 줄 서 있던 공룡들은 거의 다 바닥에 떨어졌습니다. 꼬리에 잇자국이 있는 나노티라누스와 가장 덩치가 큰 타르보사우르스만 자리를 지키고 있습니다.

소시지를 먹던 공주가 머리를 들고 옆구리를 긁적였습니다. 밖에는 누가 왔는지 계속 시끄럽게 현관문을 두드리고 있습니다. 공주는 냉장고 안을 뒤졌습니다. 민준의 초점 없는 눈이 공주를 좇았습니다. 민준이 끙끙거리는 소리를 냈습니다. 공주는 냉장고에서 반 정도는 성한 구석이 있는 붉은 사과를 꺼내 들고 방 가운데로 왔습니다. 민준은 애원하는 듯한 소리를 내지만 공주는 못들은 척 사과를 먹었습니다.

"이미숙 씨, 대답 없으면 문 따고 들어가겠습니다. 마지막입니다. 문 여세요."

현관문이 위협적으로 흔들렸습니다. 공주는 먹다 남은 사과를 들고 침대 위로 올라갔습니다. 여전히 민준은 몸을 흔들며 공주만 보고 있습니다. 공주는 침대 위에서 누운 그를 바라보았습니다. 민준이 바짝 마른 입술을 벌리고 희미하게 웃었습니다. 공주가 사과를 민준의 입에 가져다줍니다. 민준이 고개를 흔듭니다. 공주는 사과를 버리고 물끄러미 민준의 얼굴을 보았습니다. 그가 공주를 향해 두 팔을 내밀었습니다. 공주는 뒤로 물러나선 민준의 얼굴을 들여다보기만 했습니다. 현관문 열쇠 구멍에 무언가를 집어넣는 소리가 들렸습니다. 민준이 재촉하듯 팔을 흔들었습니다. 얼굴을 일그러뜨린 그의 눈에는 눈물이 일렁이고 있습니다. 현관 쪽을 보던 공주가 그에게 천천히 다가갔습니다. 민준이 몸을 흔드는 게 약해졌습니다. 공주가 그의 위에 누웠습니다. 그들은 서로를 꼭 끌어안았습니다.

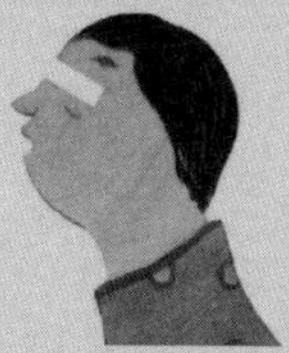

한참 뒤 장문의 편지를 다 읽은 시인은 부들부들 떨리는 손으로 종이를 움켜쥔 채 멍하니 허공을 노려보고 있었다. 이게 정말일까? 그는 의혹에 가득 차 다시 한 번 편지를 들여다보았다.

R_

18인의 노인들

R

어느 날 라마 털로 짠 담요를 두른 채 남미의 민요를 불러대는 괴상한 토끼의 방문을 받았다. 그 뒤로 생각지도 못했던 소설가가 되었고, 지금까지 열심히 글을 쓰고 있다.

시인이 편지를 발견한 것은 어느 초가을 아침이었다. 커피를 다 마시고 뭔가 더 먹을 만한 게 없나 생각하며 식탁 위 쿠키 상자를 뒤적이고 있을 때, 갑자기 창밖에 한 줄기 바람이 일렁이더니 어느덧 문틈에 편지 한 장이 꽂혀 있었던 것이다. 오랜 시간이 지난 후에야 그때의 일을 회상해보니, 그 순간 정원의 층층나무 사이로 언뜻 토끼의 귀 같은 것이 스쳐가는 듯도 싶었으나, 확인할 길은 없었다. 어쨌든 그는 쿠키 상자를 내려놓고 그 두툼하고 하얀 봉투를 주워들었다. 그리고 낡은 슬리퍼를 끌며 거실로 돌아와 편지를 읽기 시작했다.

사실 그는 그 나라의 대표적인 시인이었다. (편의상 그곳을, 국민에 대한 공공복지 시스템이 잘 갖춰져 있는 유럽의 어느 국가라고 해두자. 그러니까 쉽게 말하면, 적어도 시인이 살고 있는 나라가 대한민국은 아니라는 것이다.) 어떤 이들은 그를 일컬어 '국민시인'이라고도 했는데, 사실 그의 시가 초등학교, 중학교, 고등학교 국어교과서에 모두 실려 있고 또한 그에 대한 수많은 학위 논문들이 국회 도서관의 논문 목록에 존재하는 데다 전국 각 대학의 국문학과와 문예창작학과엔 그의 시를 연구하고 배우는 사람이 허다하다는 것을 고려한다면, 그가 그런 칭호를 얻은 게 하등 이상할 바 없다 하겠다. 그 나라의 국민들은 그를 사랑하고 존경했으며, 대부분의 평자들은 그의 시가 발표될 때마다 극찬을 아끼지 않았다. "서정적이면서도 세상의 불의에 맞서는 힘이 있다"라든가 혹은, "우리말의 아름다움이 무지개 송어처럼 펄떡펄떡 살아 뛰어오른다" 등등, 그를 칭송하는 표현들도 각양각색이었다. 그러니 시인은, 그야말로 예술가로서 가질 수 있는 모든 영예를 다 가졌다고 해도 과언이 아니었다.

그럼에도 불구하고 시인은 매년 초가을이 되면 — 문학계에선 그 시절을 보통 '노벨상의 계절'이라고 불렀다—마음이 허전했다. 그의 평온한 표정에 근심이 어리는 것도 항상 그즈음이었는데, 그것은 모두 시인의 가슴속에 깃든 남모르는 열망 때문이었다. 아무도 모르게 숨겨둔 그 열망은 시인을 좀먹어들었고, 그래서 초가을이면 그의 심장은 벌레 먹은 나무 이파리처럼 서서히 쏠아들어갔던 것이다. 가을이 되면 그는 어디선가 흘러올지도 모를 그 소식에 온통 귀를 기울였다. 하지만 소식은 언제나 바람처럼 그의 귓가를 맴돌다가 그저 심장만을 뒤흔들어놓은 채 소리도 없이 사라지고 마는 것이었다. 그렇게 쓸쓸하고 허무한 가을을 보내고 나면, 시인의 심신은 급속도로 쇠약해졌고, 가까스로 기나긴 겨울을 견더냈다. 추운 겨울 내내 그는 난로 앞에 쭈그리고 앉아 시를 썼는데, 그럴 때 쓴 시들은 대개 장중하고 음울하며 염세적이기 그지없었다.

시인은 언젠가부터 매년 노벨문학상 후보로 거론되고 있었다. 하긴, 저잣거리에 나가면 그의 시 한 번쯤 흥얼거리지 않은 국민이 없을 정도로 널리 알려진 위대한 시인이었으니만큼, 오히려 그런 대단한 상의 후보로 거론되지 않는 것이 이상할 정도로 그것은 당연한 일이었다. 어쨌거나, 그의 이름이 오르내리기 시작하면서부터, 시인의 시집에 대한 판권을 소유한 펭귄출판사(혹 오해의 여지가 있을 것에 대비하여 미리 말해두자면, 이 출판사는 나중에 랜덤하우스와 합병하여 '펭귄랜덤하우스'라는 거대 다국적 출판그룹이 되는 그 펭귄북스와는 아무 관계가 없다. 다만 이 회사의 사장이 처음 출판업을 시작하기로 마음먹었던 장소가 우연히도 동물원의 펭귄 우리 앞이었기에, 그런 이름을 지었을 뿐이다)는, 더욱 홍보에 박차를 가하였다. 각국의 번역가들에게 시인의 작품을 맡겼고, 해외의 유수 일간지 및 잡지의 문학담당기자들에게 때맞춰 보도자료를 돌리는 수고도 마다하지 않았던 것이다. 시인의 나라에서도 그의 노벨상 수상을 위한 지원을 나름대로 아끼지 않았다. 어찌 됐든 간에 자국의 문인이 그런 상을 받는다는 것은 국가적으로도 좋은 일일 거라는 게 행정기관에 속한 사람들의 생각이었기 때문이다.

시인은 지난해 노벨문학상이 발표되기 전날 밤의 열기도 생생히 기억하고 있었다. 그때 그의 저택 앞 골목은 미리 와서 진을 치고 있는 기자들로 발 디딜 틈이 없었다. 이번에야말로 때가 무르익었고 그 어느 해보다도 시인의 수상 가능성이 높다고 점쳐지고 있었기에(런던의 도박사들마저도 저기 먼 나라 동양의 소설가인 무라카미 하루키를 제치고 그에게 최다의 베팅을 한 상태였으니 알 만하지 않은가) 모두들 흥분해서 발표의 순간만을 기다리고 있었던 것이다. 게다가 들리는 소문에 의하면 그의 시를 읽은 한림원 회원들 중 여럿이 눈물까지 흘리며 감동했다는 확인되지 않은 얘기까지 떠돌고 있었다. 시인 역시 초조한 심정을 억누를 길이 없었다. 물론 그런 것엔 관심도 없는 듯 보이기 위해 집 안의 불이란 불은 다 끄고 일찌감치 침대에 들어 있었으나, 기대와 설렘으로 심장이 미친 듯이 뛰는 바람에 한숨도 자지 못한 채 뜬눈으로 밤을 새웠던 것이다.

그러나 아침에 들려온 소식은 모두를 실망에 빠뜨렸다. 수상자가, 지금까지 거의 알려지지도 않았던 에티오피아의 어느 여자 소설가였기 때문이다. 그녀의 이름은 "에티오피아의 소수 계층에 해당하는 아프리카계 유대인들의 삶과 역사를 사실적이면서도 몽환적인 필체로 잘 녹여내어 읽는 이에게 무한한 감동을 안겨준다"는 한림원의 선정 이유와 함께 전 세계에 울려퍼졌다. 수상자가 발표되자마자, 골목길을 가득 메웠던 기자들은 짐을 챙겼다. 카메라도 다시 잘 접어 가방에 넣었다. 노트북 닫는 소리가 여기저기서 들려왔다. 그런 다음 그들은 돌아갔다. 시인의 저택에서 공영주차장까지는 거리가 꽤 되기에, 기자들은 모두 무거운 발걸음으로 터벅터벅 걸었다. 그 발소리를 들으며 시인은 커튼이 내려진 어두운 창가에 가만히 서 있었다. 쓸쓸하고 차가운 가을 아침이었다.

그러니까 그 의문의 편지를 처음 발견했을 때 시인은, 작년 가을의 우울과 절망을 떠올리며 입술을 깨물던 참이었다. 정말이지 그동안 되는 일이라곤 하나도 없었어. 그는 커피를 마시며 중얼거렸다. 딱히 그 이유 때문만은 아니겠지만, 후보로 거론되기 시작한 이후부턴 왠지 기분도 다운되어 그는 벌써 몇 년째 절필 아닌 절필 상태를 이어오고 있기까지 했다. 여하튼 시인은 소파에 앉아 커피를 한 모금씩 삼키며 편지를 읽었다. 그러면서 그의 심장박동은 점점 빨라졌는데, 왜냐하면 거기 적힌 내용이 그만큼 충격적이고도 괴상했기 때문이었다.

한참 뒤 장문의 편지를 다 읽은 시인은 부들부들 떨리는 손으로 종이를 움켜쥔 채 멍하니 허공을 노려보고 있었다. 이게 정말일까? 그는 의혹에 가득 차 다시 한 번 편지를 들여다보았다. 하지만 믿지 못할 것도 없다는 게, 시인의 생각이기도 했다. 실제로 지금까지 노벨문학상은, 모두의 허를 찌르겠다는 의도만을 가진 것처럼 보이는 결정을 너무나도 자주 내리지 않았던가. 결과를 예측하는 것이 거의 불가능하다는 의미에서, 노벨문학상 수상자를 결정하는 권한을 가진 스웨덴 한림원의 18인의 종신회원들은 '신'이라고까지 불리고 있었다. 하긴 그들의 손만 거치면 어떠한 시나 소설도 하루아침에 세계 최고의 작품으로 변신할 수 있었으니, 일견 합당한 별명이기도 했지만 말이다. 어쨌든, "당신은 아직도 노벨상을 기다리고 있습니까?"라는 질문으로 시작되는 그 편지엔 다음과 같은 내용이 적혀 있었다.

노벨문학상은 한림원의 18인의 노인 종신회원들에 의해 선정된다. 스웨덴 문학계의 거물들로만 이루어진 열여덟 명의 종신회원들은, 매년 봄이면 한림원에 모여 그해 후보들에 대하여 대충의 의견의 일치를 본 뒤 헤어졌다. 그런 다음엔 여름 내내 북구의 희미한 햇살이 비쳐드는 각자의 서재에 틀어박혀 후보들의 작품을 분석하고 연구했다. 그렇게 시간이 흘러 드디어 시월이 되면, 18인의 노인들(종신회원의 선출 조건 중 하나가 '존경받을 만한 나이에의 도달'이었기에, 그들은 모두 '노인'들일 수밖에 없었다)은 이 세상 누구보다도 엄숙한 표정으로 한림원에 나타났고, 거기서 그해의 수상자를 발표해왔던 것이다. 그런데 편지는, 바로 그들, 열여덟 명의 노인들이 실상은 어떤 식으로 매년 노벨상 수상작가를 결정해왔는지에 대한 엄청난 비밀을 밝히고 있었다.

보낸 사람의 이름을 적는 칸에 '문학을 사랑하는 독자들의 비밀결사'라고 기재되어 있는 걸 빼면, 편지엔 그 이외의 어떠한 정보도 기재되어 있지 않았다. 그런데 우표도, 소인도, 보낸 이의 주소나 그 밖의 아무것도 없다는 사실이, 시인에겐 오히려 편지의 진실성을 증명해주는 어떤 증거처럼 여겨졌다. 왜냐하면 시인의 집 현관은 마당을 통하여 들어와야 했고, 그리로 들어오는 대문은 언제나 굳게 닫혀 있는 데다, 집을 두르고 있는 담장은 드높았으며, 그마저도 사설 경비업체에 의해 이십사 시간 철저하게 감시되고 있었기 때문이다. (몇 년 전 팬을 자처하는 한 남자가 집에 몰래 숨어들어와 서재 깊숙이 보관되어 있던 자필원고 뭉치를 훔치려고 했던 사건 이후로, 시인은 가족들의 등쌀에 못 이겨 경비업체의 계약서에 서명을 한 적이 있다.) 그리고 누군가가 만약 그런 철통같은 보안을 뚫고 그의 집 현관문에 편지를 밀어넣었다면, 그자야말로 어떤 '비밀결사'의 일원이 아니고서야 불가능하지 않겠는가 말이다.

여하튼, 편지에 적힌 바에 의하면, '독자들의 비밀결사'가 추구하는 것은 문학의 테러리즘이라고 했다. 그들은 거기서 이렇게 말하고 있었다. "우리는 문학에 테러를 일으키고자 합니다. 문학에 테러를 가하는 이유는, 그렇게 함으로써 죽어가는(혹은 죽어간다는) 문학에 생기를 불어넣어 아주 오래전 문학이 생생히 살아 숨 쉬며 삶의 펄펄 뛰는 단면을 보여주고 그것이 독자들에게 무한한 즐거움과 감동을 주던, 그 시절의 영광을 재현하는 데 있습니다." 비밀 결사의 편지는 또한 이런 식으로 이어지고 있었다. "그런데 우리는 얼마 전 어떤 비공식적이고도 비밀스러운 루트를 통하여, 세계 문학계를 좌지우지하는 스웨덴 한림원에서의 노벨상 수상작가 선정 방식에 대한 충격적인 실상을 접하게 되었던 것입니다. 그들, 18인의 종신회원들이 여름 내내 후보작을 연구하고 분석한다는 것은 새빨간 거짓말이었습니다. 열여덟 명의 노인들은, 북구의 짧은 여름을 피오르가 내다보이는 아름다운 휴양지에서 편안히 쉬며 보낼 뿐이었지요. 사실 어쩌면 종신회원들은 정말로 열심히 작품들을 연구 분석하고자 했을지도 모릅니다. 하지만 언젠가부터 노안(老眼)이 너무 심해져 장시간 글을 읽는 것 자체가 불가능해졌던 겁니다. 결국 궁여지책 끝에 그들이 고안해낸 게 바로 제비뽑기였습니다. 즉, 모든 작품을 읽고 검토하는 대신, 그냥 후보들의 이름이 적힌 종이가 든 항아리에서 아무나 한 명 무작위로 뽑아버렸던 것입니다."

시인은 특히 이 부분을 읽고 또 읽었다. 왜냐하면 (거기 적힌 걸 정말로 믿어야 할지 말아야 할지는 차치하고라도) 편지를 읽는 동안 이상하게도 그간 쌓여왔던 분노와 억울함 같은 것들이 약간은 사라지는 듯 느껴졌기 때문이다. 사실 작년 수상자였던 에티오피아 여자 소설가의 작품은 암만 읽어봐도 뭐가 그리 뛰어나다는 건지 전혀 알 수 없었고(시인은 인터넷 서점에서 그녀의 책들을 모조리 구입한 뒤 밤새워 읽었던 것이다) 밤마다 피를 토해가며 써온(물론 실제로 토한 것은 아니지만) 자기의 시에 비해 진정성도 없어 보였다. 그런데 이런 모든 것들이 그저 다 운이라면? 그냥 항아리에 들어 있던 몇 장의 종이들 중 누가 무엇을 움켜쥐는가에 따라 결정되는 것에 불과하다면? 순간 시인은 피식 웃었다. 마치 자신이 신들의 비밀을 눈치챈 선지자라도 된 기분이었다. 이젠 자기를 제치고 그 누가 상을 받는다 해도 결코 마음이 흔들리지 않을 것 같았다.

그러나 편지는 계속되고 있었다. "비밀을 알게 된 우리는 드디어 진정한 문학에의 테러를 이루기 위하여 결단을 내릴 수밖에 없게 됐습니다." 결단? 시인은 그들이 내렸다는 결단이 궁금했다. 대체 뭘 하려는 건가, 이자들은? "우리는 문학이 예전의 황금기를 되찾으려면, 이번 노벨상 수상작가로 당신이 선정되어야 한다는 데 의견의 일치를 보았습니다. 당신이야말로 천재적인 영감을 소유

한 진짜 예술가이며 진정한 국민시인이자 삶과 함께 살아 숨 쉬는 위대한 언어의 마술사이니까요! 그간 차근차근 준비해온 덕택에 이제 모든 것은 완벽해졌고 드디어 때는 무르익었습니다. 곧 우리 비밀결사의 최정예 요원들이 스웨덴으로 숨어들 것이고, 거기서 제비뽑기가 이루어지는 한림원으로 아무도 모르게 침투할 예정입니다. 그런 다음 요원들은, 제비뽑기용 항아리 안에 담긴 종이를 쥐도 새도 모르게 바꿔치기할 텐데, 바꿔넣은 쪽지엔 모두 당신의 이름만이 적혀 있을 테니, 18인의 노인들 중 누가 손을 넣더라도 오직 당신만이 올해의 수상자로 선정될 것입니다. 어떻습니까? 정말 멋지지 않습니까? 우리의 이 원대한 계획 말입니다. 게다가, 우리들이 수많은 위험을 무릅쓰고 그 모든 일을 행할 대가로 당신에게 바라는 것은 오직 한 가지뿐입니다." 그 순간, 봉투에서 뭔가가 툭 떨어졌다. 비행기 탑승권이었다. "네, 바로 그것입니다. 당신은, 문학을 되살리려는 우리들의 위대한 여정에 그저 동참해주시기만 하면 됩니다. 즉 우리와 함께 스톡홀름으로 날아가 한림원에 같이 들어가달라는 거지요. 독자로서, 존경하는 시인인 당신에게 경건하면서도 애절하게 부탁드리는 바입니다."

시인은 소파에 앉은 채로 생각에 잠겼다. 분명 이들은 제정신이 아니다. 그렇지 않고서야 누가 노벨문학상 수상자를 바꿔치기할 생각을 하겠는가. 그런데도 이상하게 시인은 그 편지에 마음이 끌렸다. '독자들의 비밀결사'라는 매력적인 이름이 그의 영혼을 뒤흔들어놓은 탓이었다. 그는 독자를 사랑했다. 아니, 그 자신부터가 원래 독자였고 앞으로도 영원히 그러할 것이었다. 그런데 어느 날부턴가 도무지 알 수 없는 일들이 서서히 진행되더니, 너도 나도 독자는 죽었다고 선언하기 시작했다. 이렇게 생생하게, 마치 갓 잡아올린 물고기들처럼 펄떡펄떡 뛰며 살아 있는 존재들에게, 그 누가 감히 그런 말을 할 수 있단 말인가. 결국 비행기 표를 다시 한 번 바라본 시인은, 벌떡 일어서서 간단한 짐을 꾸리기 시작했다.

며칠 후 공항 로비에서 시인은 서성이고 있었다. 그는 '문학을 사랑하는 독자들의 비밀결사' 요원들을 기다리는 중이었다. 그때 저쪽에서 한 남자가 그에게 손을 흔들며 걸어오는 게 보였다. 그런데 남자는 비밀결사의 요원이라면 누구나 입을 법한 검은 양복을 착용하지도 않았고, 시인이 잠시나마 상상했던 것처럼 험상궂은 외모를 가지고 있지도 않았다. 평범하기 그지없는 낡은 점퍼에 면바지를 받쳐 입은 남자는, 시인에게 다가오더니 반갑게 외쳤다. "역시, 당신이라면 우리와 같이 행동해주리라 믿고 있었어요." 시인의 손을 잡고 다짜고짜 흔들던 남자가 갑자기 시계를 봤다. "이런, 어서 출발해야겠습니다. 시간이 그리 많지 않아요." 그러면서 그는 곧장 출국 수속대로 걸어갔다. "다른 일행은 없습니까?" 시인이 조금 불안해져서 뒤를 돌아보며 묻자, 남자는 빠르게 앞서 걸으며 대답했다. "네, 물론 우리 둘이서만 가는 겁니다. 사실 그건 당신과 나, 둘만으로도 충분한 일이니까요."

스톡홀름의 하늘은 맑고 차가웠다. 이곳까지 비행기를 타고 오면서, 그들은 거의 아무 말도 하지 않았다. 옆자리의 남자는 술을 약간 마셨고, 그런 다음엔 잠을 잤다. 시인도 잠깐씩 잠을 잤고,

중간에 깨어선 창밖의 구름을 내다보았다. 비행기 안에서 몇 마디 나눈 이야기에 의하면, 남자는 오래전 문학가를 지망했다고 한다. 그는 열심히 시를 썼지만 언제나 거절당했고, 응모를 할 경우엔 심사평 속에서 '참 아까운 작품'으로만 매년 소개되는 불운을 겪어왔다는 것이다. "시를 쓰기 시작한지 꼭 십 년째 되던 날, 꿈을 접었습니다." 남자는 아무렇지도 않다는 듯 창밖을 보며 말했다. "그런데 그때 이 비밀결사를 알게 된 겁니다. 거기엔 나처럼 영원히 출판되지 않을 글을 쓰고 있는 사람들이 많았지요." 그러더니 남자는 가방에서 한 권의 얇은 책을 꺼냈다. "이걸 받아주십시오." 시인은 그가 내민 책을 받아들었다. 그것은 오십여 페이지가 조금 넘는 시집이었다. 표지는 엉성하고 인쇄 상태는 고르지 못했다. "이건……?" "네, 맞아요. 저의 시집입니다. 작년에, 그동안 쓴 시들을 모아서 자비로 출판했어요. 그렇게 백 부를 찍었지만, 아직까지 아무에게도 주지 않았지요. 하긴, 특별히 주고 싶은 사람도 없었지만 말입니다. 이제 당신에게 한 권을 드렸으니, 제 서가엔 구십구 권의 시집이 남아 있다고 할 수 있겠네요." 말을 마친 남자는 웃었다. 그러나 시인이 뭔가를 더 물어보려고 하는 순간, 그는 잠들어 버린 척 눈을 감았다.

스톡홀름 시내에서 좀 떨어진 한림원 건물 앞에 도착한 것은 어둑어둑해져가는 저녁 무렵이었다. 남자는, 택시에서 내리자마자 마치 전에 와본 적 있는 사람처럼 성큼성큼 앞서 걸었다. 그들은 한림원 건물 뒤편으로 돌아 울창한 침엽수로 둘러싸인 정원으로 들어섰다. 어둠 속으로 드리워진 나무 그림자 가운데 커다란 화강암 하나가 희게 빛나고 있었다. 남자는 그 돌로 걸어갔다. 그러더니 그 앞에 무릎을 꿇고 앉아 두 손으로 돌을 더듬기 시작하는 것 아닌가. 시인은, 지금이라도 이런 말도 안 되는 바보짓에서 손을 떼야 한다는 생각과, 동시에 대체 이 남자가 뭘 하는 건지 알고 싶다는 이상한 호기심 사이에서 갈팡질팡하며 서 있었다. 그때 갑자기 남자가 외쳤다. "아, 찾았어요." 남자는 화강암의 어느 한 구석에 손을 얹고 있었다. "이 아래, 그 비밀스런 장소로 들어가는 숨겨진 길이 있어요. 그리고 그곳으로 통하는 문을 여는 버튼은, 이렇게 반드시 손으로 만져봐야만 알 수 있답니다. 눈을 감고 정신을 집중한 채 말이에요. 어떤 이는, 이 돌 자체가 고정된 형태가 아니라고도 하더군요. 돌의 모양은 끊임없이 변하고, 그렇기에 비밀의 통로를 여는 버튼 역시 아무에게나 모습을 드러내는 건 아니라는 겁니다. 그리고 만약 그 말이 사실이라면, 오늘 우리는 정말 운이 좋은 셈이에요. 이렇게 단번에 통로를 열 수 있게 됐으니 말입니다!"

남자가 돌에 얹은 손에 힘을 주자, 덜컹, 하는 소리와 함께 시인의 발밑 땅이 움직이며 서서히 열리기 시작했다. 열린 틈으론 땅속으로 향하는 어두운 통로가 보였다. 남자는 메고 있던 가방에서 등(燈)이 달린 광부용 헬멧을 꺼내더니 재빨리 자기 머리에 눌러 썼고, 그런 다음 먼저 통로로 들어섰다. 그가 저기 아래 땅속에서 시인에게 어서 내려오라고 부르는 소리가 메아리처럼 들려왔다. "잠깐! 내 헬멧은 없소?" 시인이 머뭇거리자, 남자가 다시 한 번 외쳤다. "미안해요. 짐을 최대한 줄이느라 당신 것은 준비하지 못했어요. 하지만 괜찮습니다. 내가 앞서 갈 테니 당신은 잘 따라오기만 하면 되니까요." 결국 시인은 몸을 잔뜩 웅크린 채 어둡고 축축한 통로로 들어섰다. 머리 위쪽으로 서서히 문 닫히는 소리가 들려오더니, 주위엔 오직 암흑만이 가득해졌다. 저 앞에 가는 남자의 헬멧에서 나오는 노란 불빛만이 어떤 이정표처럼 시인의 앞길을 비춰주고 있었다. "이 통로는 초기 문학상 심사를 맡았던 18인의 종신회원들이 만든 거라고 합니다. 어렵게 구한 한림원의 비밀과 역사를 다룬 책에서, 우린 그걸 알게 되었죠. 그러니까 몇 년도였더라, 여하튼 초기에, 정말 자격이 있던 당대의 위대한 작가 대신 완전히 문학 외적인 이유로 별로 좋지도 않은 작품을 쓰던 한 작가에게 상이 수여되자, 그 결정에 심하게 분노한 한 무리의 독자들이 한림원에 난입한 사건이 있었거든요. 그들은 심하게 분노하며 책임자와의 면담을 요구했습니다. 물론 그들에게 특별히 폭력적인 의도 같은 게 있었을 린 없어요. 아시다시피 책을 좋아하는 이들은 원래 그런 것과는 거리가 머니까요. 다만 그 독자들은 해명을 듣고 싶었던 것뿐입니다. 문학이, 문학이 아닌 이유들로 인하여 모멸을 당하게 된 연유에 대해서 말입니다." 남자는 통로를 걸어가며 말했다. 어디로부턴가 찬바람이 불어오고 있었고 정체를 알 수 없는 작은 동물들(시인은 그것들이 쥐며느리나 땅강아지일 거라고 상상했다)이 발밑으로 빠르게 지나갔다. "그러나 18인의 노인들은 두려움에 빠져들었어요. 누구 하나 책임지고 앞으로 나가 경위를 설명하려 하지 않았죠. 그러자 독자들 중 누군가가 종신회원들이 모여 있는 방의 문을 쾅쾅, 두드렸던 겁니다. 그런데 마침 그날은 스웨덴 경찰청 창립기념일이었고 그래서 비상인력을 제외한 대부분의 경찰들이 시내 종합운동장에서 체육대회를 하고 있었기에, 신고를 한 지 꽤 오래됐음에도 불구하고 아무도 출동하지 않고 있었나봅니다. 결국 떨며 경찰을 기다리던 노인들 중 하나가 문 두드리는 소리에 놀라 쓰러졌고(다행히 옆에 있던 또 다른 노인이 심장약을 꺼내 입에 넣어준 탓에 별일 없었지만 말이에요) 종신회원들이 있던 방은 아수라장이 되었던 것입니다. 다행히 그 순간, 화장실에 다녀오느라 잠깐 자릴 비웠던 경비원이 되돌아왔고 야광봉을 휘두르며 독자들을 모두 해산시켰습니다. 그렇게 사건은 마무리되었지만, 그 일로 인하여 18인의 노인들은 앞으로 또 언제 이런 일이 발생할지 모른다는 공포에 떨게 되었고, 마침내 만약의 사태에 대비하여 언제든 몸을 피할 수 있는 비밀의 통로를 건설하기로 의견의 일치를 보았던 겁니다. 하지만 그 후론 비슷한 일이 다시는 일어나지 않았습니다. 왜냐고요? 어느 날부턴가, 그들 18인의 종신회원들이 신적인 존재로 군림하게 되었기 때문입니다. 그건, 독자들이 문학에 대하여 말할 권리를 상실하게 된 것과 정확히 같은 시기에 일어난 일이기도 하고요. 결국 통로는 무용지물이 되었고, 어느덧 시간이 흘러 초기의 종신회원들이 모두 죽고 나자, 다른 회원들은 이런 비상통로가 존재한다는 사실조차 모르게 되고 말았던 겁니다." 그런 이야기들을 하며 앞서 걷던 남자가 갑작스레 멈추는 바람에 시인은 하마터면 남자의 등에 부딪칠 뻔했다. "다 왔습니다." 고개를 들어보니, 그들 앞엔 한림원의 문장이 새겨진 거대한 녹슨 철문이 버티고 서 있었다.

육중한 철문은 끼익 소릴 내며 열렸다. 안쪽에 세워져 있는 가파른 철제 사다리를 기어오르자 머리 위로 둥근 문(마치 맨홀뚜껑처럼 생긴)이 보였는데, 남자는 이게 바로 18인의 노인들이 제비뽑기를 하는 방의 바닥으로 뚫린 출구라고 속삭였다. 사다리에 매달린 채 그 문을 밀어올리자 수십 년간 쌓인 먼지가 우수수 쏟아져내렸다. 문틈으로 보니, 그곳은 둥근 원탁이 한가운데 놓인 커다란 방이었다. 게다가, 열여덟 개의 의자로 빙 둘러싸인 원탁 정중앙엔 정말로 유리로 된 항아리가 하나 놓여 있지 않은가. "자, 아무도 없군요. 지금이 바로 기회예요. 올라오세요." 남자는 철문을 밀어올렸다. 그러고는 재빠른 몸놀림으로 뛰어오르더니, 시인에게도 손을 내밀었다. 시인은 그의 손을 잡고 힘겹게 방으로 올라섰다. "우리가 입수한 정보에 따르면, 앞으로 삼십 분 후 그들이 여기로 들어올 겁니다." 손목시계를 보며 남자가 말했다. 시인은 그의 말을 대충 흘려들으며 원탁 앞으로 다가갔다. 그것은 은은한 빛을 내는 대리석으로 만들어져 있었는데, 그 굳건한 형태는 마치 어느 누구에게도 귀 기울이지 않고 오직 자신들의 뜻대로 제비뽑기를 하겠다는 18인의 노인들의 고집을 드러내는 것처럼 보였다. 원탁의 중앙에 놓인 항아리는, 고대 그리스의 유물을 본떠 만들어진 듯 했다. 판에게 강간당하는 님프들이 부조로 새겨져 있고, 포도덩굴이 그 위와 아래를 빙 둘러싸고 있는 고풍스러운 모양이었다. 그때 남자가 다가왔다. "어서 서둘러야 합니다." 그는 항아리를 번쩍 들더니 그 안에 들어 있는 것을 원탁 위에 쏟았다. 거기서 우르르 쏟아진 것들은, 정말로 딱지 모양으로 꼼꼼하게 접혀 있는 종이쪽지들이었다. 시인이 그중 하나를 펼쳐보니, '아도니스'라는 이름이 멋들어진 필기체로 적혀 있었다. "아도니스." 시인은 감탄 어린 목소리로 중얼거렸다. 그 역시 매년 노벨문학상 후보로 거론되는 시리아의 대시인 아니던가. 다른 종이를 펼쳐보려는 순간, 남자가 그것들을 모두 쓸어담아 가방에 쑤셔넣기 시작했다. "지금 이러고 있을 때가 아닙니다. 어서 서둘러야 해요." 종이를 모두 가방에 넣은 남자는, 이번엔 다른 쪽 주머니에서 똑같이 접힌 또 다른 제비뽑기용 쪽지들을 꺼냈다. "이제 이걸 여기 넣기만 하면 됩니다. 여기엔 모두 당신의 이름만이 적혀 있으니, 우리들의 테러는 멋지게 성공하는 거지요." 남자가 그 종이들을 항아리에 넣으려는 순간, 갑자기 밖에서 발소리가 들려왔다. 꽤 여럿이 한꺼번에 걸어오는 듯한 소리였다. "이럴 수가! 그들이 오고 있나봅니다. 아직 시간이 많이 남은 걸로 알고 있는데. 어쨌든, 여길 피해야 합니다. 자, 이리로 오세요." 남자가 시인의 손을 잡아끌었다. 그때 시인의 눈에 띈 건, 남자가 원탁 위에 쏟아놓은 종이들이었다. "잠깐, 먼저 저걸 치워야 하지 않소?" 허둥지둥 종이들을 그러모으며 뒤를 돌아보니, 남자는 이미 아까의 그 출구를 혼자서 빠져나가고 있지 않은가. "이봐, 혼자 도망치겠다는 거야?" 그러나 시인의 허무한 외침과 함께 순식간에 맨홀뚜껑은 닫혔고, 결국 그는 혼자 덩그러니 원탁 앞에 남겨지고 말았다. 방 안을 이리저리 둘러본 시인은, 대충 긁어모은 종이들을 주머니에 쑤셔넣은 뒤 창가로 달려갔다. 거기엔 바닥까지 닿는 보라색 커튼이 길게 드리워져 있었는데, 그가 그 뒤로 몸을 숨기는 순간 곧바로 문이 열렸다.

쿵쿵 뛰는 심장을 억누르며 살며시 커튼을 젖히자, 검은 옷을 입은 18인의 종신회원들이 한 사람씩 천천히 걸어 들어오는 게 보였다. 그들의 옷자락은 마치 중세 수도사들의 그것처럼 길게 늘어져 바닥에 끌리고 있었고 검은 두건을 눌러쓴 탓에 얼굴은 하나도 보이지 않았다. 무엇보다도 18인의 노인들은 모두 말이 없었다. 그들이 들어오자 음울한 침묵이 방 전체를 가득 메웠다.

말없이 원탁에 둘러앉아 있는 종신회원들을 보며, 시인은 독자들의 비밀결사(라는 진짜 존재하는 건지도 알 수 없는 의문의 단체)의 회원이라는 낯선 남자를 따라 여기까지 온 스스로를 책망했다. 아마 그 남자는 저 혼자 통로를 따라 내달려 탈출한 뒤, 지금쯤은 이미 공항에서 비행기를 기다리고 있을지도 모를 일이다. 그리고 이제 자신은 "노벨문학상에 한 맺힌 미치광이 시인, 한림원에 무단 침입하다"라는 타이틀과 함께 전 세계 신문에 대서특필될 일만 남은 것이다. 그런 생각을 하며 소리 없이 깊은 한숨을 내쉬던 시인은, 자기도 모르게 "헉!" 하고 외칠 뻔했다. 잘못 본 게 아닌가 싶어 눈을 비비며 커튼 밖을 다시 한 번 내다본 시인은, 혹시 자신이 꿈을 꾸고 있는 건 아닌지에 대하여 잠깐 동안 심사숙고했다. 그래, 이건 꿈일 거야. 그는 확인하듯 속으로 중얼거렸다. 꿈이 아니라면 지금 보고 있는 이 괴이한 광경을 설명하기란 아예 불가능했기 때문이다. 그렇다. 원탁에 둘러앉아 두건을 벗은 18인의 노인들은 모두, 토끼였다.

그들의 몸집은 사람만큼이나 컸다. 귀는 길고 눈은 빨갰으며 털가죽은 기분 나쁘리만치 새하얬다. 원탁에 빙 둘러앉은 토끼들은 아무 말도 하지 않았지만, 그건 당연한 일이었다. 시인이 알기로는, 원래 토끼들은 별다른 소릴 내지 않는 종족이었으니 말이다. 어쨌든, 그 열여덟 마리의 노인들, 아니 토끼들은, 마치 텔레파시라도 나누듯 서로를 바라보며 귀를 접었다 펴기도 하고 눈을 데굴데굴 굴리기도 했으며 코를 움찔대거나 실룩거리기도 했다. 그러더니 드디어 그중 한 마리가 자리에서 일어나 항아리 안쪽을 들여다보는 것 아닌가. 이제 끝장이라고, 시인은 생각했다. 곧 그 우두머리(로 추정되는) 토끼는 항아리가 텅 비어 있다는 걸 알아차릴 테고, 뭔가 이상하다는 걸 눈치챌 것이며, 결국 모두 일어서서 방 안을 샅샅이 뒤진 끝에 커튼 뒤에 숨어 있는 낯선 이를 찾아낼 게 확실했다. 시인은, 괴물처럼 거대한 흰 토끼 열여덟 마리에 둘러싸인 자기 자신을 상상했고, 그러자 서서히 얼굴이 창백해지기 시작했으며, 나중엔 숨 쉬는 것조차 힘들 지경에 이르렀다. "다 끝났어." 그는 속으로 중얼거리며, 모든 걸 체념한 사람 특유의 표정으로 멍하니 원탁을 응시했다.

그러나 우두머리 토끼는 항아리 안을 한참 동안 들여다보더니, 그냥 자리에 앉았다. 다만 빨간 눈이 잠깐 커지는 듯싶더니 다시 작아졌을 뿐이었다. 잠시 후, 토끼들은 서로 항아리를 돌려가며 그 안을 들여다보고 다시 무언의 대화 비슷한 걸 나누기 시작했다.

마지막으로 아까의 그 우두머리 토끼가 좌중을 둘러보며 고개를 끄덕였다. 거대한 흰 토끼들이 일제히 일어선 것은, 바로 그 순간이었다. 그들은 길고 털이 수북한 귀를 잘 접어 검은 두건 밑으로 밀어 넣더니, 고개를 푹 숙인 채 한 마리씩 밖으로 걸어나갔다.

그때 시인은, 자신이 서 있는 바닥 한가운데가 들썩이더니 살짝 열리는 것을 보았다. "다들 나간 거 맞아요?" 맨홀뚜껑 틈으로 남자가 얼굴을 내밀고 묻고 있었다. "뭐요? 당신 혼자 도망친 줄 알았는데?" 그러나 그는 시인의 질문엔 대답도 않고 그저 눈짓만 한 번 하더니, 열린 틈으로 손을 뻗어 헝겊주머니 하나를 휙 던지는 것이었다. "잠깐, 이게 뭐야?" 시인이 외쳤지만, 뚜껑은 이미 닫힌 뒤였다. 결국 시인은, 방에 아무도 없다는 걸 다시 한 번 확인한 다음 후다닥 뛰어나가 헝겊주머니를 들고 왔다. 놀랍게도 주머니 안엔 토끼풀이 잔뜩 들어 있었다. 어찌나 꽉꽉 눌러 담았는지, 열자마자 한 줌의 토끼풀이 바닥으로 우수수 떨어져내렸다. 주머니 옆엔 딱지 모양으로 접은 편지가 한 장 매달려 있었는데, 시인은 그걸 펴서 빠르게 읽었다. "지금까지 당신을 속인 걸 용서해주십시오. 우리 비밀결사의 진짜 목적은, 바로 저 사악한 토끼들의 암살이었습니다. 당신도 보았다시피, 18인의 노인들은 모두 토끼입니다. 물론 저들이 토끼라는 것은, 한림원 측에서도 전혀 모르고 있는 사실이지만요. 왜냐하면 그들은 언제나 귀를 잘 접어서 뒤통수에 착 붙인 뒤 몸 전체를 덮는 긴소매 옷을 입고, 그것도 모자라 사람 모양의 얼굴 가죽까지 쓰고 다니니까요. 어쨌든, 우리가 조사한 바에 따르면 저들은 외계에서 왔습니다. 어쩌면 이미 눈치챘을

지도 모르지만, 밤하늘에 보이는 달이 바로 저들의 고향이지요. 그러니까, 그동안 일은 이런 식으로 진행되어왔던 겁니다. 즉, 새로이 종신회원으로 선출된 학자나 문인이 아무것도 모른 채 한림원으로 옵니다. 위임장을 받아야 하니까요. 임명식이 열리는 식장으로 들어가기 전 그들이 반드시 거쳐야 하는 작은 방이 하나 있는데(거기서 새로운 종신회원은 옷을 갈아입습니다. 평소 착용하던 점퍼와 바지 대신 권위와 위엄이 넘치는 검고 긴 옷으로 바꿔 입는 거지요) 그때 미리 숨어 있던 토끼가 갑자기 튀어나와 그의 몸과 영혼을 차지해버리고 마는 것입니다. 일종의 신체강탈이라고나 할까요. 아니, 영혼강탈이라고 하는 편이 더 어울릴지도 모르겠군요. 여하튼 그렇게 한림원 회원으로 변신한 거대 토끼들이, 그간 자기들의 정체를 철저히 감춘 채 지구의 문학계를 지배해왔던 겁니다."

그 일이 처음에 언제 일어났는지는 확실치 않다고, 남자는 쪽지에서 말하고 있었다. 다만 독자들의 비밀결사가 알아낸 바에 의하면, 1969년 닐 암스트롱이 달에 착륙했을 때, 성조기를 든 그 앞에 나타난 이들이 바로 저 거대 토끼들이었다는 것이다. 혼비백산한 암스트롱이 미친 듯이 뛰어서 우주선 안으로 도망치려 하자 토끼들은 일제히 빙 둘러서서 앞길을 막았는데, 공포와 두려움으로 약간의 착란상태에 도달한 그에게 그 기묘한 외계종족이 내민 것은 일종의 각서였다. 사실 토끼들이 암스트롱과 그의 동료 올드린에게 원한 건 단 하나였다. 바로 비밀을 지켜달라는 것. 그리고 그들의 영역을 침범하지 말아달라는 것. 암스트롱은 지체 없이 거기에 사인을 했고, 머뭇대는 올드린에겐 꽥 소리를 지르기까지 했다. "이봐, 어서 서명하지 않고 뭐해? 살아 돌아가고 싶지 않은 거야?" 그리하여 그들은 무사히 지구로 귀환할 수 있었고, 한동안 토끼들은 그런 대로 편안히 달에서의 삶을 이어갈 수 있게 되었다는 것이다. 그러나 원래 사람 만나기를 좋아하고 또한 술 마시는 것도 즐기던 닐 암스트롱이, 어느 깊은 밤 시끌벅적한 술집에서 옆에 동석한 미모의 아가씨에게 달에서 겪은 기이한 일을 털어놓기까진 그리 오랜 시간이 걸리지 않았다. 그리고 모든 독자들의 예상에 한 치의 어긋남도 없는 일이 벌어졌으니, 그녀는 바로 정보국의 미녀첩보원이었고 이후 벌어진 사건들 역시 그런 유의 이야기에 나오는 것들처럼 천편일률적이었던 것이다. (즉, 예를 들자면, 달의 거대 생물체를 생포하기 위한 비밀작전, 거기에 파견된 특수부대 요원들의 맹활약, 토끼들의 반격과 영웅의 희생, 결국 붙잡혀서 줄줄이 끌려오는 토끼들, 같은 것들 말이다.) 그러나 얘기는 여기서 끝난 게 아니었다. 거대 토끼들은 그때 완전히 멸종하지 않았으며, 살아남은 일부가 달세계의 지하로 숨어들어 훗날을 도모했기 때문이다. 생존자 토끼들은 일단 안전한 곳으로 피신해야 한다는 결론을 내렸고, 결국 '등잔 밑이 어둡다'는 속담에 의거하여 적지인 지구로 숨어들기로 의견의 일치를 보았다.

"그리하여 어느 날 밤, 토끼들은 일제히 땅으로 내려왔습니다. 모두 정확히 열아홉 마리였죠." 남자는 계속해서 적어 내려가고 있었다. "지구에 착륙한 그들은 바로 이곳, 스웨덴 한림원으로 조용히 스며들었던 것입니다. 토끼들은 복수를 꿈꾸고 있었습니다. 그들은, 인류가 달을 정복하고 그 아름다운 월면(月面)을 더럽힌 것에 보복하기 위하여 지구인의 정신세계를 지배하기로 하였습니다. 오랜 토의와 면밀한 분석 끝에, 그들은 지구인의 거의 대부분은 일명 '독자층'에 해당한다는 걸 알게 되었지요. 사실 그것은 토끼들에겐 일종의 충격으로 다가왔는데, 왜냐하면 달에선 대부분의 거주민들이 독자나 평자이기 이전에 창작자였기 때문입니다. 여하튼 토끼들은, 노벨문학상이라는 기이한 상을 수여하는(하긴, 토끼들에겐 특정한 예술작품을 골라 상을 준다는 사실 자체도 이해 불가능한 것이었지만 말입니다) 한림원이라는 기관의 존재를 알게 되었고, 그 상을 결정하는 종신회원의 수가 열여덟 명이라는 사실까지 파악하게 되었던 것입니다. (처음에 지구로 온 열아홉 마리 중 한림원의 종신회원이 된 열여덟 마리 외에 남은 한 마리가 어디로 사라졌는지는, 아직까지 아무도 알아내지 못했습니다.) 어쨌든 이후 일어난 일은, 당신이 익히 알고 있는 그대로입니다. 그들은 신체(혹은 영혼)강탈자가 되어 18인의 노인들 행세를 했고, 지구의 독자들에겐 제비뽑기로 뽑은 책을 던져줌으로써 문학을 희화화시키는 데 성공했습니다. 그러니 만약 우리 '독자들의 비밀결사'가 그 엄청난 실상을 알아내지 못했더라면(용서해주십시오. 그걸 어떻게 알아냈는지 밝힐 수 없음을 말입니다. 그건 진짜 비밀이거든요) 앞으로도 수백 년간 그들은 그런 사악한 장난을 계속했겠지요. 그러나 우린 결국 알아냈고, 기나긴 회의 끝에 놈들을 모두 제거하고 그 말도 안 되는 짓거리를 중단시키기로 결의했던 것입니다. 그리고 그 모든 걸 행동으로 옮기기 전에 가장 먼저 당신에게 장문의 편지를 썼던 거고요. 왜냐하면 당신 같은 위대한 시인(이제 세상에 진정한 시인은 얼마 남지 않았으니까요)이야말로 우리에겐 일종의 수호신이나 마찬가지이기 때문입니다. 그러니까, 오래전 중세의 십자군이 동방으로의 머나먼 여정을 떠나며 가슴에 성상을 품었듯, 우린 당신과 동행하고 싶었던 것입니다. 이해하시겠습니까, 우리들의 마음을? 물론 지금 이 글을 읽고 있을 당신의 심정을 모르는 바는 아닙니다. 당신은 (관대하고 위대한 시인답게) 저 토끼들이 불쌍하다고 생각하겠지요. 어쨌거나 결국은, 삶의 터전을 잃고 이 머나먼 지구까지 쫓겨온 존재들이니까요. 하지만 어쩔 수 없습니다. 이대로 둔다면 언젠가 지구의 문학은 완전히 변모해버릴 테니까요. 아마 사막처럼 황량해지겠지요. 그러니 부탁드립니다. 우리에게 협조해주십시오. 저 사악한 열여덟 마리의 토끼들을 제거할 수 있도록 도와달라, 이 말입니다." 따라서, 편지에 의하면, 남자가 시인에게 던진 헝겊주머니에 들어 있던 풀은 바로 암살에 쓰일 도구였다. 거기엔 치명적인 신경독이 발라져 있었고, 따라서 거대 토끼들이 그것을 단 한 줄기만이라도 씹는다면 곧장 그 자리에 쓰러져 죽게 될 것이었다. "그 토끼풀을 한 무더기씩 원탁에 놓아주십시오. 잠시 후 다시 돌아올 토끼들이 그걸 먹도록 말입니다. 그러면 당신은 문학의 구원자로 역사에 길이 이름을 남기게 될 것입니다." 남자의 편지는 이렇게 끝나고 있었다.

시인은 종이를 대충 구겨 주머니에 넣고, 헝겊주머니를 들여다봤다. 풀 냄새가 코를 찔렀다. 이건 정말이지 어릴 때 맡았던 것과 똑같지 않은가. 시인은 혼자 중얼거렸다. 어린 시절 시인의 어머니는 강가 나루터에서 배를 타고 매일 아침마다 밭일을 나갔다. 시인이 학교에서 돌아오면, 집은 언제나 텅 비어 있었다. 그렇지만 시인은 외롭지 않았다. 마당 너머 강둑에 서 있던 커다란 미루나무에 바람이 스치는 소릴 들으며 시인은 숙제를 했고, 그런 다음엔 마루에 누워 낮잠을 잤다. 어느 여름 오후 그렇게 깜빡 잠들었던 시인은 누군가가 자신의 볼을 만지는 것 같은 느낌에 퍼뜩 잠에서 깼다. 눈을 뜨니, 거대한 하얀 토끼가 그를 내려다보고 있었다. 어찌나 가까이 있는지 토끼의 빳빳한 수염이 입술에 닿는 걸 느낄 수 있을 정도였다. 토끼의 숨에선 풀 냄새가 났다. 토끼는 소년의 귀에 뭐라고 속삭였다. "네? 뭐라고요?" 그러나 소년이 화들짝 놀라며 일어났을 때, 토끼는 이미 사라져 보이지 않았다. 미루나무엔 여전히 바람이 스치고 있었고, 소년은 마당 너머에서 토끼의 하얀 귀가 얼핏 사라지는 걸 본 것 같다고도 생각했다. 그런데 지금 이곳, 머나먼 북구의 땅인 스톡홀름의 어느 비밀스러운 건물에서, 그는 까맣게 잊고 있던 그 꿈을 기억해낸 것이다. 게다가 신기하게도 그 여름 오후에 나타났던 커다란 흰 토끼가 그에게 뭐라고 속삭였던 건지도, 시인은 한꺼번에 기억해냈다.

"넌 언젠가 시인이 될 거구나."

토끼는 그날 분명히 그렇게 말했다.

그때 누군가 뒤에서 그의 어깨를 잡았다. 돌아보니, 어느새 남자가 맨홀뚜껑을 열고 나와 서 있었다. "서두르지 않고 뭐합니까?" 남자의 눈엔 핏발이 서 있었다. 약간 섬뜩함을 느낀 시인이 한 발 뒤로 물러섰다. "꼭 그래야만 하겠소? 그러니까 내 말은, 저 토끼들을 굳이 죽여야 할 필요가 있느냐는 거요." 시인은, 이 방에서 우르르 나가버린 토끼들을 생각했다. 어쩌면 그들과 대화를 할 수 있을지도 모른다. 잘 타일러서 그들을 고향인 달로 되돌려보내는 일도 불가능하지만은 않을 것이다. 그러나 남자는 단호했다. "아니, 이건 꼭 필요한 일입니다. 제가 말하지 않았습니까? 독자들의 비밀결사는 문학의 테러리즘을 원하고 있다고요." 그러더니 그는 헝겊주머니에서 토끼풀을 한 줌씩 꺼내 원탁에 늘어놓기 시작했다. 순간 시인은 남자가 놓아둔 풀을 움켜쥐고 사방에 던지기 시작했다. "그래도 이건 아니잖아. 그건 너무 잔인한 일이라고!" 그는 외쳤다. 하지만 시인은 곧 남자에게 밀려 힘없이 넘어졌다. "이봐, 당신이 대체 뭘 안다고 그러는 거지?" 남자는 시인의 옷깃을 쥐고 그의 눈을 똑바로 들여다보며 말했다. "우리 같은 평범한 독자들의 마음을, 알기나 하냐고? 우린 제대로 된 시를 읽고 싶을 뿐이라고. 그리고 횡설수설 헛소리가 아닌 진짜 소설을 읽고 싶은 거고. 듣자하니 아주 오래전 어느 시대엔 당대의 대시인인 단테의 신곡을 저잣거리의 생선장수들까지 외워 불렀다더군. 그런데 지금은 어떻지? 당신 같은 사람들, 우리보다 자신들이 더 위에 있다고 착각하는 인간들, 혹은 우리에게 반드시 책에 대해 설명해줘야한다고 믿는 족속들이 우글댄다고. 그들은 그런 식으로 우릴 무시하고 얕봤던 거야. 그래, 나도 알아. 여기서 떼죽음당할 열여덟 마리의 토끼들은 그저 희생양에 불과하다는 것을. 하지만, 어쩔 수 없잖아. 때로 세상엔 혁명이 필요해. 그걸 테러라고 해도 상관없어. 그리고 우린 지금 그것을 하려는 것뿐이야. 그러니 이제 좀 비켜주면 좋겠어. 어서 토끼풀을 놔두고 여길 떠야 하니 말이야."

남자는 시인의 옷깃을 잡고 있던 손을 놓더니, 다시 토끼풀을 한 줌씩 늘어놓기 시작했다. 아마도 토끼들은 아무 생각 없이 그 풀을 먹을 것이고(토끼들이란 원래 본능적으로 토끼풀을 먹어치우는 존재 아니던가), 시인은 결국 토끼 학살자가 되고 말 것이다. 그는 힘이 풀려 부들부들 떨리는 다리로 겨우 일어선 뒤 비틀거리며 남자의 뒤로 다가갔다. "안 돼! 아무리 그래도 이런 방법은 아니야. 뭔가 다른 수가 있을 거요. 우리 한번 얘기해봅시다." 그는 있는 힘을 다해 남자를 뒤에서 끌어안았다. 남자가 시인의 팔에서 나오려고 몸부림을 치는 바람에 둘은 그대로 바닥에 넘어졌고, 엎치락뒤치락하며 몇 바퀴를 굴러갔다. 쿵, 하는 소리와 함께 그들이 부딪친 곳은, 방으로 들어오는 육중한 철문이었다. 그리고 동시에 끼익, 하며 문이 열렸다. 놀란 그들의 눈에 보인 것은, 희고 부드러운 털로 뒤덮인 두툼한 토끼의 발이었다. 그 발은 그들 앞에 가만히 멈춰 있었다.

잠시 후 그들은, 열여덟 마리의 거대 토끼들에 의해 방구석으로 끌려갔다. 토끼들은 소란스러워 보였다. 여전히 아무 소리도 내지 않았지만, 긴 귀가 수시로 접혔다 펴지고 빨간 눈이 이리저리 흔들리는 걸로 보아, 토끼들 역시 꽤나 놀랐다는 걸 알 수 있었다. 시인과 남자는 무릎을 꿇고 앉아 토끼들을 멍하니 바라보았다. 잠시 후, 그중 한 토끼가 앞으로 나서더니, 등에 메고 있던 검은 가방에서 뭔가를 꺼내 머리부터 뒤집어썼다. "헉!" 순간 시인은, 자기도 모르게 외마디 비명을 질렀다. 방금 전까지 서 있던 토끼 대신 그 앞에 나타난 이는 바로 스웨덴 최고의 시인이자 한림원 회원인 요하네스 뵈르겐센이었기 때문이다. 뵈르겐센은, 아니 뵈르겐센 토끼는 시인에게 다가오더니 그의 손을 잡아 일으켜세우며 물었다. "당신은 누구입니까?" 시인이 황급히 주머니에서 명함을 꺼내 내밀자 뵈르겐센은 주의 깊게 그것을 앞뒤로 살폈다. "호오, 당신도 시인이로군요. 그럼 옆에 계신 분은?" 뵈르겐센이 여전히 무릎을 꿇은 채 앉아 있는 남자에게 고개를 돌렸다. 방금 전까지 살의에 불타던 남자는 어느새 저자세로 변해 있었는데, 아무래도 말로만 듣던 북유럽의 대시인을 직접 본 충격과 감동에서 헤어나지 못하고 있는 것 같았다. "저……, 저는 그저 독자일 뿐입니다." 남자가 머뭇거리며 대답하자, 뵈르겐센이 그의 손을 꽉 잡았다. "독자! 아아, 나는 언제나 독자를 사랑해왔습니다. 잘 오셨소." 그런 다음 그들은 뵈르겐센의 안내에 따라 원탁으로 이동했고, 의자에 앉았다. 뵈르겐센, 아니 뵈르겐센 토끼는 자신의 시와 똑같은 관조적이고 차분하면서도 북구의 장중함이 서린 목소리로 이야기를 이어갔다. "놀라게 했다면 죄송합니다. 그래요, 당신들이 본 그대로입니다. 우린 토끼들이지요. 그런데 우리가 왜 여기로 왔는지, 당신들은 이미 알고 있더군요. 좀 아까 장문의 쪽지를 읽는 걸 봤으니까요." 시인은 흠칫 놀라 뵈르겐센을 바라봤다. "그럼 당신은 아까부터 우릴 지켜보고 있었단 말입니까?" 그러자 요하네스 뵈르겐센이 빙긋 웃었다. "그럼요, 우린 처음부터 모든 걸 알고 있었어요. 그리고 당신들을 기다리고 있기도 했고요. 어쨌든, 언젠가는 우리도 이

희극적인 놀음을 끝마쳐야 할 테니까요." 그러더니 뵈르겐센 토끼는 깊은 한숨을 내쉬었다. "사실 지구인의 거의 대부분을 차지하는 '독자층'을 골탕 먹이려던 우리의 복수는, 실패한 거나 마찬가지입니다. 그걸 우린 뒤늦게야 깨달았지요. 처음부터 우린 이곳 문명의 특수성을 감안하지 못했습니다. 그냥 달세계와 비슷할 거라고 착각했던 거지요. 그래서 문학계만 접수하면 지구인의 정신세계를 지배할 수 있다는 오판을 했던 거고요. 그러나 우리가 문학을 휘두르든 말든, 인류는 아무도 신경 쓰지 않았습니다. 그저 무관심했다고나 할까요. 우리 18인의 노인들이 매년 수상자를 발표할 때에만 그들은 잠깐씩 뉴스에 귀 기울일 뿐이었습니다. 그러고는 그들 중 몇몇이 서점으로 향했고…… 그걸로 끝이었던 겁니다. 나중에야 우리는, 정말로 지구인의 정신을 지배하려면 차라리 헐리우드로 갔어야 했다는 걸 깨달았습니다. 혹은 방송국을 접수하던가요. 하지만 이미 때는 늦고 말았지요. 아아, 그러고 보면 우리들의 지도자(그는 달에서 가장 존경받는 시인이었습니다. 처음부터 그 위대한 시인은 우리들의 계획에 반대했고, 그는 그런 일이 옳지 않다고 말했습니다. 혼자서 어디론가 사라져버렸던 겁니다. 그래서 처음에 열아홉이었던 우리 일행은 이렇게 열여덟만 남게 된 거고요. 여하튼 떠도는 소문에 의하면, 그는 대륙 여기저기를 바람처럼 떠돌며, 미래의 시인이 될 아이들에게 영감을 불어넣어주는 보람된 일을 하고 있다고 하더군요)가 옳았습니다. 처음부터 그의 말을 들었어야 했지요. 여하튼 이제 우린 이 괴상한 복장을 벗어던지고(그러면서 뵈르겐센은 종신회원의 상징인 검은 두건이 달린 길고 음울한 옷을 가리켰다) 지구를 떠날 생각입니다. 그리고……

그래서 하는 말인데, 뒷일을 당신들에게 부탁해도 될까요? 그러니까 이 항아리 안에 있는 종이를 뽑아서("아까 당신들이 텅 비워버린 걸 우리가 다시 채웠어요. 이번엔 정말 멋진 이름들로만 채웠으니, 아마 기대해도 될걸요?"라고 말하며 뵈르겐센 토끼는 눈을 찡긋했다) 올해의 수상자를 결정해달라는 거지요." 말을 마친 뵈르겐센은 시인에게 고대 그리스 유물처럼 생긴 그 항아리를 다시 내밀었다.

망설이던 시인은 남자 쪽으로 항아리를 밀었다. "역시 이건 당신이 뽑는 게 나을 것 같소. 어차피 이곳으로 오자고 제안했던 이도 그쪽이니 말이오. 그리고 무엇보다도 난 독자를 좋아하니까." 그러나 남자는 손사래를 쳤다. "무슨 소립니까? 그건 당연히 위대한 시인인 당신의 몫이지요." 그렇게 둘이서 실랑이를 벌이는 사이, 저쪽에 서 있던 또 다른 토끼 한 마리가 가방에서 꺼낸 뭔가를 얼굴에 뒤집어썼다. 그러자 그녀는, 아니 그 토끼는 뛰어난 미모와 감성 어린 문체로 유명한 소설가 엘리스 비요르크가 되었다. 그리고 그런 식으로 나머지 토끼들도 차례로 스웨덴 문학계의 거물들로 변해가는 것 아닌가. 어쨌든, 변신한 엘리스 비요르크가 앞으로 나서더니 높은 톤의 목소리로 외쳤다. "어서요. 시간이 없어요. 창밖을 보세요. 기자들이 우글거리고 있다고요. 올해의 노벨문학상이 누구에게 돌아갈지 알고 싶어서 말이에요."

그러자 남자는 시인을 지그시 쳐다보더니, 어느 때보다도 간절한 표정으로 항아리를 내밀었다. 결국 시인은 그 안에 손을 집어넣었다. 그런 다음 종이들이 잘 섞이도록 휘저었다. 접힌 종이들의 매끈한 감촉이 손끝을 타고 전해졌다. 그는 마치 어떤 영감을 받아들이기라도 하듯 그중 한 장을 움켜쥐었다. 그러다가 문득 생각난 듯 떨리는 목소리로 물었다. "혹시 그 사라진 토끼, 그러니까 아이들에게 영감을 주러 다닌다는 위대한 시인이 지금은 어디 있는지 알 수 있을까요?" 그러자 뵈르겐센은 쓸쓸히 웃었다. "우리도 그의 행방은 모릅니다. 다만, 마지막으로 그를 본 사람의 말에 의하면, 안데스산맥 인근의 어느 마을에서 라마 털로 짠 담요를 두른 채 남미의 민요를 읊고 있었다고도 하는데…… 글쎄요, 운이 좋으면 언젠가 우리들은 모두 다시 만나겠지요."

시인은 고개를 끄덕였다. 그러고는 손에 쥐고 있던 종이를 조심스럽게 건넸다. "여기 있습니다." 뵈르겐센은 그가 내민 딱지 모양의 쪽지를 받아 천천히 펼치더니, 뭐라 말할 수 없이 미묘한 표정을 지으며 창밖을 바라보는 것이었다.

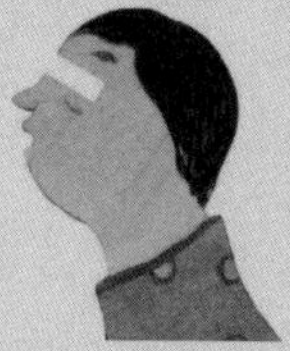

이 열차 안에 있는 사람 중에 다른 사람과 따뜻하게 살을 맞대고 편안하게 잠들고 싶은 사람이 나만은 아니지 않을까? 그런 사람들끼리 짝을 지어 열차에서 내려 따뜻한 곳에서 서로를 안을 수 있다면 행복하지 않을까?

A _

비틀

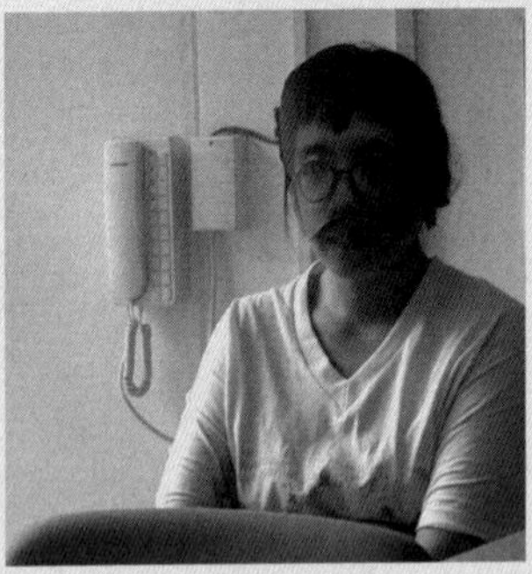

A

1988년 서울에서 태어났다. 생애 혹은 생태에 대해서는 알려진 것이 많이 없다. 일생의 대부분을 서울의 중층에서 단독생활을 하는 것으로 보이지만 드라큘라나 좀비, 문창과 어류 무리들과 함께 나타나기도 한다. 문학의 여러 층을 넘나들고 싶어 하나 부레가 작다고 한다.

예전으로 돌아가자. 기차에서는 젖은 신문지 냄새가 난다. 맞은편 자리에 앉은 남자의 바지 밑단이 비에 젖어 있다. 남자는 짧게 자른 머리에 안경을 쓰고 있는데 무언가를 읽고 있지도 눈을 감고 있지도 않다. 남자는 가끔 창문으로 기차 바깥을 본다. 어떤 감흥도 없어 보인다. 저 남자의 고향도 충주일까?

내 얘기를 해야 한다면 나는 충주 달천에서 태어났고 고등학교를 졸업할 때까지 그곳에서 살았다. 그 외에는 말할 것이 별로 없다. 예전부터 내 얘기를 하는 것이 부담스러웠다. 학기 초에 한 명씩 일어나 자기소개를 하는 일, 처음 함께 밥을 먹는 자리에서 신상에 대해 묻고 답하는 그런 일은 이상하고 어색하다. 자기소개는 헤어질 때나 해야 하는 일이다.

다시는 보지 않을 사람에게 나를 기억해달라고 혹은 반대로 제발 잊어달라고 할 때나 내가 누구였는지 아니면 이제부터 누가 될 것인지 털어놓아야 한다. 달천과 아빠와 영주를 떠날 때는 자기소개를 할 필요가 없었다. 달천은 내가 누구였는지 가장 잘 알았고, 아빠나 영주는 내가 누구였는지, 누구가 될 것인지 알 수 없을 사람들이었다.

영주와 내가 처음 만났을 때 나는 열일곱이었고 영주는 스무 살이었다. 우리는 이 년을 만나고 헤어졌다. 그 당시에 나에게는 열쇠가 세 개 있었다. 하나는 집 열쇠였고, 하나는 영주가 혼자 살던 집 열쇠, 그리고 나머지 하나는 우리 집에 딸린 창고 열쇠였다. 창고는 뒷문과 연결되어 있었다.

우리가 처음 만난 곳은 〈풀과 생선〉이었지만 관계가 비로소 시작된 것은 그 창고에서였다. 나는 상자를 밟고 올라가 영주와 키를 맞추고 창고 벽에 기대어 스타킹을 벗었다. 영주의 정액이 창고 바닥에 떨어졌고 나는 아랫도리를 닦지 않아도 됐다. 한 달은 그렇게 창고에서 했다.

아빠가 드라마를 보는 시간에, 아니 그때는 엄마와 오빠가 아직 한집에 살고 있었다. 오빠는 거의 매일 자정을 넘겨 들어왔고 엄마와 아빠는 저녁 열한 시까지 텔레비전을 봤다. 그런 시간에 나와 영주는 콘크리트 바닥을 밟고 가만히 안고 서 있었다. 밖에서 고양이 울음소리가 들리면 웃음이 났다. 꿈에서 내 성기는 크게 부풀었고 나는 거울 앞에 서서 수치심과 죄책감, 자랑스러움을 느끼며 그 거대하고 시커먼 성기를 봤다.

약국에서 머시론을 사는 것이 익숙해졌을 무렵에 영주가 나에게 자기 집 열쇠를 줬다. 그 이후로 나는 세 개의 열쇠를 가지게 됐다. 지금은 그 열쇠들을 모두 잃어버렸다. 지금은 머시론, 말보로, 립스틱이 항상 가방에 들어 있다. 나는 그 세 가지 모두를 아끼지 않는다.

휴가는 삼일. 벌써 반이 지나갔다. 어제저녁에는 광선이를 봤다. 두 달 만에 만난 광선이는 말쑥하고 다정했다. 광선은 우리 집에서 자고 아침 일찍 나갔다. 나는 광선이가 나가는 소리를 듣고도 자는 척 일어나지 않았다. 여덟 시쯤에 문자가 왔다. '집에 왔어. 출근 준비 중. 미안해.' 나는 문자를 보고 잠이 완전히 깨서 모퉁이 빵집에 갔다.

모퉁이 빵집은 아주 낡지도 않고 싸지만도 않은 동네 빵집이다. 양과자에 든 과일은 신선하고 호밀 빵은 건전하게 맛있다. 케이크는 어떤가 하면 섹시하고 달콤하다. 하지만 역시 싸지만은 않기 때문에 매번 진열장에 달라붙어 있다가 빈손으로 가게에서 나온다. 오늘은 진열장에서 반짝반짝 빛나는 케이크들을 보고 있다가 아침에 먹을 빵만 사서 나오는데 찬바람이 불었다.

밀크 팬을 사야겠다.

그런 생각을 하고 집에 와서 식빵에 딸기잼을 발라 먹었다. 아침을 먹고 기차를 타러 갔다.

기차표를 꺼내 도착 예정 시간을 확인했다. 4:30. 아직 한 시간 정도는 더 가야 한다. 맞은편에 앉은 남자는 이제 이어폰을 끼고 눈을 감고 있었다. 나는 내 앞에 있는 남자에게 입을 맞추고 싶어졌다. 이 열차 안에 있는 사람 중에 다른 사람과 따뜻하게 살을 맞대고 편안하게 잠들고 싶은 사람이 나만은 아니지 않을까? 그런 사람들끼리 짝을 지어 열차에서 내려 따뜻한 곳에서 서로를 안을 수 있다면 행복하지 않을까?

그런 생각을 하며 잠이 들었다가 안내방송을 듣고 눈을 떴다. 도착이 가까워져 있었다. 맞은편에 앉은 남자도 일어나 가방을 챙겼다. 남자가 먼저 내리고 나는 천천히 나갔다. 밖에는 잔눈이 날리고 있었다. 남자는 벌써 보이지 않았다.

아빠가 역에 마중을 나와 있었다. 춥지? 아빠가 장갑을 낀 손으로 내 볼을 감쌌다. 서울보다 춥지 않은데. 나는 무뚝뚝하게 대답하며 쪼그라든 아빠의 몸을 봤다. 겨울옷을 입었는데도 어깨와 다리가 전보다 마른 것이 보였다.

들를 데가 있다. 아빠는 그렇게 말하고 앞만 보며 걸었다. 손에 작은 우산을 들고 있었다. 아직 우산을 펼 정도로 눈이 오지는 않았다. 나는 어디로 가는지 묻지 않고 아빠를 따라갔다. 아빠가 들른 곳은 작은 사무실이었다. 사무실 외벽에 현수막이 붙어 있었다. '우리는 여기서 살고 싶다.' 나는 그 문구 앞에 잠시 서 있었다.

아빠는 익숙하게 사무실 문을 열고 들어갔다. 사무실 안은 후덥지근했고 역겨운 라면 냄새가 났다. 사무실에는 작은 부엌이 딸려 있었는데 얇은 커튼 뒤로 설거지거리가 쌓인 싱크대가 보였다.

얼굴이 붉은 아저씨가 아빠에게 건성으로 인사했는데 그 나이 든 남자보다 아빠가 훨씬 늙어 보여 놀랐다. 남자는 아빠에게 점심은 먹었는지 묻고 나를 쳐다봤다.

형님 딸이에요? 남자는 웃고 나에게 컴퓨터를 좀 가르쳐달라고 부탁했다. 그 사람이 부탁한 것은 한 페이지를 두 단으로 나눠서 인쇄하는 아주 간단한 일이었다. 그 문서는 재개발에 반대하는 내용이었는데 격렬한 논조였다. 끝 페이지에는 사람들의 이름이 있었다.

많이 올 것 같아? 뒤에서 아빠의 말이 들렸다. 남자는 모르겠다고, 하지만 전화도 돌렸고 오늘 저녁부터 안내장을 가지고 집집마다 찾아갈 것이니 웬만큼은 모이지 않겠느냐고 말했다.

나는 냄새 때문에 괴로워서 인쇄가 끝나자마자 남자를 불러 종이를 주고 문 쪽으로 갔다. 남자가 커피 한 잔을 타서 건넸다. 거절할 수가 없어 받아들고 문을 열었다. 찬바람이 들어왔다. 들어오기 전보다 눈이 더 많이 내리고 있었다. 아빠가 우산을 펴서 내 쪽으로 기울였다. 나는 커피가 담긴 종이컵에 입도 대지 않고 집까지 걸어갔다.

변기에 차게 식은 커피를 버리고 오줌을 누었다. 다섯 시가 넘었고 밖은 벌써 어두웠다. 아빠와 나란히 앉아서 텔레비전을 보다가 저녁을 먹었다. 엄마나 오빠 얘기는 하지 않았다. 만나는 남자는 있는지, 회사는 잘 다니는지 그런 얘기도 없었다. 나도 아빠에게 만나는 여자는 있는지, 공장은 다닐 만한지 묻지 않았다. 대신 텔레비전에 나오는 물고기 얘기를 했다. 저렇게 큰 물고기를 어떻게 잡는지 신기하다고, 어촌에나 가서 살았으면 좋겠다고, 그런 얘기들을 했다. 오빠가 신혼집을 서울에 얻고 엄마까지 따라 올라갔을 때 아빠와 충주 집에 남은 것은 아빠가 사람을 불편하게 하는 하나마나한 질문을 하지 않는 사람이기 때문이었던 것 같다.

상을 치우고 나니 아빠는 과일을 가져다놓고 꾸벅꾸벅 졸았다. 나는 아빠를 흔들어 깨웠다. "아빠, 이불 덮고 자." "안 자." "잠깐 나갔다 올게." "어디를?" "카페에 잠깐." "너무 늦지 마." 나는 알겠다고 대답하고 가방을 챙겨 나갔다.

눈은 그 사이에 그쳐 있었다. 버스를 오래 기다려서 타고 시내 쪽으로 나갔다. 어두워서 잘 보이지 않기는 했지만 거리가 많이 달라진 것 같았다. 〈풀과 생선〉이 없어졌을 거란 생각이 강하게 들었다. 하지만 〈풀과 생선〉은 그 자리에 있었고 간판까지 그대로였다. 하얀 배경에 풀 한 포기가 그려져 있는 간판인데 모서리에 연보라색 줄까지 들어가 있다. 예전에도 촌스럽다고 생각했지만 다시 보니 봐줄 수가 없을 정도였다.

〈풀과 생선〉은 지하 술집이다. 지하 술집에서 〈빌리진〉이 시작되고 있었다.

"잭슨?"

나는 바에 앉아서 내 건너편 자리에 앉아 있는 잭슨 차림을 한 여자에게 말을 걸었다. 여자는 잭슨처럼 웃으며 손을 내밀었다. 악수를 하고 맥주를 시켰다. 주인은 같았는데 맥주 나오는 방식은 전과 달라져 있었다. 전에는 맥주와 유리잔을 멸치랑 같이 줬다. 이제는 멸치 대신 소금알갱이가 붙어 있는 과자가 나왔다. 맥주가 뚜껑이 열린 채로 나와서 놀랐다. 전에는 절대로 그러지 않았다.

주인은 마지막으로 봤을 때보다 젊어 보였다. 고등학교 때 본 주인은 아저씨 같았다. 충분히 나이가 든 어른. 그때 서른 초반이었으니 이제는 마흔 가까이 됐을 것이다. 마흔이면 젊지. 광선이와 얼마 차이도 안 난다.

"내 노래 하나 더."

빌리진이 끝나자 잭슨이 주인을 불러 말했다. 조금 취한 것 같아 보였다. 조르는 투가 듣기 싫지는 않았다.

"〈스릴러〉는 안 돼."

"그럼 됐어."

잭슨과 주인은 익숙한 사이처럼 보였다. 애인은 아니고 단골 같은. 하지만 애인 같은 사이일지도 모르지. 잭슨과 주인이 잘 들리지 않는 말들을 느릿하게 주고받는 동안 나는 담배를 피웠다. 예전에도 그랬듯이 이거 때문에 여기까지 온 것이다.

"뭐로 변장한 건지 내가 맞춰볼까요?"

잭슨이 내 쪽으로 고개를 내밀었다. 주인이 더 이상 말상대를 해주지 않아서 심심해진 것 같았다.

"변장하지 않았는데요, 아무걸로도."

"나는 알 것 같은데."

"더하면 실례예요."

나는 심심하기도 외롭기도 했지만 모르는 사람은 귀찮았다. 그다지 마이클 잭슨을 좋아하지도 않았다. 잭슨은 내 세대의 우상은 아니다. 우리 세대에는 우상은 없고 상품만 있다. 아이돌, 여배우, 예쁜 남자들, 스탠딩코미디를 하는 정치인들. 특히 대량생산되는 섹시한 어린애들은 절대로 떨어지지 않고 공급된다. 그런 물건들에 비하면 눈앞의 잭슨은 트럭에 쌓아놓고 파는 헌 옷에 가까웠다.

잭슨은 술을 한 잔 더 시켜 마시다가 내 맥주가 떨어졌을 때 한 병을 더 주문해줬다. 고마워요. 나는 거절하지 않고 주인이 꺼내준 맥주를 잔에 부었다. 한 잔 드릴까요? 나는 주인에게 컵을 하나 더 달라고 해서 잭슨에게 건넸다. 잭슨은 순순히 맥주를 마셨다.

"무슨 일을 해요?"

잭슨이 금방 한 잔을 비우고 물었다. 나는 잭슨의 잔에 술을 붓고 나머지를 내 잔에 따랐다.

"공항에서 일해요."

"스튜어디스?"

"비슷하지만 달라요. 스튜어디스가 웨이트리스라면 저는 하녀예요. 온갖 뒤치다꺼리를 다 해야 하거든요. 처음에는 백 정도 받았어요. 삼 년 일하니까 조금 올랐고요. 이상한 일 아니에요? 한 달에 백 얼마 정도면 한 사람의 몸과 정신을 마음대로 할 수 있다는 게 나는 이상해요. 저는 공항 소속은 아니고 파견 직원인데 그런 직원이 많아서 달마다 정해진 날에 월급이 자동이체될 거예요. 그 많은 사람들을 한꺼번에 자동이체로 사서 쓰게 되는 거죠. 정말 이상하지 않아요?"

잭슨은 내가 말하는 동안 짙게 화장한 눈을 깜빡거리며 미소를 지었다. 나는 말을 계속했다.

"그렇게 내 통장으로 들어온 돈은 월세, 관리비, 적금, 교통비, 핸드폰 요금으로 빠져나가요. 남는 돈은 술, 담배, 음식, 화장품에 쓰고. 그러면 하나도 안 남고 매달 모자라요. 돈이 없어요. 그렇게 비참한 일은 아니지만 어쨌든 그래요. 저 지금 이상한 소리를 하고 있죠? 그만할게요."

나는 말을 다 게워내고 부끄러워졌다.

"몇 살이나 먹었어요?"

잭슨이 물었다. 갑자기 잭슨이 노련하고 나이 든 여자처럼 보였다.

"내가 몇 년도에 태어났는지가 왜 궁금해요?"

"나는 2009년도에 죽었어요."

"나는 아직 그 정도는 아니에요."

나는 블랙러시안을 주문했다. 잭슨의 유령은 나를 따라서 화이트러시안을 시켰다.

"화이트러시안은 고양이 이름 같지 않아? 하얗고 털이 복슬복슬한 고양이 있잖아."

잭슨은 우산 장식이 달린 빨간색 스틱으로 술을 빙글빙글 저었다. 술이 탁한 색으로 변했다. 나는 시간을 확인했다. 겨우 8시였다.

"그 얘기 몇 번째야. 고양이 이름도 기억 못하면서."

내가 잭슨의 얘기를 못 들은 척하자 주인이 잭슨의 말을 받았다.

"알아. 기억났어. 페르시안 고양이."

"여자가 고양이를 먹으면 요물이 돼."

"그래, 난 요물이 될 거야."

"벌써 충분해."

잭슨을 보는 주인의 눈빛이 따뜻했다. 내가 기억하던 주인은 건

달 두목 같기도 하고 대학 교수 같기도 했는데 지금은 그냥 작은 술집 주인 같았다. 예전에 영주에게 들은 얘기인데 충주 시내에서 아가씨가 없는 술집은 〈풀과 생선〉밖에 없다고 했다. 그래서 〈풀과 생선〉에는 손님이 많지 않았지만 그래서 단골이 많기도 했다.

그때 나는 〈풀과 생선〉 주인에게 반했던 거였어.

나는 갑자기 그 사실을 인정했다. 겨우 이런 걸 인정하는 데 왜 그리 오래 걸렸는지. 영주와 끝내주게 하고 누워 있을 때도 가끔 주인을 생각했다. 주인의 마르고 단단한 몸, 잘 어울리던 오렌지색 티셔츠, 항상 무표정하지만 가끔 웃으면 귀여워지던 얼굴이 서울에 올라가서도 생각날 때가 있었다.

"옛날에 저 여기 가끔 왔었는데."

바에 들어오면서 절대 하지 말자고 다짐했던 말이 어쩌다 나와 버렸다.

"영주랑 많이 왔었잖아요."

사장에게 그 이름을 들으니 가슴이 두근거렸다. 우리는 이 년간 가게의 단골이었지만 나는 사장의 목소리를 들어본 기억이 없었다. 영주도 그랬을 거라고 생각했다.

"영주를 아세요?"

"내가 걔 얘기 많이 들어줬어요. 둘이 오다가 혼자 앉아 있는 게 불쌍하더라고. 영주 요즘도 와요."

마지막으로 여기 왔던 게 내가 열아홉, 영주가 스물하나였을 때다. 이제 스물일곱이겠네. 스물일곱의 영주가 보고 싶었다. 사장에게 영주 얘기를 묻다가 옆에서 잭슨도 얘기에 끼어서 셋이서 한참 이런저런 얘기를 했다. 그러는 동안 잭슨은 하얀 고양이 두 마리를 마셨고 나는 물을 마셨다.

"어떤 사람이랑 친해지면 꼭 물어보는 건데, 넌 잠자기 전에 어떤 걸 생각해?"

"밧줄고리. 천장에서 밧줄고리가 내려오는 생각."

"하늘에서부터 내려온?"

"어디에서 내려오는지는 모르겠고 그냥 누워 있으면 떠올라."

튼튼한 밧줄고리. 그게 내가 원하는 것인지는 모르겠다. 하지만 말을 하고 보니 자기 전에 누워 있으면 천장에서 밧줄이 내려온다고 말할 상대가 필요했던 것 같았다. 그 밧줄은 나를 더 나은 곳으로 데려가줄 것도 같았고 영원한 어둠 속으로 끌고 갈 것 같기도 했다. 밧줄이 허공에서 흔들릴 때 손을 뻗어본 적은 없다. 두려움 때문이었다.

"우리 집에 가자."

잭슨이 갑자기 일어나 순식간에 내 몫까지 계산을 했다. 그리고 나를 의자에서 끌어내렸다.

"키가 크네? 맘에 들었어."

잭슨이 내 팔에 팔짱을 단단히 끼고 걸어갔다. 나는 키 작은 잭슨을 이길 수가 없었다. 딱 달라붙는 가죽바지를 입고 스팽글이 달린 재킷을 걸친 키 작은 여자는 계단에 서서 콜택시를 불렀다. 택시를 기다리는 동안 잭슨은 〈We Are The World〉를 흥얼거렸다.

잭슨의 집 거실에는 트렁크가 있었다. 검은색 트렁크 하나, 밤색 트렁크 하나, 그리고 배낭도 있었다. 거실에 다른 것은 없었다. 잭슨이 트렁크에서 담요를 꺼내서 바닥에 펼쳤다. 거실 옆에는 부엌이 딸려 있었는데, 부엌에도 식탁이나 의자 같은 가구는 없고 냉장고만 있었다. 냉장고에서 맥주 좀 꺼내줘. 나는 잭슨의 말을 듣고 냉장고를 열었다. 냉장고에는 삿포로 맥주 다섯 캔이 들어 있었다.

"내일 출근해?"

잭슨이 내가 가져간 캔을 따며 물었다.

"아니, 내일까지 휴일."

"그렇구나."

잭슨은 맥주만 마시고 말이 없었다. 처음 보는 사람 집에 와서 이렇게 아무 말도 없이 앉아 있다니 내가 뭘 하고 있는 걸까?

"고양이 안 키워요?"

"안 키우는데, 왜?"

고양이가 있으면 고양이 얘기라도 하려고 그랬지. 텔레비전도 없고 고양이도 없으면 도대체 시간을 어떻게 때워야 하는 걸까. 어두운 바에서는 술술 나오던 시시콜콜한 얘기들이 형광등 켜진 거실에서는 하나도 생각나지 않았다.

"이름이 뭐예요?"

"마이클 잭슨."

그렇구나. 나는 그냥 드러누워버렸다.

"언니."

나는 잭슨을 언니라고 부르기로 했다.

"언니는 자기 전에 뭐가 떠올라?"

"검은 여자. 나를 몰래 따라다니다가 어두워지면 나타나. 그 여자한테서 도망치려고 이 집 판 거야. 내일 다른 곳으로 가. 비행기에는 그 여자가 없겠지?"

"나도 그 여자 알아. 그 여자 공항에도 있고 비행기에도 있어. 어두워지면 선명해지는 여자, 온통 검고 안 보일 때만 발소리가 나는 그 여자."

검은 여자를 아는 사람들이 많다는 것은 흔한 얘기였지만 나는 서울에 와서 친구를 사귀지 못했기 때문에 다른 사람에게 검은 여자를 봤다는 얘기를 직접 들은 것은 처음이었다. 검은 여자를 본다는 것은, 그것도 거의 매일 본다는 것은 역시 아주 가까운 사이 아니면 하기 어려운 얘기니까.

"언니의 검은 여자에게는 이름이 있어요?"

"검은 여자에게는 이름이 없지."

"역시 그렇죠?"

나는 잭슨이 나를 데리고 집으로 온 것을 이해했다. 아무래도 검은 여자를 피하고 싶은 날이 있기 마련이다. 잭슨에게는 오늘이 그런 날이었던 것 같다. 잭슨은 기분이 좋아져서(사실 나도 기분이 꽤 좋아졌는데) 검은 여자가 계단에서 구르는 걸 본 얘기도 하고(나도 검은 여자가 미끄러져 넘어질 뻔하는 것은 본 적이 있다) 술집 주인 험담도 하고 자기 험담도 했다. 나는 잭슨이 마음에 들었다.

한참 잭슨의 말에 맞장구를 치고 있는데 전화가 왔다. 엄마였다.

엄마는 어제저녁에 오빠랑 새언니, 다섯 살이 된 종현이와 갈비를 먹었다고 했다. 다섯 살 아이의 생일을 왜 갈빗집에서 하는 거야. 별일도 아닌데 화가 났다. 엄마는 자기 생일에도 오빠 생일에도 갈빗집을 예약하도록 시킨다.

"엄마, 나 지금 충주 집이야."

나는 엄마가 새언니가 사다준 백화점 브랜드 옷을 자랑하던 중에 말을 끊었다.

"거긴 왜?"

"그냥 신정이잖아."

엄마는 더 묻지 않고 자랑을 이어갔다.

"엄마는 걱정도 안 돼?"

"뭐가?"

"아빠 혼자 있잖아."

"나는 혼자가 아닌 줄 아니."

엄마는 별말도 다 한다는 듯 웃고 전화를 끊었다. 엄마는 서울로 떠날 때 충주에 남은 우리에게 집이 얼마나 커질지 알고 있었던 걸까? 엄마와 오빠가 서울로 간 뒤에 집이 얼마나 넓어졌는지 나는 넓은 집의 빈 공간들을 견딜 수가 없었다. 그 빈 공간들이 생기고 얼마 지나지 않아 검은 여자가 집에 찾아왔다. 검은 여자는 빈 공간 위를 걸어다녔다. 나는 자주 영주 집에서 자게 됐고 그것 때문에 아빠와 싸우는 날이 많아졌다.

나까지 대학 때문에 서울로 올라가고 나서 아빠는 집을 줄였다. 따로 살게 되자 아빠와의 관계는 자연스럽게 나아졌다. 검은 여자는 나를 따라왔고 나는 한 칸짜리 방에서 검은 여자와 같이 사는 데 익숙해졌다. 서울에 얻은 집은 처음에는 아주 좁게 느껴졌지만 해가 갈수록 넓어졌다. 광선을 만나고 광선이 우리 집에서 보내는 시간이 많아지면서 집은 적당한 크기로 줄어들었는데 그것은 내가 가져본 것 중에 가장 안정적인 넓이의 공간이었다. 그 공간은 따뜻했다.

이제 오지 말아달라고 나는 이제 집을 없애기로 했다고 내가 말했을 때 광선이는 매달렸다. 나는 집 비밀번호를 바꾸고 연락도 받지 않았지만 광선은 열리지 않는 문 앞에서 기다렸다. 아침까지 기다리던 광선이 출근 때문에 인사를 하고 떠나면 나는 밤새 너무 넓어진 집에 혼자 앉아서 검은 여자를 노려봤다.

몇 번은 포기하고 문을 열었다. 그런 날에는 거짓말처럼 집이 줄어들었다. 끌어안고 있는 우리 둘 사이에는 비어 있는 곳이 없었고 집은 따뜻해졌다. 어제도 그런 날이었다. 따뜻하게 차오르는 밤.

그런데 나는 왜 혼자 충주에 와 있는 걸까. 핸드폰에는 광선에게서 온 부재중 연락이 하나 와 있었다. 나는 아빠에게 전화를 걸어 친구 집에 와 있다고 이제 집으로 가겠다고 말했다.

"집에 가야 할 것 같아요."

"자고 가는 거 아니었어?"

잭슨이 겁먹은 얼굴로 물었다. 자고 가. 나는 잭슨이 무엇을 두려워하는지 알 수 있었다.

"그럼 같이 가요."

"네 집에?"

"우리 아버지 집에."

잭슨은 잠시 망설이다가 짐을 챙겼다. 잭슨은 배낭을 메고 작은 트렁크를 들었고 나는 잭슨의 큰 트렁크를 들었다. 우리는 내 아버지의 집으로 갔다.

아빠는 자고 있었다. 남는 방이 없어서 부엌에 이불을 폈다.

"미안해요. 집이 좁아서."

"아까 그 집에 혼자 있는 것보다 훨씬 나아."

잭슨은 아무렇지 않게 이불을 덮고 누워서 금방 잠이 들었다. 나도 곧 잠이 들었는데 자다가 눈을 떠서 시간을 보니 여섯 시가 조금 넘어 있었다. 잭슨은 버스 시간 때문에 일찍 일어나야 했다. 여섯 시 반에 알람이 맞춰져 있었다. 나는 알람이 울릴 때까지 씻고 옷을 갈아입었다. 여섯 시 반에 알람이 울리자 잭슨이 알람을 끄고 다시 이불 안으로 들어갔다.

아빠가 부엌에서 상을 차려서 방으로 가지고 들어갔다. 나도 아빠를 따라 방으로 갔다.

"친구도 밥 먹어야 하는 것 아니냐?"

"아니야. 나가서 먹을 거야."

아빠는 더 권하지 않았다. 아빠가 나가고 나서 잭슨을 깨우는 것이 나을 것 같았다. 나는 식탁 주위에서 서성이다가 준비했던 말을 꺼냈다. 기차에 타면서부터, 기차표를 예매하면서부터, 광선이에게 미안하다는 말을 했을 때부터, 뒷덜미를 붙들린 기분으로 공항에서 나올 때마다 속으로 몇 번이나 연습했던 말이었다.

"아빠, 나 여기서 살면 어때?"

"한번 나갔으면 끝이지."

"들어오고 싶어."

"젊을 때는 힘들어도 자꾸 밖으로 나가야 돼. 힘들어도 견디다 보면 성장할 거야."

"아빠, 나는 다 컸어. 나는 안으로 들어갈래요."

아빠는 서울에 집도 있고 직장도 있는데 충주에 내려와서 어떻게 먹고살 것인지 물었다. "이 집도 어떻게 될지 몰라. 공장도 분위기가 이상해. 사장이 공장 부지를 팔 것 같아." 아빠가 식탁을 정리하며 말했다. 나는 준비한 말이 있었지만 하지 못했다. 나는 서울에 집도 있고 직장도 있고 애인도 있다. 그런 것과 상관없이 나는 불행하다. 천장에서 내려오는 밧줄고리가 구원처럼 보이는 밤이 너무 많다고 나는 아빠에게 말하지 못했다. 광선이에게도 말하지 못했던 것처럼.

아빠는 일곱 시에 집에서 나갔다. 아빠는 내가 아기였던 시절에도 휴일이 아니면 매일 일곱 시에 공장으로 출근했다. 지금도 여전하다. 나는 그런 삶을 존경한다. 성실하게 계속되는 아버지의 삶. 그런 삶에 비하면 나의 삶은 짧고 인내심이 없다.

잭슨은 내가 시간을 알려주니 바로 일어나서 나갈 준비를 했다. 잭슨은 샤워를 하거나 화장을 하지도 않았다.

"이제 어젯밤에 네가 누구였는지 맞춰볼까?"

잭슨이 잠긴 목소리로 물었다. 나는 허락했다.

“검은 여자였지?”

“할로윈은 예전에 끝났어요. 아주 예전에.”

“알아. 지난밤에 해가 바뀌었잖아. 오늘은 올해의 첫 번째 날이고. 이제 몇 살이야?”

“스물여섯.”

잭슨은 스팽글 재킷을 접어서 트렁크에 넣었다. 아침이었다. 나도 나로 돌아왔다. 우리는 아침을 먹으러 밖으로 나갔다. 집 근처에는 식당이 없어서 버스터미널로 갔다. 터미널 주변의 허름한 식당에서 국밥을 시켜 먹었다.

잭슨은 어제와 완전히 다른 사람처럼 보였다. 화장도 지우고 무대의상 같은 재킷도 벗은 잭슨은 어딘지 기운이 빠져 보이는 여자로 변해 있었다. 나는 그 여자가 친구처럼 느껴졌다. 잭슨은 밥을 먹다가 전화를 받으러 나갔다.

옆 테이블에는 할머니가 혼자 뼈해장국을 먹고 있었다. 우리가 들어왔을 때부터 계속 혼잣말을 중얼거리고 있어서 신경이 쓰였다. 작게 쪼그라든 여자, 저게 내 미래일 수도 있어. 나는 그 노인을 보지 않으려고 핸드폰을 꺼냈다. 문자가 와 있었다. ‘충주야? 서울 오면 연락 줘.’ 문자를 보고 있는데 오싹한 기분이 들었다.

옆 테이블에 앉아 있던 노인이 내 바로 옆에 바싹 붙어 서 있었다. 무슨 말을 중얼거렸는데 잘 들리지 않았다. 일어서면 노파의 입술에 내 머리가 스칠 것 같았다. 노파에게 손목을 붙들릴 것 같았다. 나는 고개를 들지 않고 잭슨이 오기만 기다렸다.

노인은 식탁을 손으로 짚고 몇 발자국 움직여서 잭슨의 자리에 앉았다.

"나를 봐. 아가씨."

노인의 말이 또렷해졌다. 나는 노인의 눈을 봤다. 노인의 눈은 노란색이었다.

"아가씨."

노인이 나를 불렀다. 그리고 주름진 손을 내 손에 얹었다. 그 손은 의외로 부드럽고 따뜻했다.

"이 동네 집들이 이제 다 떠내려갈 거야."

늙은 여자가 부드럽고 또렷한 목소리로 말했다. 잭슨이 전화를 끊는 모습이 식당 유리문 너머로 보였다.

"버스 시간이 다 됐어요. 저기 제 친구가 오네요."

나는 손을 뺐다. 늙은 여자는 순순히 일어났다.

"집이 무너지면 무서워하지 말고 옆에 있는 사람 손을 잡아. 집은 또 지으면 되니까. 손만 놓치지 않으면 돼."

늙은 여자는 그렇게 말하고 식당 부엌으로 들어갔다. 할머니가 사라졌을 때 잭슨이 들어왔다.

"남편이 마중을 나온대."

"그럼 슬슬 나갈까요?"

잭슨과 나는 터미널 안으로 들어갔다. 버스 시간이 십 분 정도 남았을 때 잭슨이 기다리던 사람이 왔다. "역시 그랬구나!" 나는 술집 주인에게 잭슨을 넘겨주고 창구로 가서 서울로 올라가는 표를 샀다. 가장 빠른 차는 열한 시 이십 분 버스. 터미널 의자에 앉아서 광선에게 전화를 걸었다. 신호음이 들렸다. 광선이가 전화를 받으면 오늘 아침에 들은 예언을 전해줘야지. 그리고 새해 인사를 할 것이다. 새해 복 많이 받아, 내 사랑.

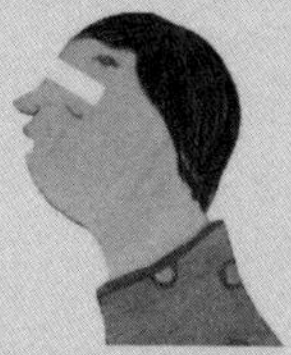

유메는 나무를 껴안고 고개를 숙여 옹이처럼 보이는 곳에 입을 맞췄다. 그리고 굵은 넝쿨 하나를 입에 넣어 빨기 시작했다. 그 순간 나무가 움직인 것처럼 보인 것은 나의 환시였을까.

Q_

나무힘줄 피아노

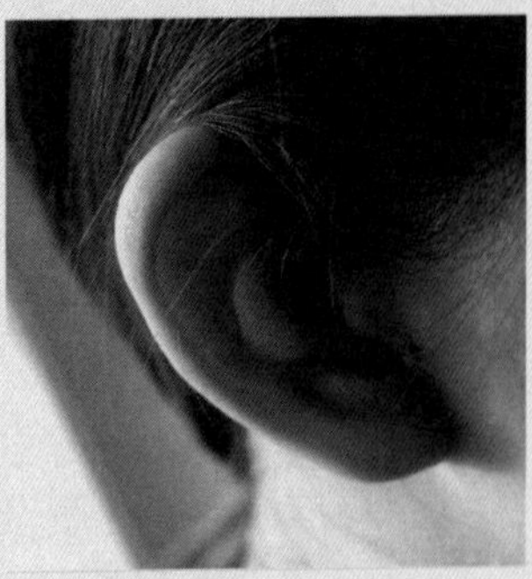

Q

철은 없고 돈도 없고 꿈과 소재는 많고 손끝은 무디고 아직 쓰지 않은 걸작 때문에 신나다가 슬프다가 한다. 쓰는 지옥과 쓰지 않는 지옥 중에서 쓰지 않는 지옥 쪽이 더 끔찍해서 혹시 내가 작가가 된 것은 아닐까 신기해하고 있다.

살면서 저지른 실수가 한데 모여 치욕의 꽃다발을 목에 걸어주는 순간이 다가오면 나는 어디론가 숨어버린다. 지금까지 세 번쯤 각각 다른 치욕으로 엮인 꽃다발을 선사받았다. 꽃들은 시들지 않았고, 나보다 빛났으며, 악취로 인해 대단한 명성을 가져다주었다. 대학 내내 나는 유명한 소문, 냄새나는 자였으며 저렇게 돼서는 안 되는 선배의 본보기였다. 내가 미남이라는 것과 모욕에 무관심하다는 사실 때문에 더 큰 분노를 샀고 적과 추종자에 둘러싸여 있을 뿐 친구라고는 하나도 없었다.

오래전부터 인간은 우정의 대상이 아니었기 때문에 아무래도 상관없었다. 다만 무감각한 감각 속에 잠겨 흐릿한 도취의 나날을 보냈을 뿐이다. 입학 초 잔재주로 잠깐 스승의 눈길을 끌었지만 삶 자체를 물감으로 다루려는 충동 때문에 붓을 내려놓고 술만 마셨다. 그러니 내 젊음은 얼마나 흔한 종류인가? 나는 뛰어나지도 성실하지도 악하거나 선하지도 않았으며 실상은 자유롭지도 않았다. 그런데도 미대의 수많은 괴짜 중에 내가 유독 주목을 끈 이유는 학교 앞 모텔에 살았기 때문이리라.

예술대 후문 쪽에는 허름한 하숙집과 고시원이 골목을 이루고 있었다. 그중에서도 '벨리시움 모텔'은 돌아가지 않는 날개를 달고 붉은 벽돌로 지어진, 그나마 높은 건물이었다. 한때는 이름난 러브호텔이었으나 지금은 쇠락한 동네 풍경에 맞게 낡고 지저분했다. 더러 장기 투숙자들도 있었는데 그중 하나가 나였다.

제대하고 복학한 지 일 년 만에 나는 학교를 휴학했다. 그러나 학교 앞을 떠나지는 않았다. 밀린 월세를 내준 여자를 따라 모텔로 옮겨 방 안에만 처박혀 지내면서 날개 사이로 보이는 풍경을 내려다보곤 했다.

나는 여자들의 호의를 무시하지도 받아들이지도 않는 태도를 취했다. 여자들은 무심한 내 성격에 끌려 몇 달 혹은 몇 주 간 연인이 되어주다가 못 견디고 떠나곤 했다. 남자들은 도통 나를 무리에 끼워주지 않았기 때문에 여자 동기나 선후배들하고만 대화를 했고, 위탁모에게 맡겨진 입양아처럼 여러 연인의 품을 전전하며 돌봄을 받았다. 이렇게 무기력하면서도 타인의 시선을 의식하지 않는 성향 때문에 일리스의 사건에 연루된 것이다.

벨기에인가 네덜란드인가에서 온 일리스와는 라이브클럽에서 만났다. 첫날부터 이곳에서 밤을 보냈는데 사흘째 되는 날에 그녀는 아예 반년치 방세를 선불로 냈다. 그녀는 내가 처한 경제적 곤란을 해결해주고 자신이 처한 다른 곤란에 도움을 받고자 했다. 완전히 복종하는 남자가 필요한 성적인 곤란이었다. 나는 수동적인 반응만으로 이런 상황에 놓인 것이 대단한 모험이라 여겼기 때문에 그녀가 하는 대로 놔두었다.

함께 엉켜 있는 밤이 지나가면 일리스는 어디론가 사라졌다가 며칠에 한 번씩 방으로 돌아왔다. 그녀는 나보다 열다섯 살쯤 많았고 키가 아주 작았다. 품에 안고 내려다보면 염색이 빠져나간 모근마다 충혈된 눈동자처럼 붉은 기가 돌았다. 내 영어는 형편없었으나 어차피 우리는 대화를 거의 하지 않았다.

말없는 백인여자의 집요한 자궁은 차갑고 무서웠다. 섹스가 끝나 텅 빈 상태가 되면 일리스는 피우던 담배를 분필처럼 쥐고 연기로 풍차 날개의 가장자리를 더듬었다. 그럴 때마다 돌아가지 않는 날개가 단두대 칼날처럼 여자의 흰 목덜미를 뎅겅 잘라낼 것 같은 기분이 들었다. 내일은 떠나야지, 모레는 떠나야지 하면서도 나는 몇 달째 302호를 떠나지 못했다.

일리스를 사랑했던가? 이따금 풍차의 날개가 돌아가고 더러운 동굴 같은 302호가 하늘에 떠올라 이곳 아닌 다른 곳에 내려앉는 꿈을 꾸기도 했다. 그곳은 네덜란드이기도 했고, 벨기에이기도 했고, 모로코나 세네갈이기도 했다. 일리스가 지나온 여정이 이런 환상을 부추겼다. 그녀는 돈 걱정 없는 세계일주자였고 아시아에만 이 년째 머무르는 중이었다. 경험도 일천하고 남보다 욕을 좀 더 먹은 것 외에 가진 재산이 없는 나는 일리스의 어둠과 가벼운 발걸음을 부러워했던 것 같다.

하나의 의식처럼 나는 아침마다 창문을 열고 학교에 가는 아이들을 내려다보며 알몸으로 담배를 피웠다. 내 뒤로 벌거벗은 여자가 잠들어 있다는 것을 뻔히 아는 아이들은 민망해하며 고개를 숙이거나 어색하게 인사를 했다. 야유나 냉소, 어처구니없는 동경을 담은 반응이었는데 나는 짐짓 여유롭게 고개를 끄덕이거나 손을 흔들어주었다. 바티칸 성당 발코니에 나와 축원하는 퇴폐의 교황처럼.

그러고 있으면 얼마간 쓸쓸했고 군중과 우정을 나누는 다정한 감정도 들었다. 개개의 인간에게는 혐오감만 느끼면서 무리 진 인간을 먼 발치에서 바라볼 때면 나는 그리움과 비슷한 감정을 품는다. 말하자면 내 몫의 사랑을 온전히 전달한 타인을 찾을 수 없어 '타인들'에게만 안전한 감상주의를 부리는 것이다. 뚜렷하게 사랑할 것 없는 인간은 이렇게 공허한 다정함으로 자신을 채운다. 나는 모자라는 지혜를 허세로 채울 수밖에 없는 서툰 반항아였지만 무엇에 반항하는지 알지 못했다.

마침내 굴속 같은 302호에서 나오게 됐는데 그 계기 또한 막연하다.

전날 밤에 일리스의 착취는 유난했다. 잔인한 군주처럼 굴면서 내가 아는 어떤 감수성으로도 이해할 수 없는 쾌락을 요구했다. 최대한 그녀의 황홀경에 맞추려 했으나 번번이 실패했고 돌아누우면 입술과 젖가슴이 등 뒤에 흡반처럼 달라붙었다. 갤리선의 노예처럼 노를 저어 겨우 그녀를 잠이라는 항구에 데려다놓고 나니

십 년은 늙은 기분이 들었다.

담배를 사러 나왔더니 햇살에 눈살이 찌푸려졌다. 지나치게 단 커피처럼 부담스럽고 화창한 아침이었다. 편의점 앞에서 후배 유진과 마주쳤다. 근처에서 자취를 하는 유진은 목욕을 다녀오는 길이라고 했다. 요새 누가 대중탕에 가, 라고 내가 웃자 더운 물이 시원찮아서 가끔 가줘야 해요, 라는 대답이 돌아왔다. 우리가 마지막으로 말을 나눠본 것은 이 년 전의 일이지만 유진은 거북함 없이 대화를 이어갔다.

언덕 중턱에서 유진은 잠깐만요, 라고 하더니 과일가게에 멈춰 섰다. 유진은 진지한 표정으로 사과 다섯 개를 골라 종이봉투에 담더니 나에게 한 알을 내밀었다. 유진의 젖은 머리카락과 솜털, 붉은 볼과 사과, 아침 햇빛이 밀고 들어오는 그날이라는 강력한 일상, 갑자기 이 모든 요소가 맞물려 나를 압도했다. 유진은 소박하고 순수했으며 모든 것이 자연스러운 반면 나는 완전히 그 반대였다. 나는 달군 석탄처럼 사과를 쥔 채 이상한 수치심에 휩싸여 얼어붙었다.

그 길로 두 번 다시 벨리시움 모텔로 돌아가지 않았다. 새로운 위탁모인 유진을 따라 학생의 삶으로 복귀한 것이다.

일리스가 손목을 긋던 시간에 나는 학교 스튜디오에서 있었다. 경찰조사를 받는 과정에서 또다시 악의적인 소문이 부풀었고 내가 죽였을 것이라는 추측도 공공연하게 나돌았다. 정황상 충분히 용의자로 의심받을 만하긴 했다. 마지막 동거인인 데다 사건이 벌어지기 한 달 전에 모텔에서 나왔으니 말이다.

다행히 일리스가 죽던 밤에는 스튜디오에 과제를 하기 위해 밤을 새는 학생이 여럿이었고 확실한 알리바이가 있어 혐의를 벗을 수 있었다.

소문까지 어쩔 수는 없었다. 나를 둘러싼 소문은 상관없었으나 유진에게도 진흙이 튀었다. 처음부터 유진에게 나는 사랑이 아니라 근심에 가까웠다. 갚을 수 없이 점점 불어나는 부채처럼 커져가는 내 존재가 그녀를 짓누르고 있었다. 유진은 괜찮은 척 웃음을 지어 보였는데 어둡고 텅 빈 일리스의 미소를 연상케 해서 마음이 섬찟했다. 이로써 한 가지가 분명해졌다. 다른 여자와의 관계와 달리 이번에는 내가 먼저 떠나야 한다는 사실 말이다.

나는 숙식이 제공되는 허드렛일을 구해 육체노동에 매달렸고 그 돈으로 갈 수 있는 가장 먼 곳의 비행기 티켓을 구입했다. 편도 티켓이었고 당분간 돌아오지 않을 생각이었다.

*

여행이라는 말에 이 시간은 어울리기나 할까. 여행자가 하는 행동은 거의 하지 않았으니 말이다. 이름난 관광지나 유적에 일체 발걸음하지 않은 것은 물론이고 히치하이커들처럼 캠핑을 한다거나 자연을 누비는 것도 아니었다. 값싼 숙소를 찾아 오래 머물다가 조금씩 이동하는 방식으로 움직였다. 고독, 평화, 일상을 만들어주는 시간이 권태로 부패하기 시작하면 그제야 짐을 싸곤 했다.

처음에 도착한 대도시는 이슬람 국가의 수도였는데 적응하는 것이 어려웠다. 오랫동안 야행성으로 살아온 나는 새벽 다섯 시가 되면 도시 전체를 깨우는 코란 소리에 침대에서 떠밀리다시피 일어났다. 다섯 시는 대체로 내가 잠든 지 한두 시간쯤 지난 때였기 때문에 귀마개를 하고 필사적으로 잠을 이어보려 했다. 그러나 스피커에서 울려오는 기도문 낭독을 시작으로 방음이 되지 않는 얄팍한 창문 너머로 당나귀, 원숭이, 여자들, 시장으로 향하는 행인의 발걸음 소리가 낭자하게 섞여 들어왔고 별수 없이 눈을 떠야 했다. 나는 투덜대면서도 이 도시의 역겨움에 끌렸기 때문에 금방 떠나지는 않았다.

무엇이 가장 역겨웠을까? 지독한 호객행위, 알아들을 수 없는 상인의 구변, 귀에 거슬리는 전통음악, 약아빠진 원숭이들, 지천에 깔려 있는 똥과 날아오르는 파리떼, 생가죽을 널어 말리는 뭐라 말할 수 없이 지독한 냄새…… 구시가의 불결함 속을 누비다보면 일리스 죽음에 대한 괴로운 기억은 누그러졌고 시간은 금방 흘렀다.

무엇보다 이게 마음에 들었다. 시간이 금방 가버리는 것. 한국에서는 고통스러울 만큼 시간이 흐르지 않았고, 그걸 인식하면서 들여다보고 있어야 했다. 개미떼의 느릿느릿한 이동을 바라보는 어린애처럼 지겨워하며 젊은 날을 하염없이 헤아리는 것 말고 아무것도 하지 않았으니까. 할 수만 있다면 돋보기로 개미떼를 태워버리고 싶었으니까. 그러니 힘들이지 않고 자기를 의식하는 것을 잊는다면 얼마나 행운이냐 말이다.

거짓말이다…… 나는 여기 와서도 나 자신을 똑똑히 인지하고 있었다. 도대체가 나는 나를 의식하는 일을 멈출 수가 없다. 나는 시간이 멈춰버린 듯한 이 이슬람/중세 성채 도시에 갇혀 다리가 아플 때까지 걸어다니면서 밤마다 구리로 된 찻주전자에 자신을 비춰보고 있었다. 아무 쓸모도 없는 물건을 순전히 호객행위에 굴복해 사버린 후 주전자를 멍하니 바라볼 때가 많았다.

어느새 그토록 경멸했던 나의 거리가, 죽어버린 여자와 시든 사과처럼 변한 마지막 애인이, 나를 미워하는 사람들이 내 침대 위를 가득 채웠다. 옆에 있을 때는 견딜 수 없었으면서 떨어져 있으니 그들의 자리가 선명히 살아나는 것이다. 생각을 흐트러뜨릴 요량으로 구리주전자에 얼굴을 비춰보고 왜곡되고 늘어진 형상을 바라보았다. 표정을 일그러뜨리거나 입을 최대한 벌리거나 찢어지게 웃거나 콧구멍을 벌름벌름해보거나 이빨을 드러내보기도 했으나 끝에는 울적해서 눈물이 났다.

여자는 완전히 끊었다. 발기불능이 일시적인 현상일 줄 알았는데 나아지지 않았다. 약 처방을 받는 기분으로 창녀에게도 가보았지만 소용이 없었다. 외려 가벼운 성병을 얻는 바람에 성욕마저 한풀 꺾여버렸다. 성욕이 희미해진 것, 이것은 가장 무겁고 큰 짐을 내려놓고 다니는 것과 같았다. 가벼워진 나는 도시를 떠나기 위해 버스 티켓을 사러 갔다.

스물일곱 시간 이동해야 나오는 고산지대로 향하는 버스 안은 한산했다. 그러나 두 번째로 들른 고장에서부터 한 무더기의 사람들이 타더니 몇 번 더 정차한 다음에는 빈자리가 남아나지 않았다.

내 옆에도 현지인 남자가 앉았다. 작은 얼굴에 작은 눈, 유달리 튀어나온 아래턱과 그 때문에 맞물리지 않는 아랫입술을 가진 부루퉁한 인상의 남자였다. 남자는 과묵한 척했지만 이내 참지 못하고 내게 물어왔다. 도착해 묵을 곳이 있느냐고, 자신의 집을 내어줄 수 있다고 말이다.

이 나라 사람들은 예외 없이 여행자들에게 말을 건다. 고대로부터 관광국가로 살아왔으니 몸에 촉수 같은 상술이 별도로 달려 있는 셈이다. 하는 말들은 항상 똑같다. 이것을 사겠는가, 이것을 먹겠는가, 이곳에 묵지 않겠는가 하는 말. 거절하면 어른은 욕을, 아이는 구걸의 말을 되돌려준다.

아래턱이 나온 남자는 앞으로 나와 스무 시간 넘게 옆에 앉아 갈 운명이니 재빨리 항복하는 편이 낫다. 그렇지 않으면 남자가 자신의 집이 얼마나 안락하고 쾌적한지, 아내의 요리가 얼마나 근사한지, 아이들이 얼마나 순하고 사랑스러운지에 대해 끝없이 늘어놓을 것이다. 사내의 집에 묵겠다고 약속하자 겨우 잠을 청할 수 있었다.

이따금 나는 인종과 상관없는 별개의 '종족'을 발견한다. 예를 들면 뚱뚱한 몸집에 후드티를 입고 야구 모자를 쓰고 안경을 낀, 특정한 느낌을 주는 종족이 한국에서뿐만 아니라 여러 나라에서 발견할 수 있는 식이다. 이들은 전혀 다른 국적과 인종에도 불구하고 형제같이 닮아 있다. 내가 묵기로 한 고산 마을의 남자 역시 그런 종족 중의 하나였다.

다음 날 마을에 도착해 남자의 집으로 가자 이미 집에 묵고 있는 다른 여행자가 나를 맞았다. 그녀는 동유럽 출신의 서른 살가량의 교사였는데 작은 얼굴에 작은 눈, 튀어나온 아래턱과 그 때문에 다물어지지 않는 입술을 지녀 주인남자와 남매처럼 흡사한 인상이었다. 말하자면 주인남자의 동유럽 여성 버전의 얼굴이라고 할까. 새로운 여행객을 보자마자 눈을 굴리며 숙소의 가격이 합당한지 아닌지에 대해 쉴 새 없이 떠들었다.

"바가지를 쓴 것 같아요. 아침 식사에 과일도 빠졌고요. 처음에 한 말과 자꾸 달라져요. 난 내일 다른 곳으로 숙소를 옮길 거예요……"

여자는 위로 들린 코끝을 킁킁거리며 묻지도 않는 말을 늘어놓았다. 그녀는 합리적 여행에 대해 고민하느라 끊임없이 짐을 싸서 이동하는 타입이었다. 이 나라에서 합리적인 주장을 하는 것이 얼마나 불합리한 상황을 몰고 오는지 익히 겪은 터라 동의할 수 없지만 그녀는 자신이 얼마나 현명하게 여비를 아끼고 그 돈으로 많은 곳을 다니는지 줄기차게 늘어놓았다. 나는 여자의 소음을 피해 창문으로 시선을 돌렸다.

마을은 민속적인 요소는 사라지고 상업적인 비린내만 풍기는 전형적인 관광지였다. 게다가 이상하게 여행자들이 들끓었다. 나는 이들을 피해 좀 더 깊숙이 들어가보기로 했다.

나흘 만에 남자의 집을 떠나 당나귀들을 따라 산으로 올라갔다. 황무지, 돌, 키 작은 풀과 나무들, 염소 똥과 기막히게 푸른 하늘이 이어졌다. 거대한 산에 칼로 생채기를 낸 것처럼 가늘고 좁은 길을 걷는 일이 무섭기보다 안정감과 편안함을 주었다.

해가 저물 무렵에 마침내 인가가 나타났다. 이곳까지 온 동양인이 하나도 없었는지 마을 사람들이 달려들어 내 옷과 가방을 만져보았다. 말이 통하지 않는 나를 두고 그들끼리 짧은 논의가 오가더니 이윽고 어느 집으로 나를 안내했다. 어차피 숙소도 밥집도 없는 곳이어서 이끄는 대로 따라갈 수밖에 없었다.

다음 날 심한 감기에 걸렸고 나을 때까지 꼼짝없이 오두막에 붙들려 있어야 했다. 내가 '마마'라고 부른 중년여자가 나를 살뜰하게 돌봐주었다. 풀이 들어간 뜨거운 수프와 콩으로 만든 요리를 아침마다 가져왔다. 사례를 하려 들면 '먼 곳에서 온 손님을 극진히 맞는 것은 우리의 관습'이라며 전부 거절했다. 나는 마마의 몸짓만으로 이 어려운 말을 알아들었다. 마마의 친절은 지금까지 시달린 온갖 호객행위를 상쇄할 정도였고 나는 완전히 긴장을 푼 채 그녀의 호의에 몸을 맡겼다.

'떠날 날'을 결정하게 된 것은 마마의 남편이 도시에서 돌아왔기 때문이다. 작은 얼굴에 작은 눈, 튀어나온 아래턱과 그로 인해 다물리지 않는 입술을 가진 경계심 많은 남자. 그들은 여러 사람이었지만 한 사람인 듯했다. 수없이 마주치지만 궁극적으로는 단 한명, 아랫입술이 튀어나오고 다물리지 않는 입술에서 끔찍하고 지루한 말이 쏟아져나오는 사람. 이들은 내게 어떤 세계를, 그러니까 진부하고 혐오감이 드는 세속의 세계를 상징했다.

마지막 오후가 되어서야 풍경이 새삼 사랑스럽게 다가왔다. 이유는 간단했다. 나는 곧 떠날 사람이기 때문이다. 여행지가 가장 좋아지는 순간은 그곳을 떠나기 직전이다. 이별이 가능해진 순간에야 사랑을 확인하는 연인처럼.

*

여비가 떨어질 무렵 정착할 기회가 찾아왔다. 하루 오 불짜리 호스텔인 〈교토 민박〉의 집주인이 내 구세주였다.

아내가 오사카 사람이고 그 자신은 경상도 사람인 윤은 오랜만에 모국어로 말할 기회가 생겨서 그런지 처음부터 친절했다. 대부분의 시간을 호스텔 거실에서 보내는 나인지라 그와 대화할 기회가 많았는데 자연스레 그가 동화작가라는 것을 알게 되었다.

윤은 〈괴물이 된 사물〉 시리즈를 쓰고 있었다. 그중에서 내 눈길을 끈 것은 '나무힘줄 피아노'라는 장이었다. 숲에 버려진 오래된 피아노의 늘어진 현 끝에 어느 날 나무 넝쿨이 닿는다. 넝쿨이 현을 팽팽히 감아쥐면서 숲에는 뜻밖의 연주가 울려퍼진다는 이야기였다.

일본 만화에 빠져 있는 윤은 〈피아노의 숲〉이라는 만화를 특히 좋아했는데, '버려진 숲의 피아노'는 분명 거기에서 따온 이미지인 것 같았다. 나도 그 만화를 전부 읽었으니까. 그러나 '나무줄기'라고 쓰지 않고 '힘줄'이라고 쓴 덕분에 글 속 피아노는 근육질의 생명체 같은 느낌을 주었다. 나는 민박집 공용 노트에 이 이미지를 스케치를 했는데 윤은 내 그림을 무척 마음에 들어 했다. 출판사에 원고를 넘길 때 반드시 내게 일러스트를 부탁하겠다는 말도 덧붙였다.

그러나 윤은 원고를 완성하지 못했다. 이곳이 머문 지 한 달을 넘길 무렵, 윤은 전보를 받고 파랗게 질려 내게 내밀었다. 내가 일본어를 읽지 못한다는 것을 잊을 만큼 넋이 나간 눈초리였다.

“아내가 사고를 당했대. 중환자실에 있다는군.”

이틀 후에 그는 일본으로 돌아가는 비행기에 몸을 실어야 했다. 경황없이 떠나면서 윤은 당분간만 〈교토 민박〉을 돌봐달라고 부탁했다. 갈 데 없는 내 처지를 알고 하는 말이었고 나로선 거절할 이유가 없었다.

비수기가 시작되면서 호스텔에는 거의 손님이 들지 않았다. 나는 아침마다 윤이 돌봐주던 길고양이의 먹이를 챙겨주고 담배를 피운 다음 그가 남기고 간 책과 영화를 보며 소일했다. 걸어서 한 시간 거리에 있는 마을 중앙광장에 나가 일주일치의 장을 봐오는 것이 유일한 외출이었다.

호스텔을 맡은 처음 한 달은 열다섯 명 정도의 배낭 여행자가 투숙했다. 그러나 빗줄기가 거세지고 투어가 중단되면서 손님이 줄어들더니 나중에는 혼자 지내는 날들이 대부분이었다.

텅 빈 방을 지나다보면 나 자신이 착륙에 실패한 우주로봇처럼 여겨졌다. 카메라와 현미경과 적외선 분석 장치를 가졌지만 안테나를 펴보지도 못하고 통신 두절이 돼버린 로봇. 창문을 열면 빗줄기가 빽빽한 전파처럼 내리꽂히고 있었다. 온몸에 습기가 차서 뼈 안쪽에 곰팡이가 스는 느낌이었다. 그럼에도 이층으로 된 이 작은 건물은 고독, 안전, 평화의 안테나를 펼 수 있는 곳이었다. 아무 할 일도 없었기 때문에 나는 다시 그림에 이끌렸다.

윤에게서 더 이상 메일이 오지 않았다. 윤의 아내는 그가 돌아가기도 전에 죽음을 맞이했고 장례를 치르느라 정신이 없다는 소식이 마지막이었기 때문에 나는 답신을 채근하지 않았다. 윤이 당부한 대로 맥주와 파스타를 떨어지지 않게 사놓고 가뭄에 콩 나듯 찾아오는 여행자를 맞았다.

계절이 바뀌도록 연락이 없자 언제까지 〈교토 민박〉을 지켜야 하는지 알 수 없어 다소 난감했다. 그러나 생활이 완전히 질서를 이루었기 때문에 초조하지는 않았다. 인터넷으로 주문한 화구가 도착한 다음부터 줄곧 작업에 빠져 지냈던 것이다. 특히 발코니가 있는 이층은 채광이 좋아 그림을 그리기에 최적의 장소였다.

마침내 지루한 우기의 끝나고 비가 그치자 나는 호스텔 문을 잠그고 오랜만에 외출을 했다. 일시적으로 생겨난 물웅덩이마다 햇빛이 반사되어 사방이 반짝거렸다. 돌 틈과 경사진 곳마다 어김없이 물이 고였기 때문에 거리는 수많은 조각 거울을 품고 있는 듯했다.

나는 벤치에 앉아 물웅덩이 속에 비친 모스크의 첨탑과 가로수, 상점 간판 등을 홀린 사람처럼 바라보며 스케치했다. 반사된 사물은 실제보다 근사했는데 부분적으로만 형태를 담고 있기 때문이었다. 웅덩이들을 제외한 나머지 세상을 전부 삭제해보았다. 일시적인 것들만 존재하는 세상, 생명 없는 것들의 생명력이 찰나적으로 빛나는 세상이 떠올랐으며 강렬한 이미지와 충돌할 때 늘 그랬듯 일종의 마비가 찾아왔다. 이 아름답고 텅 빈 세계에는 오직 나 혼자만 존재했다.

"당신이에요? 아빠가 말한 사람이."

웅덩이 안에 다른 그림자가 비쳐 내 상태를 깨뜨렸다. 땅에서 시작된 나무처럼 갈색 구두에 같은 색깔의 스타킹을 신은 동양여자가 내려다보고 있었다.

"연락 못 받았나. 하긴, 할 새도 없었겠구나."

여자는 우산을 털며 말했다. 그녀는 윤의 이름을 대며 자신이 그의 딸이라고 했다. 내가 그 마을의 유일한 동양인이라 찾기가 쉬웠다고 덧붙였다.

그녀는 한국어도 일본어도 아닌 영어를 사용해 윤의 사정을 말해주었다. 어머니의 장례를 치르자마자 아버지가 쓰러졌고, 병원에서 말하길 중증 말라리아에 걸린 채 돌아왔다고 했고, 짧은 투병의 와중에 눈이 멀었고, 마침내 죽음을 맞이했다는 것이다. '그나마 객사가 아닌 것이 다행이죠'라고 그녀는 논평하듯 덧붙였다. 자신은 유산을 정리하기 위해 이곳에 왔다는 것이다.

'더 어릴 줄 알았는데.'

윤의 나이가 오십이 넘은 것은 알았지만 이렇게 성인이 된 딸이 있으리라고는 생각하지 못한 나는 속으로 중얼거렸다. 일단 부고에 놀랐기 때문에 다른 말들은 잘 들어오지 않았다. 부부가 차례로 죽음을 맞이하고 외동딸이 나타난 상황이 급작스럽게 느껴졌지만, 그녀는 일본에서 떼어온 가족관계증명서를 갖고 있었고 윤과 찍은 사진도 보여주었다.

곧바로 호스텔을 처리할 줄 알았는데 그녀는 몇 달 쉬면서 천천히 건물을 매각할 생각이라고했다. 장례를 연달아 치르는 동안 쏟아지는 동정을 피하기 위해 떠나왔기 때문에 서두를 이유가 없다는 것이다. 그러면서 사정이 된다면 내가 호스텔에 좀 더 머무르며 인수인계를 해주었으면 좋겠다고 부탁했다. 적절한 사례를 하겠다는 말까지 덧붙인 제안이었다.

나야 임시관리인이니 구태여 따질 필요는 없는 것 같았다. 여비를 조금 벌어 이곳을 떠나면 될 것이다. 언제든 자유롭게 떠날 수 있다는 사실이 중요했기 때문에 여자의 말에 고개를 끄덕였다.

유메는 교묘했고, 눈부셨고, 어둡지 않았고, 교활했고, 관능적이었다. 아무튼 머리가 좋은 여자였다.

호텔에서 〈교토 민박〉으로 캐리어를 옮긴 후 유메는 단번에 자신의 고치를 만들었다. 그녀는 몇 가지 사물만으로 공간을 금세 길들이는 재주가 있었다. 윤의 유품을 치운 자리에 막대를 꽂은 향수를 놓아 중년 남자의 방을 금세 여성적인 분위기로 바꾸는 식이다. 떨어져 산 부녀의 정은 깊지 않았는지 윤의 죽음에 그다지 슬퍼하는 기색은 보이지 않았다.

거추장스러운 일은 빨리 해치우자는 게 그녀의 모토인 것 같았다. 그 '해치워야 하는 일' 중에는 나와의 성적인 긴장도 포함된 모양이다. 나흘 만에 그녀는 내 침대에 고양이처럼 스며들었다.

유메의 대단한 매력도 나의 불능을 단번에 치료하지 못했다. 치욕을 삼키고 있는 사이 그녀는 웃옷을 입고 편안하게 담배를 피우더니 다시 내 팔을 끼고 잠이 들었다. 아침에 나는 성공했고, 그다음부터 걷잡을 수 없이 그녀에게 빠져들었다. 내 편에서 더 많이 사랑하는 여자를 만난 것은 처음이었다. 나는 사랑해주는 여자에게 끌려가던 수동적인 방식이 아니라 완전히 복종하는 방식으로 그녀를 사랑했다.

이제 그림도 삶도 심지어 여행의 일상도 옅어지고 있으며 오직 유메와의 시간만 존재할 뿐이었다. 그에 따라 나의 어리석음과 갈등, 즐거움과 슬픔이 새로 태어나고 있다. 어린아이처럼 천진하다가 직장 상사처럼 나를 나무라는 그녀. 나는 그녀를 사랑하는 것일까? 아니면 사랑하기로 한 스스로의 주문에 걸려든 것일까.

우리는 서로를 못 견뎌 했지만 헤어지는 일에는 번번이 실패했다. 나는 유메의 변덕을 견딜 수 없었고 유메는 나의 복종을 지겨워했다. 게다가 기질이라든지 취향이라든지 모든 면에서 완전히 다른 타입의 사람들이었다. 유메가 마름모꼴라면 나는 세모꼴이었고, 유메가 동그란 기분을 느낄 때 나는 직사각형처럼 완강하게 얼어붙어 있었다. 서로에게 고함을 치며 싸우다 그나마 몇 되지 않는 손님들이 전부 떠나버리기도 했다.

나는 여러 번 버스표를 사고, 찢고, 환불했다. 그럴 때마다 유메는 내 가방이나 옷을 풀었고, 반대로 당장 꺼지라며 가방을 내던지기도 했다.

격렬하게 싸운 다음에도 태평스럽게 잘 자는 유메가 보기 싫어 함께 쓰는 침대에서 빠져나온 적이 있다. 방 안의 공기는 유메의 탐욕스러운 잠으로 부풀어 있었다. 오, 너의 무서운 잠. 시퍼렇게 살아 있는 잠, 지독하게 자기충족적인 그녀가 견딜 수 없어 복도를 배회했다. 멀리서 새벽 다섯 시의 기도를 알리는 소리가 들려올 때까지도 잠을 이루지 못하다가 아침에야 돌아왔더니 유메는 자연스럽게 내게 감겨 따뜻한 살을 부볐다. 나는 천천히 녹는 설탕처럼 그녀 안에 완전히 용해되어 잠에 빠져들었다. 다시 일어났을 때 유메는 내 스케치북을 넘기고 있었다. 그리고 한 페이지를 가리키며 이 그림이 뭐냐고 물었다.

"나무힘줄 피아노."

나는 윤의 글에서 모티프를 얻었노라고 말하고 동화를 들려주었다. 그러자 그녀는 한쪽 입꼬리만 비죽이 올려 조롱하듯 비웃는 것이다.

"진짜 이야기를 들어볼래?"

유메는 대답을 듣지도 않고 내 팔을 가져다 팔베개를 했다.

인간들은 모르겠지만 햇빛 속에는 보이지 않는 줄이 무수히 들어 있습니다. 식물들은 그 사실을 잘 알고 있습니다. 빛의 순수한 노예인 우리는 언제나 자신을 잡아당기는 빛줄기에 복종해 자라났으니까요. 우리는 태양이 당기는 대로 대지에서 점점 멀어집니다.

신에게 루시퍼가 생겨나듯 우리 중에 반란자가 나타났습니다. 그는 숲의 가장 큰 나무로, 빛보다 어둠을 숭상해 오랫동안 뿌리만 늘려갈 뿐 땅속에서 나오지도 않았습니다. 마침내 뿌리가 거대한 제국을 이루었을 때 그는 대지에 모습을 드러냈습니다. 그는 태양에 의지하지 않고 사방에서 빨아먹은 지력을 토대로 빠르게 성장했습니다. 자랄 만큼 자란 다음 이파리를 다 떨어뜨려버리고 이듬해부터는 털 없는 짐승처럼 전신에 작은 잎 하나 틔우지 않았습니다. 심술궂은 성정을 드러내는 듯 꼬이고 뒤틀린 가지들만 복잡하게 키워나갈 뿐.
폭군은 태양을 조롱했고 물을 얻으려는 노력도 다른 식물을 착취하는 것으로 대신했습니다. 뒤틀린 몸에는 굵고 작은 가지들이 무수히 돋아나 마치 거미줄처럼 숲의 이로운 포자와 풀씨들을 강제로 접붙였습니다. 풀씨 중 잎이 크고 넓은 종자만 골라 자신의 가지와 가지 사이의 오목한 부분에 기생하도록 만들었습니다. 비가 올 때마다 이 이파리들은 접시처럼 오목하게 벌어져 물을 담아놓곤 했습니다. 그러나 어렵게 모은 물은 모조리 폭군이 마셔버렸기 때문에 그의 제국에 사는 풀들은 늘 파리하고 창백했습니다.

폭군이 지배하는 영토에 미친 사내가 피아노를 끌고 왔습니다. 사내는 마지막으로 피아노를 쳤고 연주를 마친 후에는 폭군의 몸에 목을 매고 죽었습니다. 폭군은 자신이 산 채로 무덤이 되어버린 형국이 못마땅했지만 시간이 갈수록 풍화된 시체가 뼈로 만들어진 모빌처럼 흔들거리자 자신에게 꽤 어울리는 장식물이라고 생각했습니다. 바람이 불 때마다 매달린 사내의 뼈가 흔들거리면서 피아노를 툭툭 치는 소리가 폭군의 사막에 울려퍼졌습니다.

시간이 한참이나 흐른 뒤 소녀가 숲에 나타났습니다. 소녀는 폭군도, 거기에 매달린 시체도 무서워하지 않았습니다. 건반을 눌러보던 소녀는 폭군의 그늘에 기댄 채 잠이 들었습니다.

이따금 찾아와 낮잠을 자거나 숙제를 하는 소녀. 이 사랑스러운 소녀의 주위를 어떻게 끌 수 있을까? 바람이 불어와 오랜 동료인 시체가 피아노를 툭툭 치자 폭군에게 좋은 생각이 떠올랐습니다. 폭군은 넝쿨 하나를 뻗어 피아노의 늘어진 현을 잡아당겼습니다. 순간 맑은 음 하나가 숲에 물결쳤습니다.

나무힘줄로 피아노를 되살려놓은 폭군은 음악을 만들기 시작했습니다. 괴물의 가슴 어디에 이런 음악이 깃들어 있었을까요? 소녀의 낮잠 속으로 아름다운 음악이 흘러들어갔습니다. 그것은 나무의 음악이자 밀어였으며 소녀의 마음을 얻기 위해 숲의 모든 것이 유기적으로 존재하는 순간을 표현하고 있었습니다.

소녀가 자기도 모르게 미소를 짓자 넝쿨 하나가 자라나 부드럽게 소녀의 발목을 감고 올라갔습니다. 가장 연하고 질긴 줄기가 매끄러운 종아리와 허벅지를 지나 소녀의 몸속으로 빨려들어갔습니다. 소녀를 욕망하는 나무는 백 개의 팔을 휘감아 소녀를 눕혔습니다. 소녀는 하얀 이로 나무를 물어뜯었고 그러자 투명한 즙이 뚝뚝 떨어져 온몸을 끈적거리게 만들었습니다. 등과 고개를 뒤로 젖히자 떠지지 않는 눈꺼풀 넘어 녹색과 금색으로 빛나는 세상이 출렁거렸습니다.

숲 전체가 폭군의 전율을 느끼면서 이 기묘한 사막에는 주신제와 같은 광풍이 휘몰아쳤습니다. 대지의 안과 밖에서 폭군의 백성은 갑자기 무성해졌습니다. 숲은 새로 돋은 가지와 이파리들이 자라나는 소리로 수런거렸습니다. 나무힘줄 피아노에서는 미친 듯이 음악이 흘러나왔고 광인의 뼈도 되살아나 덜컥이며 춤을 추었습니다. 소녀의 모습은 짙은 녹음에 가려 더 이상 보이지 않게 되었습니다.

"열두 살 때 내가 만든 이야기야."

"야설 같은데. 유치하고."

"아빠는 그걸 가져다 썼어. 사실 아빠는 뭐든 가져가버렸지. 잘 죽었어."

햇볕에 잘 마른 빨래에서 나는 냄새가 유메의 몸에서 풍겨왔다. 나는 가슴에 코를 묻고 그 냄새를 들이마셨다.

유메의 무표정함 속에 감추어진 교활함은 이곳 현지인들의 습성과 어딘가 닮았다. 그들은 많이 생각하지 않고 즉자적으로 살아가는 것처럼 보였지만 이미 모든 것이 고려된 채 행동으로 완결될 날만 기다리고 있었다.

유메는 자연스럽게 약에 손을 댔고 내게 오기 전부터 중독자의 길을 가고 있는 듯했다. 그녀가 일본에서 이곳에 온 진정한 이유는 마음껏 약을 하기 위해서가 아닐까 싶었다. 온종일 취해 있거나 비슷한 여행자들을 불러 함께 약을 하는 날들이 점점 늘어났다.

그러다 어떤 날은 멀쩡히 약을 끊고 종일 분주히 움직였으며 무언가를 끊임없이 버리고 정리하는 일에 몰두했다. 몇 번인가는 밤중에 나가 돌아오지 않은 적도 있었다. 내 첫인상은 완전히 빗나가버렸다. 그녀에게도 일리스의 체취가 풍겨나기 시작한 것이다. 어둡고 부패한 향기가.

내 품을 빠져나간 유메가 몽유병자처럼 어디론가 가고 있었다.

문이 닫히는 소리에 잠에서 깬 나는 그녀의 뒤를 밟았다. 길어진 유메의 그림자 뒤에서 약쑥 냄새와 비슷한 마리화나 향이 확 풍겨왔다.

달빛을 받은 뒷목과 어깨가 하얗게 드러났다. 산으로 휘청휘청 향하는 뒷모습이 유메가 아니라 유메의 유령을 보는 듯했다. 유메, 라고 불러보기도 했으나 그녀는 전혀 듣지 못한 것처럼 앞으로 나아갔다.

밤안개는 흡사 가루로 된 것처럼 피부에 달라붙었고 높은 나무에서 수액이 떨어져 옷에 묻었다. 숲에 휘말리는 일은 최면에 걸리는 것과 비슷했는데 유메를 발견하지 않았다면 그대로 길을 잃었을지도 모른다.

유메는 하얀 나무 기둥 같았다. 옷을 벗은 나신이었다. 그녀는 뱅뱅 돌려있는 나무 사이의 한복판에서, 가장 크고 거대한 나무 앞에 서 있었다. 잎이라곤 하나도 없는 나무가 멀리서 녹색으로 보였던 것은 무수한 도마뱀이 달라붙어 있기 때문이었다. 유메가 손을 대자 수천의 도마뱀들이 뿔뿔이 흩어졌다. 나무는 크림을 휘저어 그대로 굳어버린 것처럼 갈라진 결이 그대로 드러났고 이미 고사한 것처럼 보였다. 회색 가지에서 가시처럼 빽빽한 잔가지와 등걸이 덤불처럼 엉켜 있었다.

유메는 나무를 껴안고 고개를 숙여 옹이처럼 보이는 곳에 입을 맞췄다. 그리고 굵은 넝쿨 하나를 입에 넣어 빨기 시작했다. 그 순간 나무가 움직인 것처럼 보인 것은 나의 환시였을까. 아니다. 유메는 넝쿨에 휩싸인 채로 천천히 바닥에 눕고 있었다. 조금 더 자세히 보기 위해 다가간 나는 유메가 눈을 뜬 채로 여전히 잠들어 있다는 것을 깨달았다. 그녀의 탐욕스러운 숨소리가 내가 있는 곳까지 들려왔기 때문이다.

유메는 잠든 채로 자신의 폭군과 교접하고 있었다. 유메의 잠이 주술이고 그녀의 숨소리가 주문이었다. 하얗고 음란한 가지가 뱀처럼 구불거리며 그녀의 나신 위로 기어올라가 꿈을 황홀하게 만들고 있었다. 유메는 잠든 채로 만족스럽게 애무를 즐겼는데 반쯤 뜬 눈에도 달빛이 떠 있어 눈동자가 노랬다. 끈적한 수액에 뒤덮인 유메의 입에서 교성이 흘러나오고 있었다.

안개는 더욱 짙어졌고 기묘한 향기가 났다. 짙어진 안개 때문에 시야가 뿌옇게 흐려졌고 내 몸에서도 가지 하나가 우뚝 서는 것을 느낄 수 있다. 그때 음악이 들려왔다. 어디에도 보이지 않던 숲의 피아노에서 기괴한 멜로디가.

덜컥이며 춤추는 뼈들이 나를 스쳐갔을 무렵 나는 정신을 잃었다.

다음 날 새벽이슬에 젖은 채 일어났을 때 숲은 아무 일도 없다는 듯이 제 모습으로 돌아가 있었다.

호스텔에 와보니 유메는 침대를 떠난 적 없는 사람처럼 잠들어 있었다. 그녀의 몸을 뒤지는 사람처럼 샅샅이 훑으며 섹스를 했으나 몸에서 희미한 유칼립투스 향이 난다는 것 말고는 다른 증거는 찾을 수 없었다.

그러나 내 착각이었다. 유메는 그날부터 밤마다 숲으로 가서 폭군과 교접했으며, 그런 자신을 제대로 인지하지도 못했다.

내 스케치가 유메를 유령으로 만들어버린 것일까? 그녀는 열두 살 때 쓴 동화 속으로 돌아가버렸고 돌아오는 길은 점점 더 멀어지고 있었다. 유메의 얼굴이 파리하다 못해 녹색 빛이 돌았을 때 나는 마침내 해야 할 일을 결정할 수 있었다. 그녀의 나무를 베어버리기로 한 것이다.

정오의 태양에 담근 도끼날이 하얗게 빛났다.

폭군을 찍어내자 수액 대신 빨간 핏줄기가 솟구쳤다. 나는 이 피가 어디에서 왔는지 알 것 같았다. 폭군은 자신의 피를 유메에게 채워넣는 대신 유메의 피를 빨아들이고 있었을 것이다.

수십 번 넘게 도끼질이 이어지자 폭군은 그제야 미동을 했다. 나는 전기톱으로 왕의 육신을 난폭하게 유린하기 시작했다. 톱밥이 불꽃처럼 튀고 굉음이 숲을 울렸다. 마침내 폭군이 넘어가자 나는 이파리 없는 그의 몸에 휘발유를 붓고 불을 질렀다.

불 속에서 폭군이 질러대는 비명소리가 들려왔다. 그리고 어디선가 덜컥이는 뼈의 소리가, 춤추는 뼈의 소리가 들려왔다. 나는 도끼와 톱을 내던진 채 뒤를 돌아 미로의 끝자락을 향해 세차게 달리기 시작했다. 내 뒤로 보이지 않는 피아노에서 격렬한 음악이 들려왔다. 모든 것이 미칠 듯한 녹색 안개 가루가 만들어낸 환청일 것이다.

내가 그녀의 악몽을 끝내줬어, 라고 나는 중얼거렸다. 그러나 유메가 나를 용서하지 않을 거라는 생각이 더 강했다.

숲과 호스텔 어디에도 유메의 모습은 보이지 않았다. 가방을 챙긴 나는 힘줄 피아노가 그려진 그림을 뜯어 탁자에 올려놓는 것으로 작별인사를 대신하기로 했다. 뒤집혀진 액자를 발견하고 바로잡다가 문득 놀라운 사실을 발견했다.

액자 안에는 유메와 윤의 결혼사진이 들어 있었다. 유메가 윤의 딸이 아니라 죽었다는 그의 아내라는 증거처럼.

도시로 가는 버스에 오르자 그제야 한숨을 돌릴 수 있었다.

나는 침까지 흘리며 잠에 빠졌다. 의식의 퓨즈가 완전히 끊어지는 깊은 잠이었다.

습격처럼 몰아닥친 허기 때문에 일어나 시계를 보니 자정이었다. 컴컴한 버스정류장에 들어선 버스는 한밤중까지 기다리느라 지친 승객들을 태우고 있었다.

비어 있던 내 옆자리에 한 소년이 앉았다. 소년의 부모는 건너편 좌석에서 포대기에 감싼 아이를 앉고 어르다가 나와 눈이 마주치자 자기 아이를 잘 부탁한다는 식으로 가볍게 목례를 했다.

소년이 나를 빤히 쳐다보았다. 작은 얼굴에 작은 눈. 튀어나온 아래턱과 그로 인해 맞물리지 않는 부루퉁한 입술을 가진 꼬마. 내가 무수히 만난 지겨운 종족.

"아저씬 어디로 가요?"

소년이 물었다. 나는 혐오감을 누르고 최대한 선선하게 대답했다.

"집으로 가지."

"집이 어디예요?"

'악몽 속에. 악몽 속으로'

나는 속으로만 대꾸했다.

버스는 다음 악몽을 향해 질주하고 있었다.

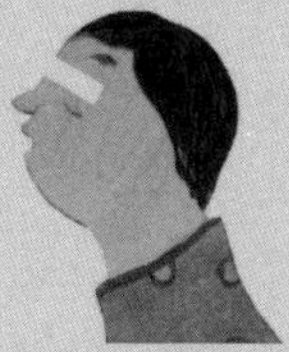

태어나지 말았어야 하는 사람도 있나요? 누구도 때리지 않고 아무것도 빼앗지 않는데, 그저 살고 싶어서, 같이 있고 싶어서 꿈틀거릴 뿐인데, 그래도 태어나지 않는 편이 좋은가요?

L_

나와 난쟁이와 유원지

L

1. 엘. 이니셜을 고르고 보니 대문자는 의자 같고 소문자는 날씬한 선 같아 마음에 든다. 누군가를 편안하게 받아주고 나에게는 흔들림 없이 꼿꼿하고 가능하다면 날씬한 사람이 되고 싶다.

2. 아무도 내가 썼는지 모를 그런 소설을 쓰고 싶었다. 한 곡의 노래를 반복해서 들었고 상실에 대해 생각했다. 그러다보니 슬픈 소설이 되었다. 슬픔에 대해 썼다는 게 마음에 든다.

새벽의 유원지는 황량해요. 세상의 쓸쓸함이 다 내려앉은 듯 거리는 텅 비었고 바닥은 차갑게 젖었어요. 가게와 사격장과 주점을 지나자 회전목마가 보이네요. 안개가 유원지를 둥그렇게 감싸서 얼룩말과 기린의 얼굴이 부옇게 흐려졌어요. 아기를 안고 그 앞에 선 채로 눈을 감았다 떠봐도 불은 켜지지 않네요. 군데군데 녹이 슨 회전목마는 바람이 불 때마다 삐걱거리는 소리를 낼 뿐이에요. 나는 포기한 채 눈물이 묻은 입술로 아기의 이마에 여러 번 입 맞췄어요.

유원지 안쪽의 저수지는 물안개 때문에 시작과 끝의 경계가 희미해요. 오리 배들이 이마를 맞댄 채 멈추어 있네요. 나는 저수지 주변을 계속 걸었어요. 아기가 젖지 않도록 꼭 끌어안아보지만, 얼굴이 흐릿해질까봐 눈을 크게 떠보지만 아기의 몸은 점점 차가워지고 얼굴은 자꾸 멀어져가네요. 아기에게도 유원지의 오리배를 보여주고 싶었는데 같이 회전목마를 타고 빙글빙글 돌며 큰 소리로 웃고 싶었는데, 솜사탕을 나눠먹은 뒤 끈끈해진 손을 꽉 잡고 오래 걷고 싶었는데, 새벽은 깊고 어둡기만 하네요.

살면서 가봤던 곳을 거의 다 잊었지만 이 유원지는 또렷이 기억해요. 인생에서 가장 중요한 때 나는 언제나 이곳에 있었거든요.

유원지에 처음 왔던 건 여섯 살 때였어요. 엄마와 버스를 탄 것도, 멀리 놀러 간 것도 처음이었어요. 봄날이었고 거리엔 사람들이 가득했죠. 나는 챙이 둥근 모자를 쓰고 레이스가 달린 원피스를 입었어요. 엄마가 유원지의 입구에서 솜사탕을 사줘서 오른손엔 분홍색 솜사탕을, 왼손에는 노란 풍선을 든 채 신이 나서 걸었지요. 솜사탕을 아껴 먹으며 남자들이 총으로 인형을 쓰러뜨리는 것도 구경하고 물 풍선이 터지는 것도 봤어요. 솜사탕을 다 먹자 엄마가 줄을 잡고 걸어가면 고개를 까딱까딱 움직이며 따라오는 강아지 인형도 사줬어요.

나는 주변의 모든 것에 감탄했어요. 푸른 하늘은 아주 먼 데까지 펼쳐져 있고 사람들은 자주 웃고 친절했어요. 이렇게 활기차고 명랑한 곳이 있다니. 유원지는 우리가 사는 동네나 어두운 방과는 너무나 달랐어요. 좋다, 여기 좋다고 했더니 엄마가 피곤이 덕지덕지 묻은 얼굴로 고개를 끄덕거렸어요. 손가락이 닿는 곳 끝에서는 대관람차가 천천히 돌아갔어요. 고개를 들면 그것은 언제나 같은 자리에서 움직이고 있었지요. 저 안에 사람들이 타고 있다는 말에 한참 동안 쳐다봤어요. 겁이 나서 엄마의 손을 꼭 잡았지만 무서움마저도 멀리 있는 것이라 달콤했어요.

회전목마는 꽃밭 너머에서 움직였어요. 동물들은 신나는 음악에 맞춰서 춤추는 것처럼 보였어요. 엄마의 옷을 잡아끌자 좀 더 크면 탈 수 있다고 했어요. 다음에 오면. 엄마는 새끼손가락을 걸고 약속했어요. 나는 울타리 밖에서 다른 아이들이 동물의 등에 올라탄 채 위 아래로 움직이며 빙글빙글 도는 걸 구경했어요. 모두 입을 크게 벌린 채 소리내어 웃었지요. 그 모습은 아무리 봐도 지겹지 않았어요. 저수지 위에선 오리 배들이 천천히 움직였어요. 저 안에도 사람이 있다. 엄마는 오리배가 어떻게 움직이는지 설명하다가 내가 멍하게 쳐다보자 결국 다 사람이 움직인다는 거야, 하곤 입을 다물었어요.

강아지 인형을 끌고 걸어가는데 먼 데서 호루라기 소리와 함께 연주 음악이 들려왔어요. 소리는 점점 가까워졌죠. 내 또래의 아이들이 각각 다른 악기를 연주하며 발맞춰 걸어왔어요. 같은 색, 같은 무늬의 옷을 입어서 쌍둥이들처럼 보였죠. 사람들은 걸음을 멈춘 채 한쪽으로 물러서서 구경했어요. 조그만 손으로 북을 치고 피리를 부는 것도 신기했지만 여러 개의 공을 공중에 던지고 다시 받는 게 제일 재미있었어요. 눈이 휘둥그레진 걸 보고 엄마가 저건 애들이 아니라 난쟁이들이다, 했어요. 여기나 저기나 불쌍한 사람뿐이구나. 엄마는 한숨을 쉬었어요. 파란 조끼를 입은 남자가 공중에서 뒤로 돌아 땅에 발을 디디자 사람들이 박수를 치며 좋아했죠. 어째서 그날 일은 잊어버리지 않는 걸까요. 이렇게 오랜 시간이 지났는데, 나는 머리가 나빠서 뭐든 잘 잃어버리고 잊어버리는데.

오줌이 마렵다고 느낀 순간부터 유원지의 색이 변하고 냄새가 달라지고 움직임이 바뀌었어요. 바람이 쌀쌀해져서 사람들은 몸을 웅크린 채 팔을 쓰다듬었고 엄마는 가방에서 점퍼를 꺼내 입혀줬어요. 바람이 어디에서 불어오고 어둠은 어디에서 내려오는지 어떻게 갑자기 추워질 수 있는지 궁금했어요. 봄이라더니 왜 이렇게 추워. 엄마의 목소리는 낮고 차가웠어요. 우리 같은 사람들은 어떻게 살라고. 엄마가 화를 낼 때마다 마음속에서 무언가가 조금씩 얼어갔어요. 희미한 어둠 속에서 사람들은 입구 쪽으로 걸어갔어요.

입구에 다다랐을 때 엄마는 두리번거렸어요. 그리고 뭔가 결심한 듯 식당으로 들어갔지요. 메뉴를 한참 쳐다보다가 국밥을 시켰어요. 코를 훌쩍이며 먹느라 우리는 꼭 우는 것만 같았어요. 밥을 먹고 나온 뒤에도 엄마는 계속 두리번거렸어요. 나는 졸려서 엉덩이를 뒤로 뺀 채 느릿느릿 움직였어요. 처음으로 햇빛이 들어오지 않는 작은 방과 거기 구겨져 있는 담요가 그리워졌어요. 집에 가자. 눈을 비비며 웅얼거리자 엄마가 기계를 정리하는 아저씨에게 부탁해서 솜사탕을 하나 샀어요.

—이거 먹으면서 잠깐만 기다려. 알았지? 화장실 다녀올 테니까.

나도 갈래, 라고 말하기도 전에 엄마는 저만치 뛰어갔어요. 잠깐이 얼마 동안인지 몰라서 솜사탕을 조금씩 떼어 천천히 녹여 먹었어요. 달콤함은 너무 빨리 사라졌고 다리도 아프고 발도 시렸어요. 따뜻한 국물에 밥을 잔뜩 말아 먹었는데도 속이 허전하고 몸 안의 어떤 것이 더 얼어붙어갔어요. 화장실이 어디쯤 있나 둘러보는데 유원지 쪽에서 야, 하고 부르는 소리가 났어요. 저쪽인가. 엄마가 나를 찾나. 나는 빈 작대기를 버리고 그쪽으로 달려갔어요. 구멍가게를 지나고 총으로 인형을 쏘던 곳을 지나갔지만 아무도 없었어요. 하지만 나는 멈추지 않고 계속 걸었어요. 어디로 가야 할지 알 수 없었거든요.

한참 걷자 불이 꺼진 회전목마가 나타났어요. 동물들은 웃는 얼굴로 멈춰 서 있고 바람이 불 때마다 끼익끼익 소리가 났어요. 나는 회전목마를 보며 손가락을 빨았어요. 달콤함의 여운을 조금이라도 더 느끼고 싶어서 이 손과 저 손, 손가락과 손바닥을 세차게 빨았어요. 회전목마를 둘러싼 차가운 울타리를 돌며 다음에 오면 누구의 등에 올라탈까, 좋아하는 동물도 골라두었어요. 그러나 추위와 무서움은 사라지지 않았죠. 용기를 내어 엄마, 하고 불러봤지만 소리는 대답 없이 흩어져버렸어요. 그때 달빛이 동물들의 매끈한 얼굴과 몸에 가만히 내려앉았어요. 그러자 얼룩말과 기린, 치타가 천천히 움직이기 시작했어요. 지붕 위에 반짝 불이 켜지고 아름다운 음악도 울려퍼졌지요. 나는 입을 벌린 채 가까이 다가갔어요. 목마에 올라타려는 순간 동물들은 내 또래의 아이들로 변했어요. 안녕. 나는 그 아이들이 낮에 봤던 난쟁이들이라는 걸 알았어요. 같이 놀자. 하늘에는 노랗고 빨간 불꽃이 퍼졌고 나는 신이 나서 난쟁이들과 손을 잡고 춤을 추었지요. 몸이 가벼워져서 아무리 뛰어도 다리가 아프지 않았어요. 난쟁이들은 어느새 내 옆에서 비눗방울을 불기 시작했어요. 나는 무지갯빛 비눗방울을 잡으려고 팔짝팔짝 뛰었어요. 커다란 방울이 내 몸을 감싼 순간 차가운 손이 어깨에 닿았어요. 동시에 커다란 무지개빛깔 방울은 사라져버렸지요.

어둠 속에 서 있는 엄마는 화가 난 것 같기도 하고 뭔가를 꾹 참는 것처럼 보이기도 했어요. 엄마를 보자 참았던 오줌이 흘러나왔어요. 뜨거운 오줌이 다리를 타고 내려오자 서러워서 울음이 터졌어요. 엄마는 너 때문에 못살겠다며 손을 잡아끌었어요. 훌쩍거리며 돌아보니 회전목마는 불이 꺼지고 음악 소리가 멈추고 난쟁이들은 다시 회전목마의 동물로 돌아갔어요. 나는 안녕, 하고 손을 흔들었어요.

엄마는 웃을 때도 울 때도 너 때문에 못살겠다고 했어요. 꼭 안아줄 때도 술에 취해 가슴을 쥐어뜯을 때도 너 때문에, 너 때문에, 했어요. 내가 숫자를 세지 못하고 노래를 제대로 부르지 못하는 걸 알고 엄마는 믿을 수 없다는 듯 고개를 마구 저었어요. 엄지손가락부터 구부리며 하나 둘 셋, 밥상 위에 놓인 깍두기를 젓가락으로 집으며 다시 하나 둘 셋 넷, 하고 셌어요. 따라해봐, 큰 소리로. 그러나 커지는 건 엄마의 목소리뿐이었어요. 나는 입으로는 열까지 말할 수 있지만 물건의 수는 다섯 개가 넘어가면 헷갈려 아무렇게나 지껄이거나 입을 다물어버렸어요. 엄마는 눈을 크게 뜨고 쳐다보다가, 진짜야? 진짜 못 세? 장난치지 말고, 하며 내 어깨를 흔들었어요. 울먹이며 고개를 젓자 엄마의 얼굴이 일그러졌어요. 머리를 한 번 두 번 세 번 쥐어박더니 내가 고개를 푹 숙이자 미안해, 미안해, 네 잘못이 아니야, 그때 엄마가 피하지 못해서 그래, 하며 울면서 끌어안았어요. 엄마는 아직도 아빠가 배를 걷어차는 꿈을 꾼다고 했어요.

엄마가 일하러 나가면 나는 하루 종일 문이 잠긴 방 안에서 지냈어요. 세상이란 좁은 방과 텔레비전, 쇠막대기가 내려진 창문뿐이었지요. 그 조각난 네모 안에서 밖을 내다보며 사람들이 무얼 하는지 어디로 가는지 궁금해하며 하루를 견뎠고 엄마를 기다렸어요. 텔레비전을 보다가 잠이 들었고 혼자 밥을 먹은 다음 채널을 마구 돌리며 뒹굴거리다가 다시 잠이 들었어요. 유원지에 다녀온 뒤로는 유원지의 냄새, 소리, 풍경 같은 것들을 하나씩 꺼내 보며 시간을 보냈어요. 엄마가 열쇠로 문을 열고 들어오기만 간절히 바란다는 건 변함없었지만 유원지 덕분에 커다란 창문이 하나 더 생긴 것 같았어요.

가끔 찾아오는 사람이라곤 이모뿐이었어요. 그런데도 밖에서 두드리는 소리가 나거나 누군가 문고리를 잡아당기면 엄마는 몸이 굳었어요. 이모가 문밖에서 언니, 하고 부르면 나는 신이 나서 문을 벌컥 열었지만 엄마는 그것조차 반가워하지 않았어요. 이모는 매번 지나는 길에 들른 거라고 말했지만 물을 한 잔 마시고 나면 언니, 딱 한번만, 이번이 마지막이야, 하면서 사정했어요. 엄마는 그 말을 듣지 않으려고 돌아앉았고 방 안에는 이모의 껌 씹는 소리만 딱딱 울렸어요. 나는 이모가 사온 과자나 캐러멜을 우물거리며 두 사람을 번갈아 쳐다봤죠. 엄마는 저녁이나 먹고 가, 자고 내일 가든가, 하고는 쌀을 씻었어요. 그러면 이모는 등 뒤에서 이대로 나 죽는 꼴 볼 거야? 어? 하고 소리를 지르다가 꼭 갚을게, 갚는다고, 한 번만 살려줘, 하며 손을 모았어요. 엄마가 지갑에 있는 돈을 꺼낼 때까지 계속 그랬죠. 어느 정도 시간이 지나면 엄마는 딱하다는 듯 지갑을 열었지만, 그날은 씻던 쌀바가지를 바닥에 집어던지며 주먹을 꽉 쥐었어요.

—나도 좀 살자. 응? 나도 좀 살려줘.

손에서 젖은 쌀이 뚝뚝 떨어졌어요.

—네 눈에는 쟤가 어떻게 보이니? 멀쩡해 보여? 정상으로 보이냐고. 힘들어 죽겠는데 난 저 병신까지 책임져야 돼. 알겠어?

엄마는 주먹을 쥔 채 몸을 부들부들 떨었어요. 그때 낳지 말았어야 했다고. 사는 게 너무 무섭다고. 그러니까 나 좀 내버려두라고. 주저앉으면서 계속 중얼거렸어요. 이모는 눈을 끔벅거리다가 신발을 챙겨 신었어요.

태어나지 말았어야 하는 사람도 있나요? 누구도 때리지 않고 아무것도 빼앗지 않는데, 그저 살고 싶어서, 같이 있고 싶어서 꿈틀거릴 뿐인데, 그래도 태어나지 않는 편이 좋은가요? 바보니까, 아무것도 못하고 밥만 축내니까, 어차피 키워봤자 어른이 돼봤자 사람 구실 못할 게 뻔하니까 그런 건가요. 나는 슬퍼서 강아지 인형을 꼭 끌어안았어요.

나를 버리려고 몇 번 더 시도했지만 엄마는 번번이 실패했어요. 나는 엄마의 머리에 껌처럼 엉겨붙었고 그런 채로 집에 돌아오면 엄마는 술을 마시며 엉엉 울었어요. 어떻게 살아야 될지 모르겠다, 정말, 하며 가슴을 쥐어뜯었어요. 가끔은 같이 죽자며 나를 때리고 목을 조르기도 했지요. 그러나 엄마도 나도 알고 있었어요. 그 정도로는 절대 죽지 않는다는 걸. 사람의 목숨이라는 건 눈물이나 주먹보다 훨씬 더 질겨서 그렇게 쉽게 끊어지지 않는다는 걸. 그래서 입술이 터지고 목에 손자국이 선명한데도 마주 앉아 볼이 미어져라 밥을 떠먹고 같은 이불을 덮은 채 잠이 든다는 걸.

학교에서는 모두 나를 바보라고 불렀어요. 코를 흘리고 신발을 짝짝이로 신는다고, 책도 제대로 못 읽고 숫자도 셀 줄 모른다고, 밀고 때리고 꼬집었지요. 그런 건 참을 만했지만 선생님이 팔짱을 낀 채 눈을 쳐다보며 어쩌다 이런 애가 우리 반에, 할 때는 아팠어요. 엄마들이 몰려와서 왜 바보를, 바보랑 같이, 어디 감히 바보가, 할 때도 아프고 무서웠지요.

나만 놀림을 받는 건 아니었어요. 달리기 시합을 할 때 나와 짝이 된 아이는 중간에 넘어져서 웃음거리가 됐어요. 뒤돌아보니 그 애는 빨리 일어나려고 안간힘을 썼고 다시 뒤뚱거리며 온몸으로 뛰었죠. 나는 기다렸다가 옆에서 같이 뛰었어요. 선생님께 불려가 둘 다 손바닥을 맞았어요. 그 애는 표정이 야무졌지만 무릎과 종아리가 밖으로 둥글게 휘어져서 걷거나 뛰는 게 이상했어요. 넌 오리 같아, 라고 했더니 난 난쟁이야. 키가 더 이상 자라지 않을 거래. 그 애는 뒷말을 소리 없이 입모양만으로 말했어요. 내가 못 알아보자 몇 번이나 반복해줬어요. 너에게만 말하는 건데 우리 엄마도 난쟁이야. 애들은 우리를 바보와 병신이라고 불렀죠. 난쟁이는 나에게 조금 바보니까 괜찮다고 했어요. 그게 난쟁이보다 낫다. 돈 계산만 잘하면 사는 덴 문제없거든. 나는 무엇보다 친구가 생겨서 기뻤어요.

학교가 끝나면 우리는 여기저기 돌아다녔어요. 근처의 골목에서는 다른 아이들이 놀았기 때문에 좀 더 먼 곳으로 가야만 했지요. 약수터 근처의 야산에서 나는 떠돌이 고양이와 강아지의 뒤를 쫓아다녔어요. 처음에 그놈들은 멀리까지 도망갔지만 점점 더 천천히 움직였고 조금씩 곁에 머무르게 해줬어요. 걔네들이 가고 나면 나는 바스락 소리가 나는 셀로판지를 눈에 대고 주위를 둘러봤어요. 세상이 빨갛고 파랗게 변하는 게 신기해서 시간 가는 줄 몰랐죠. 난쟁이는 곤충을 좋아해서 땅바닥에 엎드린 채 돋보기를 열심히 들여다봤어요.

—얘네는 다리가 이렇게나 많다.

난쟁이가 줄지어 가는 벌레를 돋보기로 하나하나 확대했어요. 흙 속에는 더 많다. 난쟁이는 이 벌레와 저 벌레가 어떻게 다른지 알려줬어요. 그러나 같은 종류의 벌레를 볼 때마다 고개를 갸웃거렸죠.

—이놈과 저놈이 똑같이 생겼는데, 그래도 역시 이놈과 저놈은 다른 거겠지? ……그런데 벌레들도 병신이 있을까?

병신이라고 말할 때 툭 튀어나온 난쟁이의 이마에 굵은 주름이 생겼어요.

둘 다 아빠가 없고 엄마가 일하러 나갔기 때문에 낮 동안 집은 텅 비었고 우리는 엄마들이 올 때까지 어떻게든 배고픔과 외로움을 견뎌야만 했어요. 우리의 주머니에는 모래알만큼 많은 시간이 담겨 있었고 매일 그걸 써버려야만 했던 거죠. 그래서 해가 지고 깜깜해질 때까지 같이 놀았어요. 춥고 배고파서 슬픔이 밀려올 때 난쟁이에게 유원지와 회전목마 얘기를 해줬어요. 너무 멋진 곳이라 또 가고 싶다고 말하자 난쟁이의 표정은 심드렁했어요.

—나도 거기 안다. 뭐가 멋지냐. 시시하지.

—거기에 난쟁이들 많은데, 악기도 연주하고 공도 던지고 멋지더라.

—그 공 던지는 사람이 우리 엄마다.

—그러냐? 닮았다, 닮았어.

—난쟁이들은 다 비슷하게 생겼으니까. 유원지는 근처에 거기뿐이지만 난쟁이들이 많아서 가기 싫다.

그래도 나중에 같이 가자고 조르니까 난쟁이는 한참 고민하더니 고개를 끄덕거렸어요.

중학생이 된 뒤에도 우리는 학교가 끝나면 약수터 근처를 돌아다녔어요. 가끔 난쟁이가 엄마의 서랍에서 훔쳐 온 화장품을 바르고 시내에 나가기도 했지요. 난쟁이는 키가 커 보이게 앞머리를 세우고 굽이 높은 구두를 신었어요. 병신들이 세트로 다닌다고, 꼴값을 떤다고 또래의 여자애에게 뺨을 맞은 적도 있어요. 병신은 화장도 못하나. 병신은 같이 다니면 안 되나. 난쟁이가 투덜거렸어요. 그래도 앞머리와 구두를 포기하지 않았어요. 뺨을 맞아도 약수터 근처에서 덜렁거리는 고추를 내놓고 따라오는 할아버지를 따돌리는 것보다는 나았어요.

화장을 하고 집에 들어가면 엄마는 몸과 머리를 마구 때렸어요. 바보 같은 게, 벌써부터 발랑 까져서, 뭐가 되려고, 내 인생 망친 것도 모자라서. 엄마의 목소리는 점점 커졌어요. 사고만 쳐봐. 그

때는 너 죽고 나 죽는 거니까. 약을 쓰고 나서 엄마는 냉장고에서 꺼낸 술을 벌컥벌컥 마셨어요. 시간이 많이 흘렀는데도 너 때문에, 너 때문에는 변하지 않았어요. 그런 밤이면 엄마가 나를 버릴까봐 무서웠어요.

난쟁이의 엄마는 일주일 전에 사라졌다고 했어요.

—또 엄한 놈을 따라나선 거지. 유원지에 가봤는데 거기에도 안 나온대. 엄마라는 게 어떻게 이러냐.

난쟁이는 돈을 벌어야겠다고 했어요. 살려면 어쩔 수 없다고 했어요. 내가 알아놓은 데가 있는데 같이 갈 거냐. 거기서 먹여주고 재워준다는데, 했다가 그러지 말고 너는 엄마한테 물어봐라, 했어요. 돈이 생기면 엄마가 얼마나 좋아할까, 싶은 생각에 심장이 쿵쿵거렸어요. 그래서 난쟁이가 말리는데도 돈 벌러 갑니다, 라고 쓴 편지를 엄마 머리맡에 두고 따라나섰어요. 엄마의 코 고는 소리가 허술한 유리문밖까지 흘러나왔어요. 돈을 많이 벌어서 선물을 잔뜩 사와야지. 산타처럼 커다란 자루를 메고 엄마를 만나러 올 상상을 하니 크리스마스 같은 기분이 되었어요.

버스를 타고 내려서 지하철을 타고 큰 길과 골목을 지나 언덕길에 오르자 회색 건물이 나타났어요. 지하의 공장 안에는 민들레 홀씨 같은 게 떠다녔어요. 실에서 나온 먼지라 삼키면 안 된다고 했어요. 난쟁이와 나는 봉제공장의 시다가 됐어요. 누가 몇 살이냐고 물어보면 열아홉 살이라고 해, 반장 아줌마가 시켰어요. 나는 실과 옷감을 옮기고 바닥을 쓸고 완성된 옷을 커다란 비닐에 담아 옮겼어요. 오후가 되면 희고 둥근 먼지가 사람들의 정수리와 가르마 위에 내려앉았어요. 라디오를 틀어놓았는데도 드르륵 드르륵 여기저기서 미싱 돌아가는 소리가 나서 노래는 들리지 않았어요. 나는 학교가 끝난 뒤 둘이서 동네를 어슬렁거리고 빈둥거리던 시간이 사라져버린 게 이상했어요. 언제 놀러 가느냐고 묻자, 난쟁이가 돈을 버는 건 바쁘고 피곤해지는 거라고 했어요. 노는 시간은 이제 없어. 낮잠도 안 되고. 일을 하지 않으면 여기에서 나가야 하는 거라고 했죠. 그 말에 우리 동네와 떠돌이 개들, 빈둥거리던 방, 엄마의 코 고는 소리가 그리워졌지만 집에 가는 길도 모르고 빈손으로 돌아가면 엄마한테 맞아 죽을 것 같아서 꾹 참았어요.

난쟁이는 부지런하고 일도 빨리 배우고 손도 야무졌지만 키가 작아 미싱도 못 돌리고 짐도 번쩍번쩍 나르지 못해서 툭하면 반장 아줌마한테 혼났어요.

—저 병신이랑 바보는 누가 데려왔냐. 도무지 쓸데가 없다.

한 사람만 잘못해도 우리는 세트로 묶여 혼났어요. 이 일 저 일을 하다가 난쟁이는 결국 완성된 옷의 실밥을 떼어내는 일을 하게 됐어요. 손이 작고 빨라서 그 일은 잘했지요. 그런데도 몸집이 작아서 옷을 옮기는 것까지 끝내고 나면 늘 꼴찌였어요. 병신 같은 게 여긴 어떻게 들어와가지고. 옷을 거둬가며 반장이 난쟁이의 머리를 쥐어박았어요. 그러자 난쟁이가 옷을 바닥에 팽개치며 왜 자꾸 병신, 병신 하냐. 돼지보다 더 뚱뚱한 게, 하며 소리를 질렀어요. 반장 아줌마가 뺨을 후려치고 난쟁이가 가슴팍을 밀면서 싸움이 붙었지만 난쟁이는 키도 작고 손도 작아서 일방적으로 맞기만 했어요. 방에 돌아왔을 때는 머리가 산발이 되고 뺨이 부어 눈도 제대로 뜨지 못했어요.

난쟁이가 여기서 못살겠다며 가방을 꺼냈어요. 나도 갈래, 했더니 집에 갈 거 아니면 여기 있어. 자리 잡으면 연락할 테니까, 하며 나가라고 할 때까지 붙어 있으라고 했어요. 집으로 가는 방법도 적어줬지요. 난쟁이가 짐을 챙기는 동안 나는 옆에서 계속 울었어요. 헤어진다는 건 생각해본 적도 없으니까요.

—가지 마라. 같이 유원지에도 놀러 가야지.

유원지라고 말하고 나니 눈물이 더 쏟아졌어요. 난쟁이가 휴지를 주며 손등을 툭툭 쳤어요.

—유원지는 다음에 가자. 금방 올 테니까. 잘 봐둬. 난쟁이들은 눈썹 숱이 많고 눈도 크고 입술이 두툼해. 인상이 진하다고. 신이 키 큰 애들을 싱겁게 만들었다면 우린 작으니까 진하게 만든 모양이야. 내가 다른 난쟁이들이랑 어떻게 다른지. ……잘 봐둬. 잊어버리지 말라고.

나는 눈물을 닦고 난쟁이의 얼굴을 쳐다봤어요. 그러나 눈가는 찢어졌고 거무스름한 멍 때문에 팬더처럼 보였어요. 내가 피식 웃자 난쟁이가 웃냐? 지금 웃음이 나와? 하며 가슴팍을 밀었어요. 그래도 계속 웃자 퉁퉁 부은 얼굴을 일그러뜨리며 키득거렸어요. 가방을 챙긴 난쟁이는 문을 열고 나가다가 뒤돌아봤어요.

—돈 잘 세고, 잘 모아두고, 남자 조심해. 남자 보고 웃지 말라고.

조심해. 마지막 조심해, 는 소리 없이 흩어졌어요.

공장 맞은편에서 시작된 공사 때문에 골목에는 트럭이 자주 드나들었어요. 작은 창문으로 올려다보면 하루 만에 건물이 사라지고 하루가 지나면 바닥이 흙으로 평평해졌어요. 목에 수건을 두른 남자들은 목소리가 크고 가래침을 아무 데나 뱉었어요. 그 남자는 얼굴이 희고 손가락이 길었어요. 점심을 먹고 나가면 구석에 쪼그리고 앉아 담배를 피우고 있었죠. 일을 잘 못하는지 아저씨들에게 뒤통수를 맞기도 했어요. 뺀질거리지 좀 마라, 농땡이 좀 피우지 마. 그러면 그는 어깨를 움츠렸다가 펴며 혀를 날름거렸어요.

공장 문 앞에 서 있는데 그 남자가 담배를 피우며 다가왔어요.

—왜 자꾸 쳐다보냐?

하얘서, 라고 말해놓고 나는 웃어버렸어요.

—바보 같은 게 진짜……

남자는 담배를 비벼 끈 뒤 바닥에 침을 뱉었어요. 그 뒤로도 점심시간에 몇 번 눈이 마주쳤어요. 내가 웃으면 남자는 인상을 쓰며 지나갔어요. 그러면 나는 하루 종일 시무룩했죠. 바보 같은 게 일은 못하면서 웃음이나 질질 흘린다고 반장 아줌마에게 뺨을 맞은 적도 있어요.

밤이 되어 공장 안에 있는 좁다란 철제 침대에 누워 있으면 마음속의 얼음조각이 차갑게 만져졌어요. 뜨거운 물을 마시고 이불을 뒤집어쓰고 발을 비벼봐도 녹을 기미가 없었어요. 이대로 침대가 둥실둥실 떠올라 엄마에게 갔으면, 하고 바랐지만 낡은 철제 침대는 바이킹처럼 앞뒤로 삐걱거릴 뿐 어디로도 데려가지 않았어요. 춥고 배고프거나 외로울 때면 눈을 감고 회전목마를 생각했어요. 추억도 위로나 웃음도 거기에 매달려 있었죠. 그건 멈춰 있다가 내가 들여다보면 불이 켜지면서 아름다운 멜로디와 함께 천천히 움직이기 시작했어요. 낮 동안 누군가를 등에 태운 채 열심히 달렸던 동물들은 난쟁이가 되어 손을 흔들었죠. 같이 웃고 뛰놀다보면 나도 레이스 달린 원피스를 입은 꼬마로 변했어요. 그대로 계속 작아져 비눗방울처럼 톡 터져버리고 싶지만 그런 일은 일어나지 않았어요. 나는 그저 회전목마를 탄 채 빙글빙글 돌다가 불이 꺼지듯 잠 속으로 빠져들어갔어요.

하루는 남자가 가까이 와서 나를 위아래로 훑어봤어요. 어쩐지 간지러운 기분이 들어서 또 웃고 말았지요.

—쉬는 날 놀러 갈래?

남자는 담배에 불을 붙였어요. 나는 인상을 쓰는 남자의 흰 얼굴을 황홀해하며 쳐다봤어요. 달력에 연달아 새겨진 빨간 날 때문에 공장 안은 며칠 전부터 술렁거렸어요.

—바람이나 쐬고 오자고.

그가 말할 때마다 담배 연기가 하얗게 흩어졌어요. 바람 쐬러 어디로 가야 하는지도 모르고, 가본 적도 없고, 딱히 가고 싶은 곳도 없지만 남자와 더 얘기하고 싶고 어디로든 가고 싶었어요. 그때 유원지가 떠올랐죠.

—유원지? 놀이공원이 아니고?

남자는 내 말에 피식 웃었어요.

십 년이 지났는데도 유원지의 풍경과 냄새는 변함없었어요. 누군가 책갈피를 끼워둔 채 덮어뒀다가 다시 펼친 것처럼 사격장도, 물풍선 던지는 곳도, 솜사탕 장수도 그대로였죠. 신기해서 입을 벌린 채 홀린 듯 들어갔지만 유원지의 입구에 들어선 남자는 실망한 표정이었어요. 야외 테이블에서 파전과 막걸리를 먹는 사람들을 보고서야 얼굴이 좀 풀렸죠. 그는 고개를 그쪽으로 돌린 채 코를 킁킁거렸어요. 그 모습을 보고 내가 웃자 남자도 소리내어 웃었어요. 그 순간 가슴속에 돌이 떨어진 것처럼 파문이 겹겹이 둥글게 퍼져나갔어요. 마주 보고 같이 웃을 수 있다는 게 그렇게 근사한 일인지 몰랐어요. 우리는 그렇게 잠깐 서로의 눈을 쳐다봤어요. 봄 햇살은 앙고라 스웨터처럼 부드럽고 공기 중에는 솜사탕 만드는 냄새가 달콤하게 떠돌았어요. 나는 신이 나서 남자의 손을 잡아끌었지요. 남자는 한 손을 주머니에 찌른 채 못 이기는 척 따라왔어요.

회전목마는 조금 작아지고 칠이 군데군데 벗겨졌지만 여전히 음악에 맞춰 움직이고 있었어요. 같이 타자고 했지만 남자는 어지러운 건 질색이라며 손을 저었어요. 나는 얼룩말의 등에 올라타 두 손으로 봉을 잡았어요. 회전목마를 직접 타는 건 처음이었어요. 말은 위아래로 움직이며 앞으로 나아갔어요. 꽃밭과 나무와 사람들이 천천히 물러났죠. 몸이 날아갈 것처럼 가벼웠고 뱃속이 간지러워서 자꾸 웃음이 났어요. 한 바퀴를 돌아 처음의 자리로 돌아왔을 때 사람들 사이에 서 있는 남자가 보였어요. 반가워서 손을 마구 흔들어댔죠. 담배를 피우고 있던 남자는 대답하듯 한 손을 들었어요. 그게 좋아서 나는 돌아올 때마다 그가 있는지 확인한 뒤 손을 흔들었어요. 그가 손을 들어도, 팔짱을 낀 채 하품을 해도 좋았어요. 누군가 눈앞의 풍경을 손바닥으로 문질러 번지게 만드는 것 같은 어지러움도 좋았어요. 그 순간에는 모든 것이 다 좋았어요. 아무도 올라타지 않은 기린의 옆 눈이 나를 보며 웃었어요.

아무리 기다려도 난쟁이 음악대는 나타나지 않았어요. 대신 저수지 입구에서 늙은 여자와 난쟁이가 인형을 파는 걸 봤지요. 난쟁이는 꽉 눌러 놓은 것처럼 여전히 작았고 뺨이 발그레했어요. 반가워서 다가가려다가 내가 아는 난쟁이가 아니면 어쩌나 싶어서 발을 꼭 붙인 채 서 있었어요. 대신 그들이 파는 인형을 하나하나 쳐다봤어요. 오래전에 엄마가 사줬던 끌고 다니는 강아지 인형도 거기 있었어요. 내가 그 인형을 향해 손을 뻗자 난쟁이가 직접 줄을 끌고 강아지가 움직이는 걸 보여줬어요. 난쟁이는 그때의 나처럼 작았고 강아지는 그때처럼 고개를 까딱거리며 움직였어요. 그 강아지 인형은 어디에 갔을까. 머릿속을 더듬어봤지만 생각나지 않았어요. 엄마는 아직도 그 방에서 코를 골고 있을까. 그러자 엄마에게 돈을 한 번도 보내지 못했다는 생각이 들었어요. 내가 강아지 인형과 난쟁이에게서 눈을 떼지 않자 남자가 팔을 잡아당겼어요.

—애들도 아니고…… 가자.

그러나 내가 울 것 같은 얼굴이 되자 그는 토끼 인형을 가리키며 선물로 주겠다고 했어요. 난쟁이는 남자가 고른 토끼 대신 그 옆에 있는 커다란 곰 인형을 건넸어요. 눈을 찡긋하며 조심해, 조심하라고, 입 모양으로만 말했어요. 그때 그녀가 내 친구 난쟁이라는 걸 알게 됐지요. 난쟁이는 더 예뻐진 것 같았지만 긴 속눈썹에는 어떤 괴로움 같은 게 촘촘히 매달려 있었어요.

남자는 지갑에서 돈을 꺼냈지만 자신이 사준 게 토끼인지 곰인지도 모르는 것 같았어요.

—이 곰돌이는 마법에 걸려서 네 기분이 어떤지 다 안다. 기쁠 때 보면 웃는 얼굴이고 슬플 때 보면 울먹거리거든.

난쟁이가 준 곰 인형을 끌어안자 포근함이 온몸으로 퍼져나갔어요. 남자는 오줌이 마려운 것처럼 나를 데리고 서둘러 주점으로 갔어요. 난쟁이에게 인사를 전하지도, 연락처를 묻지도 못했다는 걸 알았지만 그 생각이 났을 땐 이미 사방이 어둡고 유원지에서 나와 버스를 탄 뒤였어요.

술에 취한 남자는 다정하고 목소리가 부드러웠어요. 밑에 있는 벽돌을 짊어져서 건물 위로 나르는데 그 일이 너무 힘들다고 했어요. 허리도 아프고 어깨도 다 까지고 시멘트 가루 때문에 목도 갑갑하고. 친구랑 같이 사는데 거기에서 나와 나랑 같이 살고 싶다고 했어요. 내 몸을 문지르는 흰 손이 뜨거웠어요.

근처에 얻은 방은 엄마랑 살던 데보다 더 작은, 둘이 누우면 꽉 차는 곳이었어요. 방 때문에 모아둔 돈은 다 써버렸죠. 남자는 비가 온다고 하루, 술을 마셨다고 하루, 피곤하다고 또 하루, 일하러 나가는 걸 계속 미뤘어요. 그 방에서 지낸 뒤로 잠이 쏟아졌어요. 공장에서도 툭하면 졸고 갑자기 토해서 몇 번이나 혼났어요.

—저것도 여자라고 애 들어선 모양이다.

모자란 게 발랑 까져서는, 보는 사람마다 혀를 찼어요. 반장 아줌마가 따로 불러서 애 가졌으면 여기에서 일 못한다, 집에 가라고 했어요. 내가 울면서 한 번만 봐달라고 빌자, 집에 엄마도 있다며? 앞으로 나오지 마라, 하며 돈을 챙겨줬어요.

남자에게 아기가 생겼다고 했더니 벌떡 일어나 앉았어요.

—일도 못하게 됐다. 이제 나오지 말래.

남자는 아무 말도 안하고 가만히 있다가 담배를 피우기 시작했어요.

—진짜 부탁인데 없애라. 이렇게 빌게.

내가 뚱하게 쳐다보자 남자는 손을 모았어요. 나는 곰돌이를 끌어안고 거기에 얼굴을 묻었어요. 빈다는 건 간절함을 전하는 일인데, 저쪽보다 이쪽의 간절함이 더 클 때는 그 부탁을 들어줄 수 없다는 걸 알게 됐어요. 대답 좀 해봐, 남자가 어깨를 흔들었어요. 아무 말도 하고 싶지 않아서, 곰돌이를 안은 팔에 힘을 줬어요. 내가 끝까지 대답하지 않자 남자는 소리를 지르며 곰돌이를 빼앗았어요. 빨리 말해. 남자는 곰돌이의 목에 손을 집어넣어 잡아뜯었어요. 솜이 튀어나왔는데도 성에 차지 않는지 팔과 다리를 뜯어내려고 안간힘을 썼어요. 소리를 지르며 씩씩거리는 남자의 눈이 흉기처럼 빛났어요. 무서워서 두 손으로 배를 감싼 채 구석에 쪼그려 앉았어요. 움직이면, 소리 내어 울면 안 될 것 같아서 숨죽인 채 기다렸어요. 남자는 발로 문을 몇 번 걷어차더니 쾅 닫고 나가버렸어요.

바닥에 쓰러져 있는 곰돌이는 울 것 같은 표정으로 입을 꾹 다물고 있었어요. 솜이 빠진 목은 힘없이 떨어졌고 찢어진 배에서는 자꾸만 솜이 튀어나왔어요. 나는 곰돌이를 끌어안고 등을 쓰다듬었어요. 무서웠지? 이젠 괜찮아. 미안해. 미안해. 남자는 이틀이 지나고 사흘이 지나도 돌아오지 않았어요. 곰돌이의 얼굴을 쳐다보거나 꼭 끌어안을 때마다 남자와 유원지에 갔던 날이 떠올랐어요. 그날은 많은 날들을 체에 걸러 기쁨만 모아놓은 것 같은 날이었지요. 힘들 때마다 눈을 감고 그 반짝임을 더듬어봤어요. 완전히 사라져버릴까봐 조심스럽게.

난쟁이를 다시 만난 건 한 달 뒤였어요. 공장에서 잘린 뒤 할 일도 없고 갈 데도 없어서 매일 이리저리 돌아다녔어요. 덕분에 커다란 시장에서 늙은 여자와 인형을 파는 난쟁이를 찾을 수 있었죠. 난쟁이와 인형을 보자 반가워서 웃음과 눈물이 동시에 터져나왔어요. 나를 본 난쟁이는 씩 웃었지요. 옆에서 얼쩐거리자 난쟁이가 팔을 툭 쳤어요. 잠깐만 기다려, 거의 다 끝났어. 그녀는 손으로 뭔가 먹는 시늉을 했어요.

칼국수 집에서 난쟁이는 한 그릇을 깨끗하게 비웠어요. 며칠 동안 아무것도 먹지 못해서 배가 고팠지만 입을 벌리면 토할 것 같아서 나는 국물만 마셨어요. 난쟁이가 종이컵에 담긴 커피를 마시다가 놀라서 쳐다봤어요.

—왜 못 먹냐. 배는 또 왜 그렇고.

—남자가 이래놓고 도망가버렸다.

남자 생각이 나서 나는 코를 훌쩍거렸어요.

—조심하라니까. 남자 보고 웃지 말라니까. 바보같이.

난쟁이는 처음으로 내게 바보 같다는 말을 했어요. 앞으로 어쩔거냐. 우리 같은 사람은 더 정신 차리고 살아야 되는데, 이제 어쩔 거냐. 나도 열심히 일하는데 되는 게 하나도 없다. 병신이라고 속이고 무시하고. 난쟁이는 사람들 얘기를 하며 화내고 욕하다가 내가 멍하게 쳐다보자 관두자, 하며 팔짱을 꼈어요.

—내가 보기에 너는 똑똑하다. 병신도 아니고.

아무래도 난쟁이가 좀 작으니까 행운이나 행복이 못보고 지나치는 것 같았어요.

—말을 말자. 너한테 말해서 뭐하냐.

난쟁이는 살고 싶으면 아기를 포기하라고 했어요.

—난쟁이가 난쟁이를 낳고 바보가 바보를 낳는 거다. 가난뱅이가 계속 가난하고. 아직도 모르겠냐.

난쟁이는 빈 종이컵을 구겼어요.

—바보를 낳아서 키우고 싶냐. 또 손가락질 받고 이용당하면서?

—아기가 불쌍하잖아. 아빠도 없는데.

난쟁이가 한숨을 푹 내쉬었어요. 그런 아빠나 아기는 없는 게 낫다고. 아직도 모르겠냐?

—난쟁이들에겐 직감이라는 게 있다. 사는 게 더 험해지지 말라고 선물로 받은 거지. 물론 피해갈 길은 별로 없다. 알면서도 그냥 가는 거지. 그런데 이건 피할 수 있다. 도망치면 된다고. 병원에 가자. 같이 가줄게. 지금 가자.

내가 고개를 젓자 영수증에 전화번호를 적어줬어요. 아기 없애고 연락해라. 그때 같이 인형 팔러 다니며 돈 벌자, 하고는 일어섰어요.

바보 같다는, 바보를 낳을 거라는 난쟁이의 말이 너무 슬퍼서 방에 와서 울기만 했어요. 눈물 때문에 무릎은 동그랗게 젖었고 코가 꽉 막혔어요. 코를 풀자 귀까지 먹먹해졌어요. 귀를 후비니 음악 소리가 희미하게 들려왔어요. 여기 타. 회전목마에 탄 아이들이 손을 흔들었어요. 여기 여기. 아이들이 멋진 말을 가리켰어요. 눈이 크고 하얀 몸에 황금색 갈기가 그려진 말이었지요. 나는 턱에 고인 눈물을 닦으며 목마에 올라탔어요. 머리 위에서 반짝 불이 켜지고 회전목마가 움직이기 시작했어요. 눈꽃 같은 것이 머리 위에서 반짝이며 부서져 내렸어요. 회전목마는 언제나 근사하고 신기해요. 한 바퀴 더 돌자 곰돌이가 폴짝거리며 올라탔어요. 안녕. 곰돌이는 다친 데도 없고 기분이 좋아 보였어요. 웃는 얼굴이네, 하자 덕분에, 하며 봉을 꼭 잡았어요. 그다음에 목마를 타러 온 건 엄마였어요. 배가 봉긋하게 부른 나를 보고는 아가, 하며 머리를 한 번, 배를 한 번 쓰다듬어줬어요. 그 손길이 너무 다정하고 따뜻해서 나는 활짝 웃었어요. 엄마의 손에 뺨을 마구 부비자 우리 강아지, 하며 옆에 앉았어요. 이대로 멈추지 않았으면 좋겠다. 그렇게 꿈결을 맴도는데 뱃속에서 아기가 꼼지락거렸어요. 물방울처럼 꼬르륵거리며 오른쪽 배를 툭툭 쳤어요. 회전목마를 탄 것보다 더 신기하고 생생했어요. 웃고 있다고 생각했는데 턱 밑이 축축했어요. 나는 벌떡 일어나서 난쟁이에게 전화했어요. 아기가 움직여. 와서 만져봐라, 했어요.

—진짜 그렇게 살 거냐. 그래서 네가 바보 소리를 듣는 거다.

—만져보면 너도 생각이 달라질 거야.

나는 아기를 낳을 때까지만 같이 있어달라고 간절히 빌었어요. 난쟁이가 우는 나를 달래며 기다려라, 갈 때까지 밥 잘 챙겨 먹고, 한 뒤 전화를 끊었어요. 나는 휘청거리며 일어났어요. 난쟁이와 갔던 칼국수 집에 가서 면과 국물까지 다 비우고 돌아온 뒤에야 오래오래 잘 수 있었어요.

난쟁이는 자기보다 더 큰 자루를 끌고 왔어요. 나를 문 앞의 의자에 앉혀놓고 땀을 뻘뻘 흘리며 방을 쓸고 닦았어요. 그리고 자루에서 꺼낸 새 곰 인형을 선물로 줬어요. 남자가 사준 곰돌이와 똑같이 생겼지만 그 둘이 다르다는 걸 바로 알 수 있었어요.

난쟁이와 나는 하루는 시장, 하루는 유원지, 주말에는 예식장 주변으로 인형을 팔러 다녔어요. 인형도 좋고 난쟁이와 함께 다니는 것도 재미있었어요. 자리를 펴면 난쟁이는 박수를 치며 사람들 사이를 걸어다녔어요. 예쁜 인형이 왔어요. 난쟁이는 아이들 앞에서 동물 흉내를 냈어요. 아이들은 까르르 웃으며 좋아했지만 어른들은 뒤로 한 발짝 물러났죠. 이 곰 인형은 마법에 걸려서 네 기분을 다 안다고 말하면 아이들은 쪼그리고 앉아 얼굴을 열심히 들여다봤어요. 그리고 엄마나 아빠한테 달려가 사달라고 졸랐어요. 어른들은 인상을 쓰면서 지갑을 열었죠. 나는 인형이 팔릴 때마다 안녕 하고 행운을 빌어줬어요.

우리는 좀 더 먼 데까지 인형을 팔러 다녔어요. 돈을 벌려면 그래야 한다고 난쟁이가 말했거든요. 아침에 나가면 밤이 돼서야 들어왔죠. 난쟁이는 아침부터 삼겹살이 먹고 싶다고 했어요.

—사실은 어제부터 먹고 싶었던 거다.

나는 시도 때도 없이 배가 고파서 걸으면서 크림빵을 뜯어 먹고 크림이 묻은 손가락을 쪽쪽 빨았어요. 다리가 코끼리처럼 붓고 손도 퉁퉁해져서 오므렸다 펴기가 힘들었죠. 완전 먹보다. 난쟁이는 내가 먹을 때마다 놀렸어요.

유원지는 햇빛이 환한데 바람이 차가웠어요. 다음 주가 되면 사람들의 발길이 뜸해질 거라고 했어요. 그때는 아기도 나오고 앞으로 한동안 유원지엔 못 오겠지. 내가 떨어진 낙엽을 골라 밟는 동안 난쟁이가 유원지를 둘러봤어요.

—오늘은 인형 팔지 말고 놀자.

이런 날도 있어야지. 논다는 건 언제나 신나는 일이라 나는 박수를 쳤어요. 우리는 솜사탕을 먹으며 유원지를 돌아다녔죠. 나는 배가 무거워서 난쟁이의 뒤를 뒤뚱거리며 따라갔어요. 배 위에 손을 얹고 노래를 부르면 아기는 뱃속에서 춤을 추듯 콩콩거렸어요. 난쟁이는 나랑 같이 다니면서 인형이 더 잘 팔린다며 콧노래를 흥얼거렸어요. 몸은 무겁고 자루를 들고 걷거나 서서 인형을 파는 일은 고단했지만 외롭지 않았어요. 난쟁이는 든든하고 아기는 따뜻해서 마음속의 얼음조각이 모두 녹았거든요.

—아기 이름도 지어야 하지 않나.

난쟁이와 나는 마음에 드는 이름이 생길 때마다 불러봤지만 어쩐지 더 좋은 게 있을 것 같아서 정하지 못했어요. 얘는 엄마만 둘이다, 내가 웃자 난쟁이가 엄마는 너고 나는 이모다, 했어요.

점심에 삼겹살을 먹자고 했더니 난쟁이가 골똘히 생각한 뒤 집에 가서 실컷 구워먹자고 했어요. 김밥을 먹는 동안, 쌈장과 상추를 사고, 기름장을 만들고 마늘을 굽고, 삼겹살을 굽고 그 기름에 신 김치도 굽고 뜨거운 밥 위에 올려서, 라고 말하며 침을 삼키고 좋아했어요.

사격장에서 어떤 남자가 총으로 인형을 쓰러뜨리자 난쟁이가 입을 삐죽거렸어요.

—저래선 우리가 인형을 못 팔지.

유원지가 싫다던 난쟁이도 모처럼 즐거운 것 같았어요.

—목마는 애들이나 타는 거고 내가 진짜 타보고 싶었던 건 바이킹이다.

바이킹 하면 움직임보다 꺄악, 하고 울려퍼지는 비명 소리가 먼저 떠올랐어요. 날이 추워 세 사람만 뚝뚝 떨어져 앉았죠. 난쟁이는 호기롭게 배의 맨 끝에 자리 잡았어요. 배는 천천히 올라가다가 점점 높이 빠르게 오르내렸어요. 높은 곳에서 내려올 때 난쟁이는 두 손을 들고 소리를 질렀어요. 멀리서도 뺨이 발그레하게 물든 걸 볼 수 있었죠. 그녀는 정말 신나고 흘가분한 것 같았어요. 배가 살짝 높이를 조절하자 난쟁이가 좀 더, 더 높이, 하고 외쳤어요. 초록색 페인트가 두껍게 칠해진 배는 작정한 듯 높이 올라가 공중에서 멈춰 섰고 세 사람의 비명 소리가 길게 이어졌어요. 그리고 아래로 내려올 때 난쟁이가 그대로 배에서 떨어졌어요. 배가 뱉어낸 것 같기도 하고 그녀가 날아오른 것 같기도 했어요. 이번에는 내가 길게 비명을 질렀죠.

풀숲 쪽으로 사람들이 모여들고 남자들이 심각한 표정으로 담배를 피우며 가까이 가지 못하게 막았어요. 안전장치, 호흡 곤란

같은 얘기가 흘러나왔어요. 내 친구라고 해도 배가 그래서는 못 본다고 저리 가라고만 했어요. 아직 살아있다는 말과 가망이 없다는 얘기가 동시에 들렸고 골치 아프게 됐다는 사람과 빨리 처리하라는 사람이 옥신각신했어요. 나는 그저 울면서 난쟁이가 일어나기를 기다렸어요. 한참 뒤 사이렌이 울리면서 구급차가 와서 난쟁이를 데려갔어요. 사람들은 흩어졌고 풀숲에는 아무도 아무것도 남아 있지 않았어요. 나는 어두워질 때까지 거기에서 난쟁이가 다시 돌아오기를 기다리다 방으로 왔어요.

벽에 기대어 앉자 머리가 핑 돌면서 방이 비스듬히 기울어진 것처럼 보였어요. 그리고 누군가 세게 걷어차는 것처럼 숨도 쉬기 힘들 정도로 아랫배가 아팠어요. 고통은 점점 더 아래로 내려왔고 잠시 멈추었다가 또 다시 몸을 조여왔어요. 병원에 가야하는데 도저히 일어날 힘이 없어서 이를 악물고 버텼어요. 그러나 한 번 소리를 지르자 멈출 수가 없었어요. 땀과 눈물과 침을 흘리며 이 고통에 휩쓸려 내려가지 않으려고 텔레비전을 올려놓은 탁자의 다리를 붙잡고 늘어졌지요.

자다가 깨고 다시 잠들기를 여러 번 했어요. 방 안은 여전히 어둡고 아주 오랜 시간이 흐른 것 같았어요. 눈을 감았다 뜨면 삼겹살을 구워서 쌈을 싸먹는 난쟁이의 모습이 보이고 다시 감았다 뜨면 회전목마를 타고 환하게 웃는 얼굴이 보였어요. 다시 감았다 뜨자 이번에는 지붕과 봉에 매여서 돌던 동물들이 밖으로 힘차게 달려나갔어요. 흰 갈기와 긴 속눈썹이 아름다웠죠. 바이킹에서 떨어지는 난쟁이의 어깨에서는 날개가 돋아났어요. 난쟁이가 날개를 펴고 날아오르는 순간 나는 손을 흔들었어요. 안녕.

따뜻한 물과 함께 다리 밑으로 쏟아져나온 아기는 얼룩덜룩했어요.

나는 아기를 담요로 감쌌어요. 힘차게 울음을 터뜨리길 바랐지만 아기는 몇 번 버르적거리다가 그대로 멈췄어요. 엉덩이를 때리고 몸을 주물러봤지만 움직임 없이 축 늘어졌어요. 나는 아기를 끌어안고 뺨에 입을 맞추며 등을 쓸어내렸어요. 언제까지나 그럴 작정이었어요. 꼭 안고 있으면 눈을 뜨며 살아날 것 같아서 내려놓을 수 없었어요. 이쪽의 온기와 생(生)이 전달될 것 같아서, 힘없이 떨어지는 머리와 두 팔을 차마 볼 수 없어서 품에서 떼어낼 수 없었어요. 바보라도 좋고 난쟁이라도 괜찮아요. 살 수만 있다면. 같이 지낼 수만 있다면. 엄마도 이런 마음이었을까요. 그러나 나는 태어나지 않는 편이 나았어요. 내가 없었다면 아무 일도 일어나지 않았을 텐데. 난쟁이도 엄마도 행복했을 텐데. 나는 아기를 안고 으아아아, 소리를 지르면서 울었어요. 아기에게 입 맞출 때마다, 손을 만지고 머리를 쓰다듬을 때마다 징하고 가슴이 울리며 젖이 불어났어요. 할 수 있는 일이 아무것도 없어서 나는 아기를 안은 채 계속 방 안을 서성거렸어요. 아아 어떻게 해야 하나요. 어디로 가고 누구의 이름을 불러야 하나요. 그때 유원지가 떠올랐어요. 나는 간절한 마음으로 어둠 속을 걸었어요. 거기에 가면 마법이 일어날지도 모르니까요.

새벽의 유원지는 눈물이 얼룩진 얼굴처럼 축축해요. 아기가 먹을 수도 없는데 젖은 눈물처럼 차오르고요. 회전목마는 멈추었고 이렇게 간절히 바라는데도 음악이나 불은 켜지지 않아요. 안개 속에서 나는 아기의 얼굴을 오래 들여다봤어요. 잊지 않기 위해서, 다시 만날 때 많은 아기들 속에서 바로 찾아낼 수 있도록. 그다음 아기를 품에 꼭 안았어요. 젖이 눈물처럼 흘러내려요. 저수지의 물은 발아래에서 부드럽게 찰랑거리고 다정하게 손짓합니다. 나는 눈을 감았어요. 이곳은 내가 사랑하는 유원지니까요.

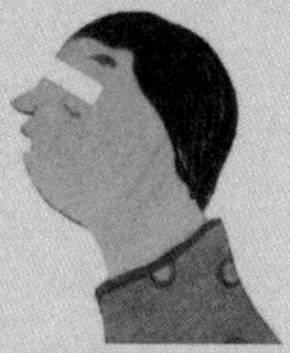

'소설가의 버킷리스트'라는 주제로 단편을 써달라는 청탁을 받았다. 두 조건이 충족되어야 했다. 어떤 식으로든 자전적일 것과 버킷리스트가 추상적이지 않게 다루어질 것.

Z_

셋을 위한 플롯

Z

서른이 되기 직전에 등단했다. 그 후로 내내 허접한 소설을 쓰며 근근이 살고 있다. 글 쓰며 사는 삶이 너무 좋지만 글은 좋지 않아 걱정이 많다. 위대한 소설을 쓸 순 없어도 유일한 소설은 써야지, 라는 마음으로 밤마다 노트북 앞에 앉지만 대부분 웹툰만 보고 절망하다 잠든다.

1

다른 작가들은 어떤지 모르겠지만 나는 소설가가 등장하는 소설을 쓰는 게 어렵다. 나는 거지도 왕자도 여자도 될 수 있다. 심지어 동물이나 사물의 시점으로도 이야기를 만들 수 있다. 하지만 소설가는 다르다. 모 작가들은 실제로 겪은 경험을 기초로 글을 쓰기 때문에 훨씬 리얼하고 진심이 담긴 글을 쓸 수 있다고 하던데 나는 반대다. 내가 직접 겪고 감각한 것들을 '읽을 만한 것'으로 쓸 자신이 없다. 서사의 세계에서 내가 겪은 사건과 감각은 아무리 대단한 것이라도 하찮을 뿐 아니라 특별하지도 않다. 허구를 구성하는 핵심요소에 불순물이 섞이는 것 같다. 나는 실제와 거짓을 반씩 섞어 넣는 식의 이야기에는 영 자신이 없고 쓰고 싶은 마음도 없었다. 금방 탄로날 것 같은 알리바이를 짜는 기분이랄까. 시도를 안 해본 것은 아니다. 하지만 늘 어딘지 모르게 어색했다. 그 불안정함을 스스로 견딜 수 없어 끝까지 쓴 글이 하나도 없다.

시점이니 플롯이니 인물이니 하는 작법서에나 나올 것 같은 문장을 소설의 어떤 장면에 삽입한다고 생각하면 민망한 생각부터 든다. 때문에 지금 이 단편을 쓰는 마음이 썩 유쾌하진 않다. 하지만 나는 이 소설을 끝까지 쓸 작정이다. 구성상으론 한 장면 남았으니 두 문단 정도면 충분할 것 같다. 원고를 읽고 있으면 여전히 찜찜한 생각은 들지만 이 정도면 나쁘지 않다는 생각도 함께 든다. 적절한 소재를 찾았고 이야기도 나쁘지 않게 진행됐다. 인물이 소설가이기 때문에 가능했던 사유와 비교적 자유로운 플롯도 나름 재미있었다. 마지막 부분을 다시 한 번 읽어본다. 오늘은 여기까지, 라고 혼잣말을 한 뒤 노트북을 닫았다. 음, 내일이면 결말을 낼 수 있을 것이다.

가방을 챙겨 카페에서 일어선 시간은 새벽 네 시 삼십 분이었다.

집 앞에 주차하고 차문을 닫는 순간 낯선 사람 둘이 내 쪽을 향해 걸어오는 것을 발견했다. 고시원과 원룸이 밀집한 이 지역은 좁고 복잡한 길이 많고 가로등이 충분치 않아 골목이 어둡다. 얼굴에 그늘이 져 표정을 볼 수 없는 이들의 걸음걸이는 기이했다. 힘이 없어 보였지만 굉장히 빨랐다. 한 명은 손을 앞으로 내밀고 있어 좀비 같았다. 고개를 돌려 뒤를 확인했다. 나 외에는 아무도 없었다. 섬뜩했다. 나는 최대한 긴장한 표정을 감추고 자연스럽게 움직였다. 마치 그들이 보이지 않는다는 듯 차문을 닫고 곧장 집으로 올라가려 했다. 입구 손잡이를 잡으려는데 누군가 내 앞을 가로막고 손을 쑥 내밀었다.

도와주세요.

두 명의 여자였다. 하나는 몸에 붙는 분홍색 트레이닝복 차림에 까만 뿔테 안경을 끼고 있었다. 안경은 필요 이상으로 컸고 렌즈는 없었다. 눈썹 위로 앞머리를 반듯하게 자른 바가지 머리를 하고 있었다. 다른 하나는 조악한 박음질로 SOX라고 써진 야구 모자를 쓰고 하얀 티셔츠에 회색 레깅스를 입고 있었다. 그들은 화장도 하고 제법 어른스러운 모습을 하고 있었으나 열일곱 많아봐야 열아홉 정도로 보였다. 둘 모두 울고 있었고 눈 밑은 화장이 번져 얼룩덜룩했다. 나는 사무적인 표정으로 무슨 말을 하는지 알아듣지 못하겠다는 듯 그들을 바라봤다. 안경 쓴 여자가 팔을 흔들며 말했다.

팔을 다쳤는데요. 응급실에 가야 할 것 같아요.

어두워 잘 보이진 않았지만 왼쪽 손목에 상처가 있었다. 옆에 있던 모자가 핸드폰 액정으로 팔목을 비췄다. 순간 눈살을 찌푸리고 한 발자국 물러섰다. 손목에 깊게 베인 창상이 있었다. 피가 뚝뚝 흐르는 팔목을 보란 듯이 앞으로 더 내밀며 그들은 한 발자국 앞으로 다가왔다. 모자가 다급한 목소리로 말했다.

아저씨. 택시를 타야 하는데 돈이 없어요. 도와주세요.

돈이 없다는 말을 듣자마자 마음이 냉랭해지고 침착해졌다. 나는 진위를 확인하는 형사처럼 눈을 가늘게 뜨고 상처를 유심히 살펴봤다. 그리고 말했다.

그었어요?

모자가 말했다.

아니에요. 갑자기 다쳤어요.

갑자기 어떻게요?

안경이 울먹이며 말했다.

그냥. 갑자기 다쳤어요.

나는 물음표처럼 구부리고 있던 몸을 똑바로 펴고 그들을 찬찬히 살펴봤다. 모자는 안경의 허리를 감싸고 간절한 얼굴로 나를 보고 있었고 안경은 혼이라도 빠져나간 듯 멍하게 서 있었다. 셋 중 하나라고 생각했다.

첫째, 자살기도를 했는데 생각이 바뀌어 다시 살고 싶은 경우.

둘째, 피만 날 정도로 적당하게 그어 용돈벌이에 이용하는 것.

셋째, 그럴듯한 분장.

셋째는 제외됐다. 여자애 둘이 이 정도 수준의 분장을 한다는 것은 불가능해 보였다. 만약 그렇다 하더라도 겨우 택시비 몇 푼 구걸하는 용도로 이용하는 것은 아무래도 억측이었다. 둘 중 하나였다. 문제는 자해공갈인가 순수한 자해인가였다. 만원 한 장 쥐어주고 번거로운 상황에서 벗어날 수도 있지만 어쩐지 그러고 싶지 않았다. 궁금하기도 했고 흥미롭기도 했다. 살짝 상처를 내고 어른들의 돈을 쉽게 갈취하는 애들이라면 거기에 속아 넘어가고 싶지 않았고 그들의 말처럼 정말 위험한 상황이라면 모른 척하고 싶지도 않았다. 성격상 이대로 무시하고 집으로 들어간다면 죄책감으로 시작된 쓸데없는 상상에 빠져들 게 분명했다. 판단하기가 쉽지 않았다. 대신 좋은 생각이 하나 떠올랐다.

병원에 가야 하는데 돈이 없다 이거죠.

네.

모자는 위아래로 고개를 크게 끄덕이며 답했다. 나는 차문을 열었다. 그들은 멀뚱하게 서서 머뭇거렸다.

타요. 병원에 데려다줄게요.

그들은 뭘 어떻게 해야 할지 몰라 우물쭈물 고민하다 뒷좌석에 탔다. 출발하기 전 룸미러를 봤다. 그들은 의아한 표정으로 서로의 얼굴만 쳐다보고 있었다. 병원까진 십 분도 걸리지 않았다. 응급실에 그들을 내려주고 간호사에게 대충 사정을 설명했다. 보호자냐는 질문에는 아니라고 손을 내젓고 명확하게 선을 그었다. 그리고 곧바로 응급실을 빠져나왔다. 안경은 병원 침대에 모로 누워 묘한 표정을 짓고 나를 보고 있었다. 엄청 감동받았거나 원치 않는 방향으로 흘러간 상황에 짜증이 났거나 둘 중 하나였을 것이다. 집으로 돌아오면서 묘하게 기분이 좋았다. 속지도 않았고 양심이 찔릴 만한 일도 만들지 않았다. 무엇보다 간만에 찾아온 극적인 상황이 주는 긴장감이 좋았다.

2

'소설가의 버킷리스트'라는 주제로 단편을 써달라는 청탁을 받았다. 두 조건이 충족되어야 했다. 어떤 식으로든 자전적일 것과 버킷리스트가 추상적이지 않게 다루어질 것. 좋은 소설을 쓰고 싶다, 로 요약되는 글을 쓰려다 말았다. 잘 살고 싶다. 행복했으면 좋겠다. 세계평화. 같은 하나 마나 한 생각 같았기 때문이다. 뭘 쓸까. 뭘 써야 할까. 고민하고 또 고민했는데 잘 풀리지 않았다. 나중에는 주제가 왜 이렇게 별로인가, 라고 욕하다 결국엔 이 청탁을 받은 것에 대해 후회하는 지경에 이르렀다.

'죽기 전에 하고 싶은 것들의 목록'이라는 의미의 이 용어는 모건 프리먼과 잭 니콜슨이 주연한 동명의 영화 〈버킷리스트〉가 개봉된 이후부터 널리 사용되고 있는 것 같다. 영화는 죽음을 앞둔 두 명의 노인이 죽기 전에 후회가 없도록 마음속에 갖고 있던 꿈을 하나씩 이뤄가는 내용을 담고 있다. 그 꿈이란 게 참으로 아름답고 낭만적인데 가령 세렝게티에서 사냥하기, 문신하기, 카레이싱과 스카이다이빙하기, 눈물 날 때까지 웃어보기 같은 것들이다. 이 영화는 인생을 후회 없이 아름답게 마무리하고 싶어 하는 이들의 마음에 어떤 도전을 줬던 것 같다. 때문에 '버킷리스트'라는 말은 바쁘게 사느라 자신의 욕망과 소원에는 무관심했던 이들의 잃어버린 자아와 꿈을 찾아주는 대명사로 자리매김했다.

원래 이 단어는 중세시대 때 자살하는 사람이 밧줄을 목에 걸고 올라선 양동이를 걷어차는 것에서 유래했다. 삶을 포기하려고 작정한 이가 두 발을 양동이에서 떼어내려는 그 순간 지나온 삶을 후회하며 아쉬워하는 목록이 있지 않겠느냐는 상상력에서 나온 말이다. 이 쓸쓸하고 참담한 풍경이 인생을 보다 멋지게 살고픈 이들의 영감을 주는 단어가 되었다니 아이러니하고 섬뜩하다. 눈물 날 때까지 웃어보기, 스카이다이빙하기, 라니. 아무리 생각해도 그런 것들은 목에 밧줄을 감은 이가 양동이를 걷어차기 직전에 생각날 후회의 목록은 아니다. 나 역시 그런 이야기를 쓰고 싶진 않다.

대신 다른 영화가 떠올랐다. 〈노킹 온 헤븐스 도어〉다. 두 인물이 나온다. 뇌종양 진단을 받은 마틴과 골수암 말기의 루디다. 둘은 시한부 판결을 받고 죽음에 대한 불안과 무력감 속에 병원 식당에 몰래 숨어 술을 마신다. 이런저런 이야기를 나누던 중 루디가 아직까지 단 한 번도 바다를 보지 못했다는 말을 듣고 마틴은 안타까운 마음에 이렇게 말한다.

천국에는 별다른 얘깃거리가 없어. 바다의 아름다움과 석양에 대한 추억을 말할 뿐이지. 근데 넌 별로 할 말이 없겠다.

둘은 죽기 전 바다를 보기로 결심하고 병원을 탈출한다. 이렇게 죽나 저렇게 죽나 무슨 상관이냐는 막장 정신은 불가능함을 가능으로 바꾸며 어처구니없는 상황과 우연적인 사건을 만들어낸다. 마침내 바다에 도착한 마틴과 루디. 나는 지금도 가끔 파도가 치는 해변에 앉아 멍하게 바다를 응시하며 데킬라를 마시는 그들의 뒷모습을 떠올리고 한다. 쓸쓸함과 경탄이 뒤섞인 표정과 눈빛은 뭐라고 설명할 수 없는 강한 인상을 전해줬는데 그것은 죽기 전 꿈을 이루어 후련하고 행복하다는 식으론 결코 일반화시킬 수 없는 어떤 것이었다. 영화의 엔딩과 함께 모래사장에 쓰러져 죽는 마틴의 얼굴을 기억한다. 죽음이 삶을 집어삼키는 순간이 고스란히 새겨진 표정이었다. 나는 그들의 마지막과 바다에 대한 일종의 오마주로 소설을 써야겠다고 생각했다. 대략적인 이야기를 요약하면 다음과 같다.

3

나는 불운한 작가다. 아니, 재능이 없는 작가일 수도 있다. 그것이 무슨 상관이란 말인가. 어쨌든 나는 실패한 작가로 기억되거나 잊혀질 것이다. 신춘문예로 등단한 뒤 오 년이 넘도록 단 두 편만 발표했다. 최선을 다했으나 세상은 나를 모르고 기회도 주지 않았다. 미발표 원고로 책을 내보려 출판사에 보냈으나 응답이 없었다. 몇몇 출판사에서 자비로 출판할 것을 제안했지만 내겐 돈이 없었고 그렇게 내고 싶지도 않았다. 그래도 포기하지 않고 열심히 썼다. 마침내 작은 기회가 왔다. 이 년 만에 청탁이 온 것이다. 나는 혼신의 힘을 다해 글을 썼다. 소설을 백 번도 넘게 읽었다. 맞춤법과 띄어쓰기까지 한 군데도 틀림이 없다고 자부할 수 있는 완벽한 원고를 만들었다. 그런데 그 소설을 발표하고 일주일 뒤 반년 전 헤어진 애인이 아파트에서 투신했다는 연락을 받았다. 그녀는 일생 중 가장 사랑했던 사람이자 나의 유일한 독자였다. 그녀는 내게 한 통의 편지를 남겼다. 이번에 발표한 소설을 읽고 자존심이 상하고 마음이 아파 도저히 견딜 수 없었다는 내용이었다. 그 소설은 엄연한 허구였다. 물론 그녀의 이니셜을 사용했고 우리의 연애 경험 몇 개를 살짝 가공해 집어넣긴 했다. 하지만 그녀는 그것을 나의 일기나 수기로 해석했다. 더는 살 수 없다는 생각이 들었다. 나는 절망했다. 최선을 다했지만 나는 실패했다, 라는 문장으로 시작되는 유서를 남기고 나는 죽기로 결심한다.

자살커뮤니티에서 만난 이들과 강원도 양양으로 여행을 떠났다. 그날은 눈이 많이 내렸다. 기습적인 폭설로 인한 농가가 입은 피해와 마비에 가까운 교통상황에 대한 방송을 듣다 라디오를 껐다. 죽기로 합의한 남자 셋과 여자 셋이 탄 승합차는 완벽한 고요 속에 갇혔다. 눈보라가 몰아치는 어지러운 풍경과 길이 지워진 푸르스름한 사방을 생전 처음 만난 이들과 함께 쳐다보고 있다니. 처음엔 기이하고 아이러니하다는 생각에 멋지다고 생각했지만 나중엔 따분했고 힘들었다. 가장 견딜 수 없는 것은 어색한 분위기였다. 운전석에 앉은 남자는 분위기에 대한 책임감을 느끼는지 이상한 말을 시도 때도 없이 뱉어댔다.

억지로 죽을 필요 없겠군. 이러다 자연스럽게 얼어 죽겠어.

이것이 강원도의 힘인가? 하하하.

여기서 죽으면 사고사로 처리 되겠지? 보험금은 많이 나오겠네.

분위기는 처참했다. 그는 죽은 분위기를 살리려고 또 농담을 했다. 다른 이들은 입술을 꾹 다물고 별다른 반응을 보이지 않았다. 차는 눈 속을 뚫고 정차와 주차를 반복하다 한계령 휴게소에 간신히 도착했다. 우리는 잠시 쉬면서 눈이 그치기를 기다리기로 했다. 한나절이 흘렀고 눈발이 잦아들었다. 출발하려는데 남자 한 명과 여자 한 명이 보이지 않았다. 한 시간을 기다렸고 둘이 이 여행에서 이탈했다는 것을 깨닫게 됐다. 우리는 출발하기 전 잠깐 회의를 했다. 결론은 계획대로 양양에 가기로 했다. 그들이 사라진 것이 우리가 죽어야 하는 이유에 아무 영향을 주지 않는다는 것이 이유였다. 당연한 결과였지만 어쩐지 나는 아쉬웠다. 뭔가 김이 샜다고 해야 할까. 아니면 이렇게 눈이 많이 오는 날 죽는 것이 억울하다고 해야 할까. 하지만 여행을 취소하고 싶은 가장 큰 이유는 재밌지도 않은 농담을 계속 늘어놓는 수다쟁이가 여전히 차에 남아 있다는 것이었다. 그는 양양에 도착할 때까지 쉬지 않고 말을 했다.

왜 두 명이 함께 사라졌을까?

처음부터 이상했어. 주고받는 눈빛이 심상치 않았거든. 내 눈은 못 속이지.

지금 뭐하고 있을 것 같아? 아마 방 잡고 신나게.

마침내 앞좌석에 앉아 창에 이마를 대고 바깥만 쳐다보던 여자가 귀에 꽂고 있던 이어폰을 신경질적으로 빼며 비명을 질렀다. 남자는 깜짝 놀라 급브레이크를 밟았다. 여자는 놀란 눈으로 자신을 쳐다보는 남자를 날카롭게 흘겨보고 다시 이어폰을 꼈다. 남자는 마음이 상한 듯 숙소에 도착할 때까지 입술을 꾹 다물고 아무 말도 하지 않았다. 그는 식사 도중 화장실에 다녀온다고 말한 뒤 돌아오지 않았다. 남자 셋 여자 셋이 출발했는데 남자 하나 여자 둘만 남았다. 나는 여자들과 잠깐 회의를 했다. 이야기는 싱겁게 끝났다.

어차피 우리 돌아갈 필요도 없잖아.

차라리 잘됐어. 만약 우리가 죽어서 천국에서 만난다면 재를 또 봐야 한다는 생각에 짜증이 났었거든.

나는 조용히 고개를 끄덕였다.

숙소는 멋졌다. 벽 한 면 전체가 통유리였다. 우리는 유리창 앞에 앉아 밤바다를 바라봤다.

대충 이런 식으로 진행되는 소설이었다. 하지만 나는 이 장면 이후로 더 이상 쓰지 못했다. 전개대로라면 이들은 자신이 죽어야만 하는 이유에 대해 한마디씩 말하고 준비한 번개탄을 피워 죽어야 한다. 그런데 나는 그렇게 끝내고 싶지 않았다. 죽음으로 결말을 맺기 싫다는 것이 아니라 영화에 대한 오마주를 바다가 아닌 다른 것으로 해야 한다는 생각이 들었기 때문이다. 그 생각은 마치 강력한 계시처럼 마음을 압박했다. 마틴과 루디는 죽기 전 바다만 본 게 아니었다. 중간에 소원을 하나씩 더 이룬다. 마틴은 평소 어머니가 동경했던 캐딜락을 사주고 루디는 두 명의 미녀와 함께 섹스를 한다. 그 순간 그 장면이 왜 떠올랐을까? 노트북 모니터에 루디의 표정이 겹쳐졌다. 두 미녀를 양팔에 하나씩 끼고 행복한 표정으로 잠든 여자들을 쳐다본 뒤 천장을 응시하는 루디의 눈은 결코 시한부 환자의 눈이 아니었다. 충만한 눈이었고, 하렘을 거느린 수컷의 눈이었으며, 승리자의 나른한 눈이었다. 천장을 응시하는 루디의 시선은 천장에 달린 카메라를 뚫고 영화를 떠올린 내 시선에 닿았다. 부럽다고밖에 할 수 없는 그 오만한 표정은 죽어도 좋다,는 배짱과 여유가 흘렀다. 나는 소설의 마지막 장면을 완전히 바꿔야 한다는 생각에 원고의 반 이상을 날려버렸다.

4

어제 만났던 그 애들이 현관 앞에 쭈그리고 앉아 있었다. 그들은 나를 발견하자마자 벌떡 일어났다. 어제와 옷차림은 똑같았다. 안경은 붕대가 감긴 왼손을 들어 보였다. 그것이 마치 예쁘게 묶은 리본이라도 된 듯 수줍게 웃었다. 예상치 못한 상황에 당황한 나는 바나나 한 손이 든 비닐봉지를 손에 들고 멍한 눈빛으로 하얀 붕대를 쳐다봤다. 모자가 말했다.

고맙습니다. 덕분에 우리는 살았어요.

괜찮아요.

나는 눈도 마주치지 않고 짧게 대답했다. 뭔가 더 이야기를 하고 싶어 한다는 것을 알았지만 나는 그들을 무시하고 문을 열고 빠르게 안으로 들어갔다. 아직 아무 일도 일어나진 않았지만 가만히 두면 이상한 일이 일어날 수 있겠다는 두려운 예감이 들었던 것이다. 한 층씩 올라갈 때마다 센서등이 켜졌다. 삼층 층계참에서서 창밖으로 아래를 내려보니 여자애들이 고개를 들고 올려다보고 있었다. 나는 입꼬리를 살짝 올려 미소 지어 보이고 사층에 있는 방으로 올라갔다.

새벽 네 시. 방바닥엔 아몬드와 마른 오징어가 담긴 일회용 접시와 빈 소주병이 어지럽게 널려 있었다. 우리는 죽기 전에 아쉬운 것 하나씩 말하기로 했다. 이어폰으로 온종일 음악만 듣던 여자가 말했다.

좀 전에 한계령 넘었을 때 그 눈을 찍지 못한 게 아쉬워…… 예뻤는데.

아까부터 빈 병을 시계침처럼 오른쪽으로 빙글빙글 돌리던 여자는 묘한 웃음을 지으며 말했다.

어차피 이렇게 죽을 거 그년을 죽여버릴걸.

방 안에 정적이 흘렀다. 죽이지 그랬냐고 농담이라도 던지고 싶었는데 그 여자는 농담으로 말한 것 같지 않았다. 죽이지 못해 너무 너무 아쉽다는 표정을 짓고 있었다. 눈을 찍고 싶지 못해 아쉽다던 여자가 고개를 돌려 나를 바라보며 말했다.

당신은?

나는 잠시 입술을 꾹 다물고 밤바다를 바라봤다. 수면 위로 함박눈이 쏟아지고 있었다. 바다에 눈이라니, 어쩐지 아깝다는 생각이 들었다. 쌓이지도 못하고 곧바로 녹아버리는 눈이라니. 덧없고 허망했다. 나는 마틴의 대사를 중얼거렸다.

천국에 가면 별다른 얘깃거리가 없다는군요. 천국이라니, 보나마나 지루한 곳이겠죠. 그곳에선 바다에 대한 추억을 떠올리는 게 가장 멋진 일이라는데 적어도 나는 그곳에서 심심할 일은 없겠네요. 죽기 직전에도 이런 끝내주는 바다를 봤으니. 난 여한이 없어요.

여자 중 하나가 냉정한 목소리로 말했다.

그건 규정 위반이야. 당신도 하나 말해.

나는 한참 허공을 바라보다 작은 소리로 혼잣말을 했다. 루디.

그리고 말했다.

쓰리썸.

5

다음 날도 그 애들은 입구 앞에 있었다. 그들은 반갑다는 듯 나를 보고 환하게 웃었다. 나는 더 이상은 무시하거나 모른 척할 수 없다는 것을 깨달았다. 무슨 의도를 갖고 찾아오는지, 원하는 것이 무엇인지, 물어볼 수도 있지만 가장 좋은 방법은 잘 달래서 다시는 찾아오지 않도록 하는 것이었다. 나는 모자와 안경의 눈을 번갈아 쳐다보며 친근한 목소리로 말했다.

이제 괜찮아?

네.

둘은 동시에 대답했다. 복도에 서서 담임선생과 대화하는 소녀들처럼 수줍은 얼굴로 눈을 반짝였다.

앞으론 절대 그런 짓을 하면 안 돼. 살다보면 별일이 다 있는데 그때마다 그으면 손목이 남아나지 않겠다. 혹시 긋더라도 힘 빼서 살살 해야 해.

네.

애들은 손으로 입을 가리고 쿡쿡 웃으며 대답했다.

나는 그 순간까지도 무슨 일 때문에 그런 짓을 했는지, 어디에서 지내는지, 집은 어디고 학교는 다니는지, 같은 질문을 하지 않았다. 발목이 잡힐 그 어떤 이야기도 들어서는 안 된다. 여유를 갖

되 절대로 여지를 주면 안 되는 것이다. 나는 이런저런 농담을 몇 번 더 건넨 뒤 손을 흔들었다. 그 순간 안경이 말했다.

아저씨는 뭐하는 사람이에요?

나는 슬픈 표정을 지으며 말했다.

백수야. 아저씨처럼 되기 싫으면 공부 열심히 해야 해.

허를 찔렸다는 얼굴로 아무 말도 하지 않는 애들을 뒤로하고 집에 들어왔다. 스스로 생각해도 능숙하게 잘 넘어간 것 같았다. 신발을 벗으며 중얼거렸다. 잘못 엮이면 끝나는 거야. 끝.

'오늘은 기필코 소설을 끝내겠어'라는 마음으로 저녁 내내 노트북 앞에 앉아 있었지만 한 문장도 쓰지 못하고 새벽이 되었다. 초조한 마음으로 앞니로 손톱을 뜩뜩 뜯어대며 깜빡이는 커서를 노려봤다. 죽기 직전에 뭔들 못해, 라는 생각으로 마지막 장면을 자유롭게 쓰다가 곧 죽을 사람들이 무슨 섹스를 하겠냐는 생각에 신경질적으로 백스페이스를 눌러댔다. 나는 뭔가 괜찮은 문장이 떠오를까 싶어 마지막 문단을 소리내 읽기 시작했다.

눈을 찍고 싶다던 여자가 정색하며 말했다.

사내새끼들은 곧 죽어도 그 생각만 한단 말이야. 저번 주에 엄마가 죽었는데 말야. 애인이라는 새끼가 울고 있는 내 어깨를 감싸고 위로하는 척하더니 가슴을 만지는 거야. 그러려니 했지. 그런데 기어이 옷을 벗기려는 거야. 아 미친 새끼. 그 순간에도 그게 하고 싶을까. 전날도 두 번이나 하려고 난리를 치더니. 그때 오만 정이 끊기더라고. 거기를 가위로 잘라버릴걸 그랬어.

그녀는 중지와 검지를 벌려 가위처럼 만들더니 가위질을 하듯 허공에서 싹둑싹둑 움직였다. 나는 무안함에 손바닥을 앞으로 보이며 흔들었다.

아니. 아니. 지금 여기서 하고 싶다는 게 아니고요. 굳이 물어보셔서 솔직하게 말한 거예요. 죽기 전에 아쉬운 것 말하라면서요. 실은 그거 말곤 없어요. 다른 건 화나고 슬픈데 이건 그저 아쉽거든요. 어차피 곧 죽을 건데 거짓말할 필요는 없잖아요.

방 안에 적막이 흘렀다.

적막이 흘렀다. 적막이 흘렀다. 나는 이마에 손을 올리고 고민했다. 어떻게 진행할까. 그냥 이대로 끝낼까? 아니면 잘까? 그런데 이 상황에서 그게 가능한가? 나는 소설 속에 나오는 여자처럼 컵을 책상 위에 놓고 손가락으로 빙빙 돌려봤다. 그리고 여자가 말하는 것처럼 중얼거리며 타이핑을 했다.

그런데 이중에서 소원을 이룰 가능성이 있는 사람은 당신밖에 없네요.

그 순간, 누군가 문을 두드렸다. 나는 깜짝 놀라 몸을 움츠리고 현관문을 쳐다봤다. 이 원룸에서 삼 년을 넘게 살았지만 새벽 두 시 삼십 분에 노크하는 사람은 없었다. 간혹 한낮에 택배기사나 포교를 하는 아주머니가 노크하기는 했어도 새벽엔 없었다. 나는 잘 못 들었나 싶어 불안한 마음으로 조심스럽게 문에 다가가 너머에 누가 있는지 살피기 위해 귀를 기울였다. 그때 문밖에서 누군가 말했다. 마치 거기에 있는 거 다 알고 있다는 듯 차분한 목소리였다.

아저씨.

저녁에 만났던 그 애들이었다.

아저씨. 거기 있는 거 다 알아요. 불 켜진 것도 보여요.

나는 떨리는 목소리를 애써 감추고 낮은 소리로 속삭였다.

무슨 일이야?

애들은 기다렸다는 듯 대답했다.

아파요. 몸이 너무 아파요. 지금 쓰러지기 직전이에요.

병원에 가야지, 여기에 오면 어떻게 해. 얼른 병원에 가.

아는 사람이 없어요. 아저씨가 우리가 아는 사람 중에서 가장 친절해요. 아저씨 문 좀 열어주세요.

그들은 간절한 목소리로 계속 네? 네? 네? 라고 애원했다. 나는 손잡이를 꽉 움켜쥐고 천천히 문을 열었다. 걸쇠에 걸려 한 뼘 정도의 간격으로 두 명의 여학생이 보였다. 안경은 진짜 아파 보였다. 얼굴이 빨갰고 콧잔등과 관자놀이에 땀이 맺혀 있었다. 나는 무슨 말을 해야 할지 몰라 멍하게 서 있었는데 모자가 먼저 치고 들어왔다.

잘 데가 없어서 요 며칠 밖에서 잤거든요. 그런데 오늘은 얘가 아파서 도저히 밖에서 못 자겠어요. 아저씨 잠깐만 있다가 갈게요. 네? 네?

그 모습은 마약에 중독된 형사에게 쫓기는 두 명의 마틸다 같았다. 나는 문을 열어줬다. 그 애들은 방에 들어오자마자 침대에 누웠다. 나는 타이레놀 두 알과 따뜻한 물을 가져다주며 말했다.

잠깐만 있다 가.

모자가 방을 둘러보며 말했다.

우와, 책이 정말 많네요.

나는 그 애의 턱을 잡고 눈을 맞추며 다시 또박또박 말했다.

들었어? 잠깐만 있다 가라고.

모자는 겁먹은 듯한 얼굴로 고개를 끄덕였다. 애들은 금방 잠들었다. 나는 책상에 엎드려 침대에 누워 있는 두 명의 여자를 쳐다봤다. 그리고 한숨을 내쉬며 중얼거렸다. 돌겠네. 돌겠어.

오늘까지 원고를 끝내야 하는데 애들에게 정신을 뺏겨 도무지 집중이 되지 않았다. 마지막 장면에 들어갈 장면에 대한 대략적인 아이디어와 생각들을 생각나는 대로 대충 써놓고 프린트를 했다. 새로 쓰지 못할 바엔 썼던 원고라도 정리하고 싶었다. 어색한 문장 몇 군데를 수정했고 삽입할 부분과 삭제할 부분을 사인펜으로 체크했다. 내일은 일찍 일어나 저 애들을 내보내고 저녁이 되기 전에 원고를 마무리할 것이다.

책상 밑에 모포를 깔고 누워 천장을 바라봤다. 끔찍하게 피곤했지만 쉽게 잠이 들지 않았다. 아침까지 기다렸다 저 애들을 보내고 잘까 싶었지만 어제도 거의 날을 새서 눈알이 빠질 것 같았다. 나는 경계심 많은 야행성 동물처럼 몸을 웅크리고 누웠다. 아침이 오면 꼭 보내야지. 말을 안 듣는다면 화를 내서라도 쫓아내야지.

머릿속으로 수도 없이 연습하고 또 연습했다.

6

아득히 먼 곳으로부터 이상한 소리가 들렸다. 그것이 무엇인지 모르면서도 꿈에서 나는 오싹한 기분을 느꼈다. 눈이 번쩍 떠졌다. 안경은 침대에 모로 누워 묘한 표정으로 나를 쳐다보고 있었고 모자는 커피포트에 물을 끓이고 있었다. 어떻게 찾았는지 컵라면 두 개도 손에 들고 있었다.

지금 뭐하는 거야?

화가 났지만 차분하게 말했다. 흥분시키거나 감정을 건드려서는 안 될 것 같았기 때문이다.

배고파서 라면 먹으려고요. 아저씨도 먹을래요?

그 말이 아니잖아. 지금. 잠깐만 쉬었다가 간다고 했잖아.

아아. 걱정 마세요. 라면만 먹고 갈게요. 배고파서 죽을 것 같단 말이에요. 우리가 여기에서 죽어버렸으면 좋겠어요. 아니면 라면 먹고 나갔으면 좋겠어요.

모자는 나무젓가락을 손가락 사이에 넣고 빙글빙글 돌리며 말했다.

알았어. 그럼 빨리 먹고 가.

라면 익기를 기다리는 삼 분이 세 시간처럼 길게 느껴졌다. 나는 내 집에 처음 온 손님처럼 어색하게 서서 여자애들을 곁눈질로 흘낏흘낏 쳐다봤다. 안경이 말했다.

그런데 아저씨 작가예요?

응?

그 질문은 듣자마자 체온이 오 도는 내려간 듯 한기가 들고 소름이 돋았다. 나는 무슨 소리냐는 듯 소리내 웃으며 아니라고 했지만 동시에 이 웃음이 그들에게 얼마나 어색하게 보일지 알고 있었다. 감출 수 없을 정도로 당황스러웠던 것이다. 모자는 핸드폰을 보여주며 말했다.

맞잖아요. 여기. 검색해도 얼굴 나오네.

안경과 모자는 갑자기 소리를 높이며 호들갑을 떨었다.

우와, 대단해요. 소설가라니. 태어나서 소설가는 처음 봐요.

그런데 어떻게 알았어?

안경은 이불 속에서 뭔가를 꺼내 흔들었다. 원고였다. 나는 고개를 돌려 책상을 바라봤다. 없었다. 자기 전 출력했던 그 원고가 없었다. 내 이름은 어떻게 알았냐고 물어보려다 현관 앞에 무릎높이로 쌓여 있는 우편물들을 보고 입을 꾹 다물었다. 모자는 책장에 기대고 삐딱하게 서서 작년에 출간한 내 소설집을 들춰보고 있었는데 그것이 마치 러시아 문법책이라도 된다는 듯 난감한 표정을 짓고 미간을 찌푸렸다. 일이 돌이킬 수 없는 쪽으로 흘러가고 있다는 것을 깨달았다. 미성년자 두 명을 집에서 재웠다. 그 애들은 내가 작가라는 것도 안다. 이대로 아무 일 없이 걸어나간다면 문제가 없지만 만약 버티고 앉아 나가지 않으려 한다면 그땐 내가 어떻게 해야 할까. 짧은 시간에 여러 가능성과 몇몇 사례들을 떠올리며 머리를 굴렸다. 미성년자와 관련된 온갖 불미스러운 사건들과 추문들이 생각났다. 뾰족한 수가 없었다. 확실한 것은 저들이 나쁜 마음을 먹기로 작정했다면 나는 궁지에 몰렸다는 것이다. 꼬였다. 꼬여도 완전히 꼬인 것이다. 지금의 내가 할 수 있는 유일한 방법은 애들의 심기를 건들지 않는 것이라는 판단이 들었다. 나쁜 마음을 먹지 않도록, 있지도 않은 일을 있었다고 주장하는 거짓말을 하지 않도록, 따뜻하고 최대한 부드럽게 대해야 한다. 나는 침을 꿀꺽 삼키고 말했다.

그거 별거 아니야. 보다시피 이렇게 허접하게 살잖아. 그나저나 몸은 좀 어때?

안경은 갑자기 안색을 어둡게 하며 침울한 표정을 지었다. 컵라면의 뚜껑을 열고 젓가락으로 면을 풀며 모자가 말했다.

어제보단 좋아졌는데 아직도 열이 많아요. 일어나면 어지럽대요.

그렇구나. 걱정이네. 좋아져야 할 텐데.

걱정 마세요. 쉬면 좋아지겠죠. 다 아저씨 덕분이에요. 우리에게 이렇게 친절한 사람은 처음 봐요. 작가라서 그런가?

안경은 머리를 끄덕이며 그 말에 동의했다. 나는 부드럽게 말했다.

좋아질 거야. 걱정 마. 그거 먹고 힘내서 얼른 집에 들어가.

집 없어요.

집이 왜 없어?

그런 것도 말해야 돼요?

아니…… 불편하면 말 안 해도 되는데 그냥 궁금하니까.

부모님이 없어요. 죽었어요.

말문이 막혔다. 무슨 말을 더 해야 할지 몰랐다. 나는 다급하게 말했다.

그래도 라면 먹고 갈 거지?

모자가 젓가락을 놓고 나를 빤히 쳐다봤다. 화가 난 듯 보였고 자존심이 상해 보였다.

아저씨. 우리가 분명 나간다고 했죠?

알겠어. 그렇겠지. 니들은 착하잖아. 거짓말하는 애들이 아니지.

아저씨가 우리를 알아요? 착한지 안 착한지.

모자의 목소리가 갑자기 날카롭게 변했다. 나는 아무 말도 못하고 멍하게 모자를 바라만 봤다. 모자는 다시 젓가락을 들고 면을 돌돌 말며 들릴락말락한 소리로 안경에게 말했다.

실망이야. 좋은 사람인 줄 알았는데.

일단 애들을 가만두기로 했다. 나가겠지. 내가 앞선 걱정을 하고 있는 것이다. 소설을 쓰다보니 뭐든지 극적으로 생각하는 버릇이 생긴 탓이야. 애써 불안한 마음을 다독였다. 나는 최대한 따뜻한 목소리로 말했다.

많이 먹어. 배고프면 말해. 피자도 시켜줄 테니까. 푹 쉬고 빨리 나아야지.

애들은 라면을 다 먹고도 안 나갔다. 뒹굴거리며 핸드폰 게임을 하고 지들끼리 수다를 떨더니 낮잠을 잤다. 나는 잠들어 있는 두 명의 침입자를 물끄러미 내려봤다. 모자는 글씨가 거의 지워진 헐렁한 티셔츠를 입고 있었다. 'NO CHAOS NO LOVE'. 모자는 저 문장이 무슨 뜻인지도 모를 것 같았다. 나는 그것의 뜻을 알기에 위험한 징후처럼 느껴져 초조하고 불안했다. 현관엔 지저분한 운동화 두 켤레가 나란히 놓여 있었다. 이게 지금 무슨 상황인가. 이 애들은 무슨 의도를 갖고 이 집에 들어온 것인가. 애들이 자는 동안 방을 서성이며 앞으로 어떻게 될 것인지에 대한 여러 상황을 상상해봤다. 대부분 원치 않은 방향으로 전개됐다. 내가 원하고 바라는 전개는 아무리 생각해도 개연성과 설득력이 떨어졌다. 나는 머리카락을 벅벅 긁고 관자놀이를 손가락으로 꾹꾹 눌렀다. 애들은 두 시간쯤 자고 일어났다. 모자가 졸린 눈을 비비며 말했다.

피자 좀 시켜주세요.

응?

아까 배고프면 말하라고 했잖아요. 배고파요.

나는 선뜻 대답을 못하고 우물쭈물 말을 골랐다. 안 나가냐고 묻고 싶었지만 그렇게 물으면 네, 라고 대답할 것 같았다. 여유를 갖자. 초조한 모습을 보이면 안 된다. 저 애들이 왜 내 집에서 저러고 있는지 정확히 파악할 순 없지만 최악의 경우까지도 염두에 둬야 한다. 뭔가 하나가 안 풀리면 모든 것이 연쇄적으로 나쁜 방향으로 흘러가는 법이다. 나는 잠시 내 인생의 하찮은 성과들이 도미노처럼 무너지는 모습을 상상했다. 나는 숨을 한 번 고르고 전화를 걸어 피자를 주문했다.

애들은 며칠 굶은 사람처럼 양손에 피자를 하나씩 들고 뜯어먹었다. 성의 없는 태도로 내게도 한 조각을 권했지만 사양했다. 애들은 두 번 권하지 않았다. 한 조각도 남기지 않고 다 먹어치운 다음 상자에 붙은 치즈 조각이나 토핑 부스러기를 손가락으로 집어 먹었다. 나는 그들의 모습을 멍하게 쳐다봤다. 그때 안경이 문득 뭔가 생각났다는 듯 고개를 돌려 나를 쳐다보더니 말했다.

그런데 아저씨. 소설 읽어봤는데요.

안경은 잠시 뜸을 들였다. 대체 무슨 소리를 하려는 건가. 나는 겁먹은 얼굴로 안경의 입술을 초조하게 바라봤다.

아저씨 그렇게 안 해봤죠?

뭘?

여자 둘이랑.

나는 억지로 소리내 웃으며 말했다.

그건 소설이야, 허구라고. 그러니까 이야기가 가짜야. 진짜가 아니고.

그 정도는 알아요. 그럼 안 해본 걸 쓴 거예요?

아니, 이야기를 만들 땐…… 그러니까…… 음…… 직접 겪은 것도 있고 그렇지 않은 것도 있는데. 그런데 왜?

말이 잘 나오지 않았고 무슨 말을 해야 할지도 하나도 생각나지 않았다. 안경은 나를 빤히 쳐다보더니 말했다.

그거 대게 이상해요.

뭘.

여자들이 갑자기 남자한테 주는 거요.

모자가 웃으며 거들었다.

맞아. 뭐야 갑자기. 불우이웃돕기도 아니고. 죽기 전에 불쌍하니까 우리가 한번 해줄게도 아니고.

그건 생각나는 대로 그냥 써놓은 거야. 그렇게 쓴다는 게 아니고. 아이디어 같은 거야. 나중에 제대로 쓸 때 어차피 다 고칠 거야.

둘은 갑자기 손바닥으로 입을 가리고 큭큭 웃기 시작했다. 그때의 기분을 뭐라고 표현해야 할까. 그 어떤 문장으로도 그것을 정확하게 설명할 순 없을 것이다. 이렇겐 말할 수 있다. 일생 중 이만큼 수치스러웠던 상황은 없었다. 안경이 말했다.

그것도 그렇지만 너무 싱겁잖아요. 죽기 전에 소원이 겨우 그거라니. 소설간데. 겨우 그거라니.

안경은 고개를 가로젓는 것 같기도 하고 끄덕이는 것 같기도 한 복잡한 형태로 머리를 움직이며 정말 뭔가가 이해가 안 간다는 듯 중얼거렸다.

7

새벽 두 시. 나는 책상에 앉아 있고 그 애들은 내 침대에 누워 자고 있다. 애들은 피자 먹고도 안 나갔다. 도리어 친구 집에 놀러왔다는 듯 이것저것 살펴보고 돌아다녔다. 책장의 책들을 빼기도 했고 아끼는 기타를 아령 들 듯 허공에서 붕붕 돌리기도 했다. 나는 포기한 마음으로 애들의 모습을 지켜만 봤는데 사실은 충격에서 헤어나오지 못했기 때문이다. '그거 대게 이상해요.' 그 말로 내가 받은 충격은 생각보다 훨씬 강렬했다. 꼬마 악마들이 내 안식처를 마음대로 파괴하는 모습을 보면서도 고함을 친다거나 협박할 힘조차 없었다. 아까부터 내내 안경이 했던 말에 빠져 있었다. 늪에 빠져 천천히 침전하는 것처럼 벗어날 수 없었다. 이상하다니. 이상하다니. 그럼 어쩌지? 어떻게 써야 하지? 이런 생각만 했다. 애들을 쫓아내는 것도 급하지만 당장 마무리해서 보내야 할 소설도 걱정이었다. 마지막 장면을 남겨둔 시점에서 도저히 진행이 안됐다. 지금 내 상황처럼 소설도 콱 막혀버린 것 같았다. 내일은 나가겠지? 양심이 있다면 가겠지. 내가 얼마나 잘해줬는데. 하지만 그렇지 않다면? 이렇게 하루씩 계속 연장된다면? 그러다 뭔가 이상한 방식으로 나를 협박한다거나 괴롭히면 어떡하지? 내가 저 애들에게 이상한 짓을 했다고 신고한다거나 인터넷에 올릴지도 모른다. 저 애들을 도와주고 싶어서 집에서 이틀이나 재웠어요. 애들이 본 소설은 말 그대로 소설일 뿐이에요. 그건 제 이야기가 절대 아니에요, 라고 경찰에게 말한다면 믿어줄까? 아니, 지나가던 개도 안 믿어줄 것이다. 나는 두 손으로 얼굴을 감싸고 연극배우처럼 과장된 신음 소리를 뱉어냈다. 그 애들은 막 태어난 아기들처럼 곤히 잠들어 있었다. 나는 소설 쓰는 것을 포기했다. 대신 편집자에게 이틀만 더 달라는 메일을 썼다. 미안하다는 문장을 다섯 번도 넘게 쓴 것 같다. 고열이 나고 너무 아파서 어쩔 수 없었다고 거짓말을 했다. 나는 노트북을 소리나게 탁 닫고 모포를 몸에 두르고 바닥에 누웠다. 저 애들만 사라지면 모든 게 정상으로 돌아올 것이다. 이 기분 나쁜 불안함도 사라지고 소설도 다시 잘 써지겠지. 내일은 정말 저 애들하고 담판을 지을 것이다.

기묘한 기분이 들어 눈을 떴다. 모르는 여자가 내 성기를 빨고 있었다. 모자를 벗은 모자였다. 나는 정신이 번쩍 들어 뭐야, 라고 소리치며 몸을 빼내려는데 다른 여자 한 명이 내 어깨를 두 손으로 누르며 키스를 했다. 안경을 벗은 안경이었다. 처음엔 이빨을 딱 붙이고 입술을 열지 않았는데 안경의 혀가 입술에 닿는 순간 나도 모르게 입술이 열렸다. 마치 물체를 감지한 문이 저절로 열리는 것처럼 자동이었다. 얇고 길고 부드러운 혀가 입안으로 쏙 들어왔다. 마음은 그들을 밀쳐내고 일어나려 했으나 그럴 수 없었다. 아니, 그러지 않았는지도 모른다. 모자는 이빨로 발기한 성기를 살짝살짝 깨물며 장난을 쳤다. 그런데 아프지는 않고 자극적이기만 했다. 그 순간 생각했다. 무슨 애가 이걸 이렇게 잘할까. 발기한 성기가 더 팽팽해졌다. 끝이 뻐근할 정도였다. 모자는 쪽 하는 소리를 내며 입에서 성기를 빼낸 후 위로 올라왔다. 아, 자꾸 이상한 신음 소리가 입술에서 새어나왔다. 모자는 능숙하고 과감하게 움직였다. 조금 뒤 안경이 위로 올라왔다. 둘은 그런 식으로 몇 번 번갈아가며 올라왔다. 나는 비교적 빠른 시간에 사정하고 말았다. 모자는 응? 하는 소리를 내더니 의아한 얼굴로 말했다.

아저씨는 꼼짝도 안 하고 싸버렸네.

모자는 사정이 끝나 작아진 성기를 물고 또 빨기 시작했다. 놀랍게도 곧바로 다시 발기했다.

어머 이 아저씨 봐.

성기를 물고 우물거리는 모습은 정말 미치도록 예뻤다. 모자는 아쉽게도 그냥 옆에 누웠다. 여자애들을 양쪽 팔에 하나씩 안고 멍하게 천장을 응시했다. 안경이 좋았어요? 라고 물어볼 때 나는 말없이 고개만 끄덕였다. 바닥 여기저기에 여자애들의 옷이 흩어져 있었다. 동그랗게 말린 티셔츠와 레깅스, 작은 브래지어와 장식 하나 없는 흰 팬티가 지금 이 상황이 실제라는 것을 알려주고 있었다. 현기증이 나면서 두렵고 떨렸다. 애들은 양쪽에서 나를 가운데에 놓고 소설의 결말에 대해 논쟁을 벌였다. 말도 안 되는 이야기였고 나로서는 도저히 상상조차 할 수 없는 전개와 묘사를 아무렇지도 않게 말했다. 나는 그들의 말을 타자기로 탁탁 때려 박는 기분으로 머릿속에 입력하며 잠들었다.

다음 날 아침. 부스럭거리는 소리에 잠에서 깼다. 애들이 옷을 입고 있었다. 나는 눈을 게슴츠레 뜨고 말했다.

뭐해?

애들은 내 말에 대꾸하지 않고 거울을 보고 단장을 했다. 안경은 꼼꼼하게 머리를 빗었고 모자는 화장을 했다. 나는 몸을 일으키려 했다. 그때 모자가 말했다.

아저씨 그냥 더 자요. 우리가 봐주는 거예요. 알았어요? 아저씨가 우리한테 잘해줘서 그냥 가는 거라고요.

모자는 한쪽 입술을 기묘하게 비틀어 환하게 웃었다. 안경은 왼손을 들어 손목의 붕대를 손가락으로 두 번 쿡쿡 찌른 뒤 말했다.

고마웠어요.

그리고 애들은 거짓말처럼 방에서 나가버렸다. 환하고 적막한 방. 나는 꿈인가 싶어 멍하게 현관문을 바라보다 다시 눈을 감았다. 잠드는 그 순간에 나는 궁금했다. 대체 그 무엇이 나를 이토록 피곤하게 했던 걸까.

8

나는 그 애들이 알려준 이야기대로 결말을 썼다. 뭔가 견딜 수 없는 부끄러움을 느끼지만 이보다 더 좋을 수 없다는 생각이 들었다. 비약적인 전개와 노골적인 디테일. 개연과 인과를 고려하지 않고 쑥 들어가고 훅 넘어가는 이야기. 하지만 나는 그것을 그대로 타이핑했다. 간밤의 일이 진짜 있었던 일인지 꿈인지 잘 분간이 되지 않았다. 기억을 더듬고 느꼈던 감각을 떠올려 그것을 그대로 묘사했다. 마지막 문장을 눈으로 읽고 있는데 순간 발기했다. 나는 멍하게 의자에 앉아 빈방을 쳐다봤다. 이상하게도 여자애들이 없는 방은 어딘지 모르게 부자연스러웠다. 휑했고 우울했다. 마음이 허하고 적적해 견딜 수 없었다. 눈물이 날 정도로 외롭다는 생각도 들었다.

원고를 보내고 밖으로 나갔다. 골목 여기저기를 돌아다니며 여자애들을 찾기 시작했다. 잘 데도 없다는데 어디에 갔을까? 혹시 또 손목을 긋지는 않았을까? 순진한 애들이 나쁜 사람들에게 걸리면 안 되는데. 나는 걱정스런 마음에 거의 뛰다시피 근처를 돌아다녔다. 애들을 찾아야 한다. 의심하다니 이렇게 약속을 잘 지키는 착한 애들을. 고맙다는 말도 하고 싶고 미안하단 말도 하고 싶다. 너희들도 좋은 사람이라고 말해주고 싶었다. 무엇보다 소설의 마지막을 보여주고 싶었다.

어디 갔을까? 아직은 우리 서로 양동이를 걷어찰 때가 아니다.

『익명소설』 기획의 말

작가가 각자 쓰고 싶은 것을 쓸 수 있을 때에 문학계가 건강해진다는 점에 대해서는 동의하지 않을 사람이 없을 것입니다. 소설에 있어서는 금기 자체가 곧 금기며, 가로세로로 놓인 경계선을 지우며 우리는 여기까지 걸어왔습니다. 하지만 정말로 들어가서는 안 되는 영역이 하나도 남지 않았는가, 묻게 되는 시점입니다.

쓰고 싶은 것을 쓰지 못하고 있다는 토로들에서 이 기획은 시작되었습니다. 눈에 띄는 금줄들이 걷혀도 눈에 보이지 않는 금줄이 부비트랩처럼 남아 있다는 고백들이 있었습니다. 익명성은 그리 새로운 아이디어가 아니지요. 꼭 소설이 아니더라도 다른 영역에서 비슷한 고민들이 있을 것이라 생각합니다. 그보다 이 기획을 통해 겨누고 싶은 것은 낡은 안전장치들입니다.

작가는 개인처럼 보이지만 개인이 아닙니다. 편차는 있지만 특정 집단에 소속되어 있으며, 작품에 대해서 그 집단으로부터 끊임

없는 피드백을 받습니다. 평소 쓰던 경향에서 벗어나 약간의 파격을 시도했을 때 늘 긍정적인 반응을 얻지는 못하지요. 모시고 있는 선생님, 어려운 선배, 무엇보다 날카로운 동료 작가들로부터 "그런 거 쓰지 말고 하던 거 해라"라는 말을 우리는 얼마나 자주 듣는가요? 파격은 물론 종종 참담한 실패를 불러옵니다. 하지만 실험을 만류하는 무거운 공기를 가끔은 휘젓고 싶어집니다.

작가의 브랜드화는 이미 이루어졌습니다. 브랜드화를 성공적으로 마친 작가들은 글만 쓰는 것이 아니라 글 밖의 작업도 해야 합니다. 책이 나오면 행사를 하고, SNS를 하고, 강연을 하고, 사인회를 하고, 인터뷰를 합니다. 때로는 글을 쓰는 시간보다 이 브랜드 작업에 더 공을 들이기도 합니다. 한 작가의 시장 가치와 포지션이 공고하게 굳어지면, 피로도도 함께 올라갑니다. 새로운 경향의 글을 쓰는 것이 쉽지 않아집니다. 가끔 브랜드를 내려놓고 맨얼굴과 맨손으로 글이 써보고 싶어지는 것입니다. 반면 아직 브랜드화 작업이 끝나지 않은 신인 작가들의 경우, 적게 주어지는 지면이 귀하고 아까워서 한 방향으로 강하게 작품을 몰아가게 됩니다. 눈에 띄는 특징을 강조해야 살아남기 때문입니다. 그래서 결국 하지 못한 이야기가 쌓이고 맙니다. 『익명소설』은 작가들의 핏속, 피로와 두려움의 농도를 낮추고 싶어서 기획되었습니다.

이미 사라졌다고 생각했는데 사실은 여전한 금기 코드들도 있었습니다. 민족주의에 대한 집착이라 해야 할지 배경이 한국이 아니거나 주인공이 한국인이 아니면 고쳐달라고 하는 요구, 정형화된 문장에 대한 강요, 장르적 요소가 풍부하면 일단 덮어버리는 경우, 때로는 정치적인 풍자를 걷어내라는 압박, 사실주의에 대한 강박, 에로티시즘을 저급하게 취급하는 가부장적인 분위기…… 무리할뿐더러 건강하지도 않은 제안들을 마음껏 거절하고 싶었습니다. 끝 간 데 없이 신랄해지고 싶었습니다. 고발하고 도발하고 폭발하고 싶었습니다. 무엇보다 야해지고 싶었습니다. 다양한 의미로 점잖지 못한 글들이 쓰고 싶었습니다.

어떤 이유에서든 본인 이름을 걸고는 발표하지 못할 글들을 모았습니다. 열 명의 작가들이 참여했고 이 열 명조차 서로가 누군지 리스트를 가지고 있지 않습니다. 열 달에 걸친 연재 동안 얼굴이 보이지 않는 그늘에서 만나왔습니다. 이제 이 책이 나오고 일 년 후 각자의 이름을 밝히기로 약속했습니다. 연재처를 마련해주신 〈문장웹진〉과, 책으로 엮어주신 은행나무출판사에 특별한 감사의 마음을 전합니다.

무엇보다 독자 분들을 향한 즐거운 장난, 개구진 장난인 것을 말해두고 싶습니다. 엄숙한 사람들은 눈살을 찌푸릴지 몰라도, 엉망으로 실패한 실험이 될지 몰라도, 야해지려다가 시시해질지 몰라도 이 기획을 통해 더 가까워지고 싶었습니다. 좋아하는 사람의 이름을 몰래 적는 낙서처럼 여겨주시길 바랍니다.

2014년 여름

『익명소설』 기획자들

익명소설

1판 1쇄 인쇄 2014년 7월 10일
1판 1쇄 발행 2014년 7월 17일

지은이 · 익명소설 작가모임
펴낸이 · 주연선

책임편집 · 강건모
편집 · 이진희 백다흠 오가진 윤이든
디자인 · 김서영 손혜영
마케팅 · 장병수 김한밀 정재은
관리 · 김두만 구진아 유효정

도서출판 은행나무
121-839 서울특별시 마포구 양화로11길 52(서교동)
전화 · 02)3143-0651~3 | 팩스 · 02)3143-0654
등록번호 · 제10-1522호(1997. 12. 12)
www.ehbook.co.kr
ehbook@ehbook.co.kr

ISBN 978-89-5660-785-6 03810